Newton Compton Editores

© 2025, Eudaldo Bonet Galdeano. Esta edición se ha publicado gracias al acuerdo con Hanska Literary&Film Agency, Barcelona, España.
© 2025, de esta edición por Antonio Vallardi Editore S.u.r.l., Milán

Todos los derechos reservados

Primera edición: junio de 2025

Newton Compton Editores es un sello de Antonio Vallardi Editore S.u.r.l.
Pl. Urquinaona, 11, 3.º 1.ª izq. Barcelona, 08010 (España)
www.newtoncomptoneditores.com

Gruppo editoriale Mauri Spagnol S.p.A.
www.maurispagnol.it

ISBN: 978-84-10359-39-0
Código IBIC: FA
DL: B 3.872-2025

Composición:
Javier Sánchez Meco

Diseño de interiores:
David Pablo

Detalles de interiores:
Ana Félez (Estudio Buganvilla)

Impreso en junio de 2025 en Puntoweb s.r.l., Ariccia (Roma), en Italia.

Daldo Bonet

El caso de la desaparición en el Jardín del Mar

Newton Compton Editores

Barcelona, 2025

A mis padres

Los hijos ignoramos todo sobre los padres,
o tardamos en interesarnos.

JAVIER MARÍAS, *Corazón tan blanco*

Prólogo

Viernes, 1 de septiembre de 2017

El alba teñía de azul la bahía de Sant Pol, aún adormecida y solitaria. El sosegado oleaje, la brisa marina y el canto de los pájaros componían un idílico paisaje que solo los madrugadores podían apreciar.

El anciano que inauguraba las mañanas recorrió la playa hasta llegar a la orilla. Dejó sus pertenencias en la arena, se embadurnó de crema solar y se adentró en el agua. Se dejó llevar por la corriente y flotó a la deriva con los ojos cerrados hasta que, de pronto, se topó con otro bañista.

Acostumbrado a ser el único que sabía disfrutar de la bonanza del amanecer, se sorprendió y enseguida se disculpó con aquel hombre. Pero el nadador no le contestó. Permaneció a su lado, mecido por el agua. El anciano advirtió entonces que el bañista, con una cuerda atada a la cintura, flotaba boca abajo, dejando un rastro de sangre.

PRIMERA PARTE
AMANECE EN EL JARDÍN DEL MAR

Capítulo 1

Todo el mundo conocía El Jardín del Mar, la mayoría porque era un lugar inaccesible, y unos pocos por ser los privilegiados que residían allí, un rincón que antaño fuera el más exclusivo de la Costa Brava catalana, hogar de ilustres personajes, desde Ava Gardner hasta Lady Gaga.

La finca fue erigida en septiembre de 1966, cuando el terreno sobre el que se levantó no era más que un páramo situado entre la bahía de Sant Pol y la playa de Sa Conca, al norte de Sant Feliu de Guíxols. Era un lugar agreste y, además, descuidado por parte del propietario de entonces, Albert Pons, un empresario ludópata y, para su desgracia, desafortunado. El hombre aceptaba dinero de su entorno para saldar las deudas acumuladas, pero malgastaba cuanto recibía en partidas de cartas en las que participaban potentados y altos dignatarios de la sociedad catalana. Una noche de verano de principios de los años sesenta, envalentonado tal vez por el *cremat* y convencido de que su suerte, al fin, iba a cambiar, el empresario apostó a una mano de póker todo cuanto poseía. Perdió los despojos de su fortuna, la precaria reputación que un día tuvo y el erial que, años después, se transformaría en un lugar idílico. Ahogado en deudas que no podía asumir, y sin pensar en su mujer y en su hijo, Albert Pons se suicidó.

El ganador de la partida, Pere Martí Flores, un joven constructor a la sazón desconocido, gozó de mayor fortuna. La responsabilidad de ejecutar su visión, basada en las pioneras obras de Ebenezer Howard, fundador del modelo urbanístico de la ciudad jardín, recayó en un arquitecto que metamorfoseó el yermo terreno en una de las urbanizaciones más icónicas de la Costa Brava. Esta fue inmortalizada por Antoni Vives Fierro, huésped habitual durante la década de los setenta, en un cuadro, *Pueblo Blanco*, que el pintor regaló a Pere Martí Flores y que este expuso con orgullo en una de sus villas, donde residía con su mujer, Josefina del Carmen Rodríguez.

Los ocho chalets de El Jardín del Mar, construidos en la linde del terreno y orientados hacia el Mediterráneo, quedaban unidos entre sí por un magnífico jardín y las áreas comunes, que incluían una piscina, una biblioteca, un comedor, un salón de actos que había albergado exposiciones de arte y presentaciones de libros y películas, y una pista de tenis. A la entrada de las villas, junto al buzón, destacaba un azulejo que escondía, en el centro, grabado con un trazo fino y elegante, el número que correspondía a cada residencia.

El Jardín del Mar resistía al paso del tiempo a base de un cuidado extremo. Cada vivienda, por supuesto, contaba con todas las comodidades imaginables, que eran renovadas, además, con innecesaria frecuencia. Jardineros, responsables de mantenimiento y vigilantes velaban por que aquel recinto fuera un reducto de calma y exclusividad para sus habitantes. Y de eso se encargaba Curro desde hacía casi veinte años.

Curro se enorgullecía de su profesión, por mucho que no gozara de excesivo reconocimiento. Las escasas palabras que le dedicaban los residentes a lo largo del día solían ser órdenes, pocas veces le agradecían su labor y si lo hacían era por cortesía, sin sentirlo de veras. Él bromeaba con que era bombero, y razón no le faltaba, porque había extinguido algún que otro fuego. A sus jefes no les hacía gracia su ingenio. Tampoco respetaban sus demandas, por simples que fueran: haciendo gala de su sentido del humor, insistía en que lo llamaran Curro en reconocimiento a su entrega, pero ellos, sin embargo, lo conocían como Paco. De nada servía que repitiera la misma broma cada vez que se presentaba ante un desconocido: «Curro González, bombero». Para ellos era Paco, el portero.

Su compostura, al igual que su pulcro uniforme, no se ajustaba a la apariencia de un mero conserje. Pese al ajetreo que conllevaba su oficio, siempre pendiente de los residentes, se acicalaba con cuidado. Sus superiores, en especial el señor Martí, le repetían que él, encargado de recibir a los nuevos vecinos y de gestionar visitas, tanto personales como profesionales, era la imagen de la urbanización. Al portero le gustaba cuidar su aspecto. Se afeitaba a diario y se peinaba con mimo el cabello entrecano. Incluso se rociaba con una colonia que le había regalado un antiguo inquilino. Cuando adulaban su esencia, aunque rara vez ocurría, él sonreía con regocijo. Lo habitual, no obstante, era que el trajín de su actividad se impusiera al perfume de Santa Maria Novella. Llegó a pensar, disgustado, que aquel vecino le había ofrecido la fragancia para maquillar su hedor y no como agradecimiento por su trabajo.

La indiferencia que los residentes evidenciaban, quizá sin ser conscientes de ello, pues asumían que estaba para servirlos y satisfacer o incluso anticipar la más nimia de sus necesidades, se extendía por la urbanización y llegó a oídos de su hijo, Fernando. A las puertas de la universidad, el muchacho había sucumbido ante esa misma idea: su padre, recién cumplidos los treinta y ocho años, y siempre desviviéndose por el bienestar de los demás, era una deshonra. Veranear con él se había convertido en un suplicio.

Nando, pues así lo llamaba Curro, cambiaba la ciudad y la vida social propia de un adolescente por unos meses en la finca ayudando a su padre. A diferencia de los demás chicos de su edad, que deseaban que las vacaciones durasen una eternidad, él ansiaba la vuelta a la rutina y a las comodidades que le proporcionaban su madre y su padrastro, un exitoso ingeniero. Durante el año era Fernando, y viajaba a destinos exclusivos, se alojaba en los mejores hoteles y saboreaba una vida confortable, pero en verano no era más que Nando, el hijo del portero. Tan solo pasaba tres meses al año con su padre, de junio a septiembre, y aborrecía cada segundo. Por suerte para él, solo tenía que resistir cuatro días más y podría, al fin, marcharse.

Curro era consciente de ello. Primero pensó que la brevedad de sus conversaciones no era más que fruto de la adolescencia, pues eso había leído en los libros que analizaba en busca de trucos para reforzar su relación. Pero pronto reparó en que no era así. La sonrisa que dominaba las fotografías que recibía de su hijo, ya fuera en la cima de un volcán islandés o buceando en Filipinas, desaparecía al llegar a la urbanización. Le entristecía su apatía cuando le encargaba una tarea, aunque la entendía: se reencontraban para trabajar, no para compartir un tiempo de ocio y complicidad. En lugar de hablar acerca de las crecientes diferencias que acabarían por convertirlos en casi unos extraños, el conserje, que temía escoger las palabras equivocadas, prefería compartir un incómodo silencio a ahuyentarlo todavía más.

–Son las seis –le informó poniéndole una mano en el hombro.

El hijo, dormido en el sofá cama, apenas reaccionó. Como cada mañana, Curro se debatía entre insistir o no, a veces incluso hacía el amago de besarle la frente. Pero no se atrevía. Tan solo le dedicaba una mirada honesta que reflejaba tanto el orgullo que sentía al verlo crecer como la incertidumbre por lo que les aguardaba.

Luciendo el uniforme de estío, un traje de sirsaca que permitía una mayor transpiración, el portero salió del apartamento y, en apenas un minuto, al son del cantar de los pájaros y del rumor del oleaje, se instaló en su puesto de trabajo. A la entrada de la urbanización se alzaba una caseta acristalada en cuyo interior había una silla de plástico, un ordenador antiguo desde el que se controlaban las cámaras de seguridad y un interfono con el que atender las llamadas de los residentes. La garita, austera e incómoda, contrastaba con el esplendoroso lugar que custodiaba a su espalda.

Ya en su puesto de trabajo, Curro centraba la atención en un anciano que, como cada mañana, disfrutaba de la calma del alba en la bahía de Sant Pol. Embadurnado en crema solar, se adentraba con parsimonia en el agua, braceaba hasta no hacer pie y, entonces, flotaba a la deriva. En cuanto aparecía el primer playero, el hombre nadaba de vuelta a la orilla y desaparecía.

El cambio de guardia solía coincidir con la llegada del repartidor de periódicos a la finca. Este intercambiaba alguna que otra trivialidad con el portero y dejaba una pila de diarios junto a la caseta acristalada. Asegurándose de que nadie lo veía, Curro se adueñaba de una copia de *The New York Times*, que escondía en un cajón y que, en sus ratos libres, trataba de descifrar para mejorar su comunicación con los extranjeros que podían hospedarse en la urbanización. Ese año, para su desilusión, solo había dos forasteros: unos franceses de luna de miel que no mostraban interés por la prensa y no habían solicitado ningún rotativo galo. Thierry Dupont, el marido, hacía estiramientos ante la garita, un hábito que repetía desde que se había instalado allí, en mayo.

–*Bonjour* –lo saludó Curro.

–Buenos días –respondió el atleta con un marcado acento francés.

A simple vista, era difícil adivinar su edad. El escaso cabello era propio de un cuarentañero alopécico, pero su físico, vigoroso y musculado, podía competir con el de un deportista de élite. Sus ademanes, en cambio, elegantes como los de un aristócrata, desentonaban en un joven que aún no había cumplido los treinta años.

El conserje estaba informando al francés de las altas temperaturas que se esperaban en los próximos días cuando el interfono lo interrumpió. Comprobó el número del chalet que llamaba a esas horas, las seis y media de la mañana.

–Buenos días, señor Enric. ¿Qué desea?

Escuchó con atención a su interlocutor, Enric Martí Rodríguez, hijo del constructor de la finca, heredero de la constructora fundada por su padre, director de la urbanización y, más importante aún, amigo suyo. Era de los pocos vecinos que se preocupaba por él: le preguntaba por su hijo, al que había visto crecer de verano en verano; lo animaba a mejorar su nivel de inglés, ofreciéndose como profesor e incluso alentándolo a sustraer una copia del periódico norteamericano; le facilitó el uniforme de verano para que estuviera más fresco y cómodo, y, además, lo llamaba Curro. Aun así, y pese a su insistencia, el portero se negaba a tutearlo, motivo por el que habían discutido en más de una ocasión.

–Esta mañana tiene que venir la señora Capdevila, de la compañía de seguros. Avísame en cuanto llegue.

–No se preocupe, señor, lo avisaré enseguida.

–¿Qué ha dicho mi padre?

–Todavía no ha aparecido –contestó el conserje.

Enric farfullaba. Caminaba en círculos por su despacho en la villa número dos, contigua a la de sus padres. Hacía meses que padecía insomnio, había perdido el humor que lo caracterizaba y se mostraba aprensivo e impaciente. Aparentaba ser mayor de lo que era, un intachable galán que rondaba los cincuenta y que sabía lucir con estilo el pelo cano. Su deterioro era comprensible: la ilustre obra que embellecía su villa, *Pueblo Blanco*, de Antoni Vives Fierro, había desaparecido a principios de año.

Después de una infructuosa investigación, la policía había abandonado el caso por falta de pruebas. Desde entonces, conversaba a diario con la compañía aseguradora, que se mostraba reticente a pagar la cuantiosa indemnización. Su padre, Pere Martí, lamentaba la lentitud e ineficiencia del proceso, temía haber perdido el cuadro y se lo recriminaba a Enric, que trataba de darle esperanzas. Esa mañana, el director de la urbanización recibiría a la agente de seguros, una asidua visitante que parecía prolongar la investigación solo para pasearse por los jardines, o al menos eso opinaba el señor Martí.

–Por cierto –añadió Enric–, ¿puedes mandarme a Nando? Mi marido lo necesita para no sé qué.

La llamada terminó sin que mostrara interés por su amigo, con quien podía charlar de naderías varias, pero también compartir preocupaciones, desde discusiones paternales hasta la desaparición del renombrado cuadro. El portero echaba de menos esas conversaciones. Colgó el auricular y, al levantar la cabeza, advirtió que el francés continuaba con sus estiramientos y lanzaba rápidas miradas hacia la urbanización, al otro lado del repecho de la entrada.

Al cabo de un rato, Nando se personó ante la garita. Vestía un uniforme improvisado, más fresco e informal que el de su padre, unos vaqueros oscuros y un polo blanco de manga corta. Su corte de pelo militar le confería un aire desenfadado y juvenil que contrastaba con el portero, tan pulcro y atento con los demás.

–¿Quieres la gorra? –le ofreció su padre–. Hará calor.

–No, gracias –dijo el chico, indolente.

Adormilado, rehuyendo el trato con el culpable del madrugón que impedía sus vacaciones, Nando recibió la tarea de Enric: lo esperaban en la villa número dos. Antes, sin embargo, debía repartir la correspondencia, entregar los periódicos que aguardaban los inquilinos, cuyas suscripciones variaban de uno a otro, y depositar los restantes en la biblioteca, a disposición de todos.

–No te olvides de esta noche –dijo el portero con una

forzada sonrisa, como si llevara horas repitiéndose que debía recordárselo.

Nando no pudo controlar la mueca abúlica que se formó en su rostro. Su padre llevaba días prometiéndole una espléndida cena que no sería más que un plato de espaguetis a la boloñesa, tal y como marcaba su particular tradición. El plan importunaba al chico: por las noches, al fin a solas, gozaba de algo de intimidad y no quería sacrificarla por una insípida velada con el portero. Prefería dedicarlas a chatear con Anna, la chica que le robaba el sueño.

—Si quieres —aventuró este en un tono que delataba su desesperación—, podemos gratinarlos.

La inocente propuesta arrancó una falsa sonrisa de su hijo, con la que este puso fin a la interacción. Nando amagó con iniciar la jornada laboral, pero su padre, molesto, lo interceptó:

—¿Seguro que no quieres la gorra?

El hijo, de nuevo, rechazó el ofrecimiento.

Realizaba las tareas que le encomendaban con desgana, por obligación. Había considerado renunciar a las vacaciones de verano, pues no hacía más que trabajar, pero su madre, que insistía en que Curro era un buen hombre, le suplicaba que mantuviera la relación. Además, el chico percibía una paga mensual: el conserje le cedía una parte del sueldo a cambio de la ayuda durante su estancia, ese era el trato que mantenían. La compensación, al igual que sus tareas, había ido aumentando de un verano a otro. Repartir el correo y los periódicos tan solo eran algunas de las numerosas labores que ejercía.

Su ruta empezaba en el buzón central de la urbanización, situado junto a la garita. Desechaba los panfletos publicitarios y distribuía los sobres y diarios destinados a cada vecino.

—*Bonjour* —le saludó la recién casada, Chloé Dupont, sentada en el porche del chalet número seis, propiedad del señor Martí.

–Hola –le correspondió Nando, apático.

Al chico le llamaba la atención lo que madrugaba aquella mujer, pese a que estaba de vacaciones. Si él pudiera, dormiría hasta las diez como mínimo.

–¿Tenemos alguna carta? –preguntó ella en un castellano con un acento francés que resultaba paródico.

–No.

Chloé, algo más joven que su marido y también de complexión atlética, repetía la misma rutina: recostada en un canapé del porche, vistiendo aún su pijama de seda, pantalón largo y camisa a juego, disfrutaba de un café con leche con la vista clavada en el jardín.

Nando reemprendió la marcha hacia la biblioteca, una de las áreas comunes más concurridas de la urbanización, aunque no a las siete de la mañana. Era una de las salas predilectas de los más mayores: con buenas vistas y alejados del sol y del bullicioso verano, podían caer en una dulce modorra hasta la hora del té. Las paredes exhibían imponentes estanterías repletas de primeras ediciones y rara vez admitían novedades literarias. Era un remanso de paz.

Tras desplegar los periódicos en abanico sobre la consola de mármol de la entrada, el chico aprovechaba la calma de la estancia para holgazanear, lejos del portero y de los innumerables quehaceres que debían gestionar. Allí, sentado en uno de los sillones orejeros orientados hacia la galería que daba al Mediterráneo, estaba solo. Normalmente se distraía con el teléfono móvil, chateaba con los amigos del colegio o con su madre, que solía escribirle desde destinos envidiables.

Ese verano, sin embargo, había cambiado el móvil por la única nueva incorporación de la biblioteca: *Las decisiones que no tomé*, de Antonio Sanz, la novela superventas escrita por uno de los huéspedes. Extrajo el libro de la balda situada junto al ventanal y buscó su improvisado y diminuto marcapáginas: doblaba unos milímetros de la hoja en la que el día anterior había interrumpido su lectura. A veces, contrariado, le costaba encontrar la marca, pero cuando lo hacía, leía con el mar a sus pies.

Siempre fue un misterio para mí, un interrogante que escondía más preguntas; como una matrioska que no encerraba más que una profunda decepción, o un puzle que, desde un principio, se sabía incompleto e irrealizable.

Releía varias veces el mismo pasaje solo para ubicar a los personajes de la historia, un melodrama intergeneracional que exploraba las consecuencias de las decisiones de los padres en las vidas de los hijos. Se sentía identificado con el protagonista, un joven incapaz de entender a su madre. Pese a la densidad de la novela, que incluso llegaba a resultar confusa, llevaba más de dos meses atrapado por la trama. Leía a escondidas y con avidez, tanto como podía antes de que, por un motivo u otro, ya fuera el portero con una nueva tarea o un vecino necesitado de ayuda, la paz se resquebrajaba.

Esa mañana, a su pesar, el alboroto se había colado en la biblioteca. Resguardado por el respaldo del sillón orejero, levantó la mirada del libro y prestó atención. Unas voces que hablaban en tono bajo, casi murmurando, perturbaban su sesión de lectura.

—Me la encontré inconsciente. No te acerques más a ella, ¿me entiendes?

—Creo que necesita ayuda, creo que debería someterla a un examen exhaustivo…

—Ya sabemos qué le sucede.

—Los síntomas pueden resultar…

—¡Ya sabemos qué le sucede! —repitió una de las voces—. Aléjate de ella, no la vuelvas a tocar. Te lo advierto.

Acto seguido, la voz amenazante abandonó la biblioteca con el mismo ímpetu con el que había entrado. Nando, que apenas respiraba para no hacer ni un ruido que delatara su presencia, afinó el oído, pero no pudo reconocer las voces. Al cabo de unos segundos oyó un suspiro de resignación y unos pasos.

Permaneció escondido durante unos minutos, asegurándose de que nadie lo había visto y, después de marcar la página desde la que retomar la lectura a la mañana siguiente, devolvió la novela a su lugar y se dirigió hacia la salida. Al pasar junto a la consola, reparó en que una de las dos personas que acababan de estar ahí había toqueteado el abanico de periódicos y faltaba un ejemplar de *The New York Times*.

Chloé Dupont no se había movido del canapé del porche de la villa número seis, aún sostenía la taza de café entre las manos y mantenía la vista al frente, clavada en el jardín. Mientras su marido acompañaba al señor Martí a caminar, ella, sentada al sol, disfrutaba de la bonanza del amanecer. Esa era su rutina desde mayo. De camino al chalet en el que lo esperaban, propiedad también del constructor, Nando saludó a la francesa con un gesto. Ella, sin embargo, pareció no verlo y no reaccionó.

Al llegar a su destino, el chico suspiró hondo. Cerró los ojos, maldijo a su padre, recordó el dinero que iba a percibir por servir a los altaneros vecinos y consideró el tiempo que debía mantener la careta antes de volver a la ciudad: tan solo cuatro días más y dejaría de ser Nando, el hijo del portero, para reconvertirse en Fernando y recuperar su estatus. Un griterío lo sacó de su ensimismamiento.

–¡Hazlo! No te lo repetiré más.

Los gritos provenían de la villa número dos, reconoció la voz de Daniel Autet.

–No sabe de lo que habla, es una vieja anticuada –contestó Pere Martí Autet, a quien todos llamaban Pep.

–Me da igual, es tu abuela.

–¿Y? –preguntó el adolescente de dieciséis años recién cumplidos.

—¡Que no sabemos cuánto le queda!

Desde el otro lado de la puerta, con el dedo sobre el pulsador, Nando pensó que era preferible marcharse a interrumpir la regañina.

—Pídele perdón, Pep, ¡ahora mismo!

—Joder —protestó este al abrir la puerta.

—Buenos días —dijo Nando al instante en un tono animado con el que pretendía fingir que no había oído nada—. ¿Me necesitaban?

Pep, menudo y de facciones aniñadas, abandonó la villa sin ni siquiera mirar a Nando.

—¡Ve a pedirle perdón! —repitió Daniel asomándose al recibidor.

—¿Y dónde te crees que voy? —espetó Pep con la inflexión propia de un chaval respondón al que todo le supone un problema.

Daniel observó cómo su hijo se dirigía hacia la villa contigua, la primera construcción de la finca, donde aún residían los abuelos.

—Ya era hora —lamentó la tardanza del hijo del portero.

—Lo siento, está siendo un día intenso —se justificó Nando.

Daniel no atendió la excusa. Desde la desaparición del cuadro de Vives Fierro, el ambiente en el hogar de los Martí Autet se había crispado. A ello, además, había que sumarle las defectuosas cámaras de seguridad, cuya conexión saltaba, y la escasa afluencia en la urbanización: una de las villas de sus suegros, la número ocho, llevaba todo el año vacía. La responsabilidad recaía en él, que ostentaba el cargo de administrador de la urbanización, encargado de gestiones rutinarias y de buscar a potenciales inquilinos. Josefina del Carmen Rodríguez, una septuagenaria exigente a la par que combativa, no dudaba en compartir sus indeseadas opiniones; disfrutaba enjuiciando hechos y conductas. Todo la alteraba, ya fuera un asunto minúsculo, como la disposición de los muebles de su yerno, o un problema mayor, como la desaparición de la pintura. El administrador era el principal perjudicado, siempre lo había sido.

A la señora Rodríguez, que había llegado a recriminarle que no pudiera darle nietos, le ofendía más la homosexualidad de su yerno que la de su hijo. Pep y Carmen eran adoptados, y esta última todavía era demasiado pequeña como para percibir la tensión que dominaba su hogar. Habían crecido con ellos, eran estudiosos, deportistas y gozaban del apoyo de sus padres, pero, aun así, para la abuela no era suficiente. Daniel desatendía los comentarios de su suegra y se repetía que su intransigencia era fruto de otro tiempo. Pero cada vez era más difícil desoírla, sobre todo desde la llegada en enero de Jaime Hernán, actual inquilino de la villa número cinco.

–¿Qué quería? –preguntó Nando ante el mutismo de su interlocutor.

–¿Ahora tienes prisa? –replicó este–. Ve al chalet cuatro, el escritor necesita ayuda con un escritorio o algo así –añadió con imprecisión.

Era una tarea baladí para la que sus servicios, o eso pensaba Nando, no eran necesarios. Pero luego recordó que estaba en El Jardín del Mar, donde todo merecía un cuidado único y extremo.

El francés, que seguía estirando ante la acristalada caseta que custodiaba la urbanización, seguía lanzando miradas fugaces hacia la finca. El portero, preocupado por la demora del constructor, comprobó la hora de nuevo: eran las siete y diez de la mañana.

–¿Por qué no va a correr solo? –propuso.

–*Non!* –contestó con presteza el recién casado–. Me gusta la *compagnie* de monsieur Martí.

Tras veinte años en el puesto, no había comentario, por desacertado que fuera, que pudiera molestar a Curro, cuyo educado ademán rara vez lo abandonaba.

–Se habrá quedado dormido, llegará en cualquier momento –trató de esperanzar a Thierry Dupont, que agradeció el comentario con un leve movimiento de cabeza.

Siguió un breve silencio, quebrantado por el motor de una furgoneta que se detuvo ante la garita. Forrada de pegatinas que publicitaban El Mirador, traía el servicio de *catering* contratado por Josefina del Carmen Rodríguez para celebrar la cena anual de verano. Esta siempre le encargaba el banquete al mismo establecimiento, uno de la zona con más décadas en activo que la propia urbanización. La comida, por lo que Curro había oído de los asistentes, tanto de los vecinos fijos que repetían año tras año como de los temporales, era decepcionante. Daniel Autet, voluntarioso, proponía restaurantes alternativos, actuales y bien valorados, pero la señora Rodríguez ni siquiera los consideraba. El chef, que había heredado la provechosa avenencia de su padre y quería quedar bien, siempre aparecía a primera hora de la mañana para que todo estuviera absolutamente a punto para la cena.

Habiendo repetido la interacción a lo largo de tantos veranos, Curro ni se molestaba en confirmar el motivo de la visita. Saludaba con un gesto y levantaba la barrera que separaba El Jardín del Mar de la bahía de Sant Pol. El cocinero, sonriente, remontaba el repecho de la entrada y conducía la ruinosa furgoneta hasta el aparcamiento para acercarse luego a la villa número uno y saludar a su lucrativa clienta, dispuesta a pagar una cantidad ingente de dinero por un menú mediocre.

El portero anotó la hora de llegada en la ficha de registro, donde figuraban todos los visitantes, incluidos aquellos que se adentraban en la urbanización por motivos profesionales, y volvió la atención al galo. Este, de pronto, esbozó una sonrisa. Curro siguió su mirada hasta advertir a quien saludaba: una silueta recortada a contraluz avanzaba hacia el chalet número cuatro. Era Nando.

A juzgar por su escritura, Antonio Sanz debía de ser un pedante insoportable. Hacía dos minutos que llamaba al timbre en vano. Nando se asomó por la ventana situada junto a la puerta principal para vislumbrar el interior de la residencia, pero no alcanzó a ver más que su propio reflejo en el cristal. Estaba malhumorado y cansado, harto de no tener vacaciones de verano. Rodeó la villa y comprobó que no se hubiera equivocado de número: estaba ante el chalet número cuatro, pero allí no había nadie.

–¿Hola? –preguntó sin conseguir respuesta.

Consideró sus opciones: insistir o regresar junto al portero. En el acto, como si de una decisión obvia se tratase, llamó de nuevo al timbre. Reculó para gozar de una vista completa de la casa, término con el que el escritor, a diferencia del resto de vecinos y empleados, se refería a las construcciones de la finca. Las ventanas estaban cerradas y las luces apagadas. Confuso, miró hacia el aparcamiento. El Alfa Romeo GTV 6 de color verde botella, el coche del novelista, estaba estacionado y no había nadie a su alrededor.

Cansado de esperar, Nando se llevó la mano al bolsillo en busca del juego de llaves que el conserje le había ofrecido por si acaso y que debía llevar consigo en todo momento. Pero no lo encontró, se lo había dejado en el apartamento. Suspiró resignado y suplicó por que el portero no lo descubriera antes que él.

Resignado, llamó al timbre dos veces más y, sin convencimiento, probó el pomo de la puerta, que, para su desconcierto, cedió. Sin adentrarse, escudriñó la residencia. Estaba oscuro, pero, aun así, se apreciaba un desorden propio de un adolescente, no de un hombre de cincuenta y tres años. El recibidor acumulaba prendas de ropa y zapatos. Curioso, receloso incluso por la ausencia del escritor, que, por lo que el señor Autet le había dicho, lo estaba esperando, dio un paso que hizo crujir el parqué de nogal americano.

Atravesó el vestíbulo y recorrió el pasillo que iba a parar al comedor, sumido en un caos de libretas y folios y dominado por un imponente ventanal. Se encaminó en la otra dirección, lejos de la tentadora vista. Hacía cinco meses que el afamado autor se alojaba allí, aún le quedaban cuatro más, y, desorden aparte, no se apreciaba ni una fotografía, ni ornamentos, ni cuadros. Parecía más una sala destinada a la archivología que un hogar.

–¿Fernando?

–Qué susto –masculló el chico al descubrir al señor Sanz a su espalda, bajo el umbral de la puerta.

–¿Qué haces aquí?

–Me envía el señor Autet, dice que necesita ayuda con un escritorio.

–Llega mañana –puntualizó el escritor. Nando frunció el ceño, confuso–. En cualquier caso, no te preocupes, ya lo haré yo.

–Es mi trabajo, señor.

El novelista, que lucía su característica camisa negra, desconcertante para la calurosa época del año, desestimó el ofrecimiento. Era un hombre alto, magro y de aspecto descuidado, con pronunciadas ojeras bajo los ojos enrojecidos y pequeños, y que nunca se peinaba la poblada cabellera rubia, envidia de cualquier cincuentón. Al verlo de cerca, Nando juzgó que la fotografía de la solapa de la novela había sido editada: el cansancio que se apreciaba en su persona, al igual que las gafas o la barba desaliñada, no coincidía con el retrato, que lo mostraba, en cambio, como un hombre elegante y sonriente. Le pareció que el escritor tenía la mirada triste.

–¿No le gusta el que tiene ahora?

–Es un poco pequeño –dijo–, y ya has visto cómo me organizo.

Nando asintió.

–¿Está usted seguro de que no necesita ayuda?

–Es un escritorio de Ikea, espero poder yo solo –bromeó el señor Sanz.

El joven desanduvo el camino hacia el recibidor.

–Por favor, no le diga a nadie que…

–Descuida –lo interrumpió el escritor–, no le diré a nadie que te has colado en mi casa.

Nando le devolvió el gesto y, reparando de nuevo en la anarquía que imperaba en la residencia, preguntó:

–¿Está escribiendo otro libro?

–Uno se inspira con estas vistas –anunció el escritor asomándose al ventanal del comedor–, pero no, todavía no he empezado.

–¿Escribirá sobre su estancia aquí?

Por toda respuesta, Antonio Sanz se encogió de hombros y, en señal inequívoca de que la conversación había llegado a su fin, le dio una inmerecida propina.

–Cuando haya montado el nuevo, te pediré ayuda para transportar el escritorio actual a un trastero.

Cortés y sonriente, se despidió con un apretón de manos.

El escritor, valoró Nando, no transmitía la pedantería que se percibía en su escritura, enrevesada y densa. Era un hombre desorganizado, aunque educado y llano, lo había llamado como él prefería y no había reclamado sus servicios: había sido Daniel Autet, obsequioso, quien se los había ofrecido. Recordó entonces lo que le había oído decir al portero: poco antes de la llegada del escritor, habían cambiado la villa en la que se iba a hospedar y lo alojaron en la número cuatro; quizá por eso el administrador se esmeraba por contentarlo y evitar así los posibles reproches de su suegra.

Nando lamentó la pérdida de tiempo, habitual en la exclusiva urbanización. Sus esfuerzos, la diligencia y la profesionalidad que le exigía el conserje eran, en la mayoría de los casos, innecesarios.

Hacía más de una hora que Thierry Dupont esperaba al

constructor. Curro le propuso llamar a la villa número uno y preguntar por el señor Martí, algo que el francés rechazó, y, sintiéndose responsable del bienestar de los vecinos, terminó interesándose por sus recientes nupcias. Dupont ofreció una respuesta cohibida, como si no quisiera detallar ante un desconocido los detalles de su boda.

—El desayuno de su majestad —anunció un chico que apareció de la nada ofreciéndole una bolsa de papel al portero.

—Buenos días, chaval. ¿Qué tal?

—¿Por qué no le dices que se haga él solito el desayuno? Menudo niñato el *influencer* —exclamó el recadero.

Con el paquete en su haber, Curro se encogió de hombros; jamás se inmiscuía en la vida de los residentes. Su disponibilidad sin reservas debía pasar inadvertida.

El repartidor se montó en un ciclomotor y desapareció en dirección a la bahía de Sant Pol.

Nando descendió el repecho. En su rostro se apreciaba el gesto que lo acompañaba desde que había llegado a la urbanización, a principios de junio: parecía cansado, incluso molesto.

—¿Cómo va? —preguntó el portero.

—Bien.

—Toma —le entregó el pedido—, villa número cinco.

—Lo sé, lo sé —respondió fastidiado el hijo.

Curro esbozó una sonrisa a modo de disculpa: en cuatro días concluiría su estancia allí y aún le recordaba dónde se hospedaba cada vecino. Pensó en enderezar la conversación, pero no se atrevía a intercambiar comentarios que no estuvieran relacionados con el trabajo. No podía hablarle, otra vez, de los espaguetis a la boloñesa, su último recurso para reavivar la relación, pues terminaría por aborrecer la cena padre-hijo. Temía, asimismo, su reacción si le preguntaba por su madre, la inminencia de sus estudios universitarios o, peor, sus ligues.

—¿Quieres la gorra? En un rato se notará el calor.

El ofrecimiento, neutral e inofensivo, no obtuvo respuesta. Curro buscó otro tema de conversación, pero cualquier opción parecía vetada por la pétrea mirada de su hijo, que se alejó de la garita. El telefonillo interrumpió sus pensamientos.

–Buenos días –contestó cuando perdió a Nando de vista.

El interlocutor era Enric Martí. La ansiedad no lo había abandonado desde la última llamada y planteó las mismas preguntas. Curro, solícito, repitió las respuestas: la agente de la compañía de seguros aún no había llegado y su padre seguía sin aparecer.

–Qué raro –dijo casi para sí mismo el director de la urbanización.

Aunque no quería reconocerlo, Curro envidiaba la relación que su amigo mantenía con el señor Martí: vecinos y compañeros de trabajo, uno aprendía del otro y, a su vez, el padre respetaba al hijo. Entre los dos, habían convertido la urbanización en un pequeño paraíso. No ponían límites a la estancia de los vecinos, tampoco escatimaban en reformas, ni reducían la inversión en el mantenimiento de la finca. No les interesaba adaptarse a los nuevos tiempos, copados de complejos turísticos de «cartón piedra»; así los definía el constructor con repulsión. Querían ofrecer un servicio excelente, a la altura del preciado enclave geográfico en el que se encontraban.

–Le avisaré cuando aparezca –se ofreció el portero.

–Gracias, Curro, suerte que estás tú. La gestión de la urbanización es impecable, como siempre.

El cumplido molestó al conserje, que no podía evitar pensar en su hijo, distante, quizá incluso despechado, por la vida a la que debía adaptarse cuando lo visitaba en verano. El contraste entre ambas relaciones paternofiliales, los Martí y los González, era manifiesto y cruel.

–Excepto por la desaparición del cuadro –reconoció Curro, disgustado.

–Algo debía salir mal.

–También fallan las cámaras de seguridad. Y tenemos una villa vacía.

–Calla, Curro, o tendré que despedirte.

El portero esbozó una tímida sonrisa que apenas duró un instante.

–Me esforzaré por solucionar las cosas.

–No me cabe duda –convino Enric, acostumbrado a la buena predisposición de su amigo.

–Y le avisaré cuando llegue la señora Capdevila.

–Cuando veas a mi padre, dile que la agente de la aseguradora llegará en breve, que no se preocupe –añadió.

La conversación templó sus ánimos, aunque fuera solo por unos minutos.

La francesa no se había movido del porche y seguía en pijama. Nando, de camino al chalet número cinco, la saludó de nuevo, pero tampoco recibió respuesta.

No había oído hablar de Jaime Hernán hasta ese verano, cuando inició la temporada estival a las órdenes del portero. Decidió curiosear el perfil del inquilino, que llevaba desde principios de año en la finca, y se topó con una colección de vídeos en los que este contaba cómo, internet mediante y con veintiún años, se había enriquecido. Sus seguidores, la mayoría adolescentes con vocación emprendedora más interesados en recaudar y atesorar riqueza que en solventar problemas reales, lo seguían en busca de inspiración y consejos, atajos para vivir en la abundancia.

El *influencer* ofrecía sesiones *one-to-one* para hablar con él sobre cualquier tema. Su discurso, plagado de anglicismos, era fraternal e incluso motivacional: animaba a sus acólitos a tomar las riendas de su vida, los retaba a arriesgarlo todo por el éxito. También los invitaba a participar en su curso *online* Growth Partner, la clave de su fortuna. La madurez que transmitía, combinada con una rigurosa ética profesional, le había otorgado la anhelada independencia: llevaba ocho meses en la exclusiva urbanización y no había recibido ni una sola visita de parientes ni amigos.

Nando fantaseaba con esa autonomía, sobre todo cuando, sometido a la voluntad de otros, padecía la austeridad del portero. No obstante, cuando se embarcaba en fastuosos viajes con su madre y su padrastro, no pensaba en ello.

Suspiró hondo y llamó al timbre. Por mucho que admirara la autosuficiencia del *influencer*, detestaba entregarle el desayuno. Jaime Hernán lo recibía en ropa interior y aguantando la respiración para que se le marcaran los abdominales. Aquel día, sin embargo, la interacción fue diferente: quien abrió la puerta fue Pep, descamisado. El nieto de los Martí se esforzaba por resaltar su abdomen, pero, a sus dieciséis años, tenía el cuerpo de un chico de floración tardía, esmirriado.

Nando estudió la escena: al fondo, mirando a una cámara colocada sobre un trípode y con el mar Mediterráneo como telón, el *influencer* parloteaba con una confianza envidiable, y en primer plano, con la mano extendida, Pep exigía el desayuno. Se lo entregó, obedeciendo a la petición, y recibió como agradecimiento un portazo.

Todos los vecinos habían sido testigos de los numerosos encontronazos protagonizados por la familia Martí, abanderada por la señora Rodríguez, y el *influencer*, defendido por el nieto. Nando también era consciente de esa amistad, pero su presencia le desconcertó: poco antes, tras la reprimenda entre Daniel Autet y su hijo, Pep había dicho que iba al chalet número uno a disculparse con su abuela. Y, sin embargo, ahí estaba, sin camiseta, en la villa número cinco.

Finalmente, Curro convenció a Thierry Dupont de contactar con el chalet número uno y preguntar por el señor Martí, que debía de haberse quedado dormido. Alzó el auricular y pulsó la tecla.

—Qué raro…

31

Nadie atendió la llamada.

—¿Madame Josefina no contesta? —preguntó el recién casado.

El portero enmudeció, preocupado. Conocía a los vecinos de El Jardín del Mar, sus rutinas y horarios, sabía que Josefina del Carmen Rodríguez no abandonaba su hogar hasta mediodía para disfrutar de un café en un hotel de cinco estrellas de la zona. El silencio de la villa lo turbó y, diligente, agarró de nuevo el interfono para hablar con el señor Enric.

—¿Ya ha llegado la aseguradora?

—No, lo siento, señor Enric.

—¿Has visto a mi padre?

—No, señor.

—¿Pues qué quieres, Curro? ¿Tienes más argumentos por los que deba despedirte? —se burló, presumiendo que lo llamaba por una menudencia.

—No, señor Enric. —El portero tragó saliva—. ¿Hay alguien en la villa de sus padres?

—Mi madre —contestó su interlocutor—. Y si mi padre no está con el francés, también debería estar ahí.

Curro tardó un instante en replicar, lo suficiente para hacer dudar a su amigo.

—Es que no contestan.

Enric recordó en el acto las recientes caídas de su madre, una septuagenaria en pleno uso de sus facultades mentales, pero cuyo físico, al contrario que su padre, le fallaba.

—Voy para allá —anunció en un tono formal.

La llamada terminó de forma abrupta, sin despedidas.

—¿Qué ha dicho? —preguntó el francés.

—Que la señora Rodríguez debería estar en la villa. Ha ido a comprobarlo.

Sin mediar palabra, Thierry echó a correr en dirección al chalet. Curro, angustiado, lo siguió con la mirada.

Enric pasó ante la pared que había expucsto durante

décadas el cuadro de Vives Fierro, aunque, a diferencia de anteriores ocasiones, esta vez ni siquiera pensó en ello.

Chloé Dupont, que seguía en su particular atalaya, dio un respingo al verlo sortear a todo el que se pusiera en su camino, incluido Nando, que regresaba de entregar el desayuno al *influencer*.

Jadeante, el chico se detuvo al encontrar al chef ante la puerta cerrada de la villa número uno. Segundos después apareció el francés a su espalda.

–Buenos días –saludó el cocinero–. ¿Está tu madre?

La pregunta agravó la preocupación de Enric, que llamó al timbre con urgencia.

–¿Papá? –exclamó–. ¿Mamá?

–Llevo aquí un buen rato, no contestan –dijo el cocinero–. Nadie ha entrado o salido desde que estoy aquí.

–¡¿Mamá?!

Enric insistía. Chloé Dupont, seguida por Nando, se asomó al camino de gravilla que desembocaba ante la entrada.

–*Et le grand-père, où est-il*[1]? –le preguntó a su marido.

–*On ne sait pas, personne ne l'a vu*[2].

–¿Tienes la llave maestra? –exigió Enric al ver a Nando.

Al llevarse la mano al bolsillo, este recordó que había olvidado el manojo de llaves en el apartamento.

–No.

–Ve a buscarla, ¡corre!

Nando obedeció y Enric continuó pulsando el timbre. La última vez que había hablado con su madre fue durante el enfrentamiento entre ella y su hijo Pep. Notaba una creciente presión en el pecho.

–¿¡Papá?! –gritó–. ¡¿Mamá?!

–¡¿Señora Fina?! –secundó el chef, de repente preocupado por el bienestar de su generosa clienta.

---

[1] 'Y el abuelo, ¿dónde está?'.

[2] 'No lo sabemos, nadie lo ha visto'.

Los franceses, solidarizados con la situación, aporrearon las ventanas mientras se interesaban por el constructor. El vocerío de los vecinos fue en aumento hasta convertirse en una cacofonía ininteligible. Nando no regresaba. Enric se desgañitaba con la esperanza de que sus padres lo oyeran.

–*Il y a de la fumée, de la fumée!*

–¿Qué? –preguntó Enric al percibir la alarma en Thierry.

–Humo –tradujo ella–, ¡humo!

Enric se asomó por la ventana: la humareda salía de la cocina y se expandía por el resto de la vivienda. Resuelto, se lanzó contra la puerta.

–¡Mamá!

El chef hizo otro tanto.

–Primeras calidades –constató entre sacudidas.

Antes de que impactaran de nuevo, la puerta se abrió. El humo salió despejando la estancia y desvelando, envuelta en una bata de seda, a Josefina del Carmen Rodríguez, que se dejó caer en brazos de su hijo.

–¡¿Mamá?!

La mujer tosía sin parar. El chef, pensando en la factura de la cena, se adentró en la villa decidido a extinguir el fuego. Nando, llave maestra en mano, apareció en ese instante.

–¿Qué ha pasado? –se interesó–. ¿Está bien, señora?

–¿Y monsieur Martí? –insistió el francés.

Chloé Dupont, imprudente, siguió al chef en busca del constructor.

–*Il n'est pas là* –informó desde el interior.

–¿Mamá? ¿Estás bien? ¿Y papá?

Josefina del Carmen tosió una vez más y, tras un silencio inquietante, anunció:

–Han intentado matarme.

La declaración estremeció a los allí presentes, que la miraban desconcertados.

–¿Qué? –preguntó Enric, deseando haber malinterpretado sus palabras.

–Alguien ha intentado matarme –repitió la mujer.

SEGUNDA PARTE
LOS SOSPECHOSOS

Capítulo 2

Lunes, 28 de agosto de 2017

La afirmación de Josefina del Carmen Rodríguez derivó en un alboroto sin precedentes. En escasos minutos, los servicios de emergencia, compuestos por personal médico, bomberos y policías, se personaron en El Jardín del Mar. El agente al mando, el *mosso* Kartategi, dio las primeras instrucciones a los allí presentes, empezando por Curro, que debía evitar la entrada y salida de cualquier persona, residente o no, de la urbanización. La habitual impuntualidad de sus compañeros, jardineros, limpiadores y socorristas, le permitió notificarles a tiempo que tenían el día libre. Asimismo, llamó a la agente de la aseguradora para transmitirle las instrucciones del *mosso*: debían mantener el perímetro.

–¿Qué? –protestó la mujer a través del manos libres de su coche–. Vengo desde Barcelona, estoy a punto de llegar. Tenemos que cerrar la investigación, debo reunirme con el señor Martí.

–Lo sé, señora Capdevila –se apresuró a responder el portero–, y el señor Martí lo está deseando, pero debe aplazar su visita.

La mujer maldijo el madrugón, insultó sin reparo a los transportistas que ocupaban la mayor parte de la calzada y resopló al pensar en el camino de vuelta.

–Dígale al señor Martí –su discurso recobró coherencia– que necesitaré llevar a cabo una serie de comprobaciones para concluir el proceso: los entrevistaré de nuevo a todos y echaré un último vistazo a sus propiedades, las cuatro villas.

El portero asintió.

–¿Qué ha dicho que ha pasado? ¿No habrán entrado a robar? –añadió Capdevila de modo sardónico.

Por inusual que fuera la situación, Curro sabía que no debía chismorrear y se guardó para sí lo que había oído: el aparente intento de asesinato de la señora Rodríguez. Le ofreció, en su lugar, una diplomática excusa con la que terminó la llamada.

Hojeó la lista de residentes con decisión y, cumpliendo con las directrices del policía, echó mano del interfono.

Sentada en el balcón que daba al mar, ajena al timbre del interfono, Susana Díaz de León tenía los ojos cerrados. Pero no se regodeaba al sol ni disfrutaba del rumor del oleaje ni del canto de los pájaros. Mostraba una delgadez alarmante; su rostro estaba pálido y demacrado, y su cabello, quebradizo.

Su madrina, Dolores Díaz de León, que se esforzaba por disimular sus sesenta y cinco años a base de joyas, conjuntos extravagantes y operaciones estéticas que realzaban los atributos que un día tuvo, ejercía de enfermera. Soltera por decisión propia, o eso aseguraba ella, decía estar dispuesta al flirteo, siempre que el pretendiente cumpliera con su tipo. Sus aventuras, sin embargo, habían quedado relegadas a un segundo plano: debía atender a la frágil Susi. Obedecía con exactitud las indicaciones del médico, que incluían una dieta y complementos alimenticios. Cada día preparaba el desayuno de su ahijada con mimo: una tostada con aceite de oliva extra virgen y un colacao. Ateniéndose a las recomendaciones médicas, también le servía un zumo de melocotón cargado de fibra, potasio, vitamina C y carotenoides, que, a su pesar, no satisfacía a la joven.

–Está malo –repetía Susi cada mañana–. Quiero mi colacao.

–Primero el zumo.

Las quejas de la adolescente eran tímidas. Vivía en constante fatiga y sus movimientos eran pausados, al igual que su habla, cada vez más exigua.

Había gozado de una plácida infancia en el seno de una familia unida y, además, muy rica. No le había faltado de nada, ni lujos, ni viajes, ni siquiera el afecto de sus padres. Estudiaba en un colegio internacional, adoraba las clases de lengua (el francés era su lengua favorita, lo hablaba realmente bien) y disfrutaba nadando y jugando a tenis. Pero su mundo se resquebrajó con el accidente de avión en el que perecieron sus padres. Sintiendo la falta de comprensión por parte de sus compañeros y amigos, el luto se apoderó de ella hasta reclamar su ánimo. Empezó a descuidar su dieta y dejó el deporte. Se refugió, apática, en el cuidado de su tía, que se ocupaba de ella desde hacía cinco años.

El telefonillo volvió a sonar en el recibidor de la villa número siete.

–Ahora vuelvo –se excusó la madrina.

Desatendida, con mano temblorosa, Susi aprovechó para cambiar el zumo por su colacao y, con cierta satisfacción, esbozó una traviesa sonrisa.

–¿Diga?

La señora Dolores Díaz de León contestó en un tono áspero, diferente del que adoptaba al hablar con la niña.

–Buenos días, señora –saludó el portero.

–¿Qué ocurre?

–Verá. –Carraspeó el hombre–. Ha ocurrido algo en la villa número uno y la policía exige la presencia de los vecinos en la biblioteca.

–¿La policía?

–Sí, señora. También hay bomberos en la urbanización y una ambulancia, pero no se preocupe, está todo controlado.

–¿Y entonces por qué quieren vernos? –objetó, malhumorada.

–Para hacerles unas preguntas –dijo el conserje.

–Yo he estado aquí toda la mañana, como cada día.

–Lo sé, señora…

–Con mi ahijada –interrumpió ella–, que no puede moverse así como así.

–Lo sé.

–¿Y entonces?

La mujer guardó silencio hasta que su mutismo se convirtió en una imposición.

–Hablaré con el agente al mando para ver si pueden interrogarlas en su villa –concedió el portero–. Pero, de todos modos, sería mejor que estuvieran preparadas por si tuvieran que ir a la biblioteca.

–¿Y a santo de qué nos van a interrogar? Llevamos aquí toda la mañana, no hemos salido –repitió la madrina.

–En ese caso –opinó el conserje–, no tienen nada que ocultar.

Dolores Díaz de León negó con la cabeza y colgó sin despedirse ni ocultar su disgusto. Al regresar al balcón, advirtió que Susi, como era habitual, tan solo había pegado un mordisco a la tostada y se había desentendido del desayuno. La joven yacía al sol, adormecida e indiferente a su entorno y a la apacible banda sonora estival.

Sin dilación, Curro marcó el número de la villa número tres. Conocía la rutina de Ana María Campos: a primera hora bajaba a la biblioteca a leer y después se entretenía con un buen desayuno; por las tardes, en lugar de visitar museos, ir al cine o pasear por el Camino de Ronda, se encargaba de la inmobiliaria de su esposo, heredada tras su muerte a principios de año.

Hacía dos décadas que residía en El Jardín del Mar, desde que su marido, Ricardo Galgo, quedara prendado por la panorámica y comprara cuatro villas en la urbanización, dividida desde finales de siglo entre las propiedades de Pere Martí Flores y las suyas. Había sido un hombre afable, *bon vivant* y apasionado de los puros. En la oficina que había compartido con su socio, ubicada en la propia finca, había decenas de cajas de Montecristo No. 2 que repartía entre sus amistades, incluido el constructor. La fructuosa relación empresarial tan solo sufrió los meses previos al fallecimiento de Ricardo, momento en el que recibió una codiciable oferta saudí.

Tras su muerte, los Martí se preocuparon con suma amabilidad por Ana María: organizaron cenas y viajes y se esforzaron por acompañarla durante los primeros meses de duelo, sin llegar nunca a abrumarla con su presencia.

El timbre del interfono, que apenas se escuchaba desde el despacho que había compartido con su marido, interrumpió la videoconferencia con el grupo inversor saudí, que seguía insistiendo en ofrecerle una suculenta oferta por su parte de El Jardín del Mar. Mientras elucubraba quién podía llamarla y por qué, recorrió la villa hasta el recibidor.

–Buenos días, señora Campos.

–Hola, ¿qué sucede?

–Siento molestarla, no sé si habrá oído las sirenas, hay una ambulancia y…

–¿Una ambulancia? ¿Por qué, qué ha pasado? –interrumpió la doctora, agitada.

–Ha sucedido algo en la villa de los Martí, un incendio, aunque ya está todo controlado.

–Me alegro –suspiró, aliviada.

El conserje le dijo que la policía quería hablar con los vecinos. La viuda tardó en reaccionar.

–Muy bien, gracias –dijo al fin.

Se despidió del portero y colgó el telefonillo con gesto ensimismado, recordando el contratiempo por el que no había podido sentarse a leer aquella mañana en la biblioteca. Pensó por un momento en revelar sus sospechas a la policía.

El *mosso* Kartategi tomó declaración a los principales testigos –Nando, Enric Martí, el chef y los franceses–, que coincidieron en su relato: la histeria ante la puerta cerrada del chalet número uno, la humareda que se propagaba por la villa y, tras la espera, la aparición de la señora Rodríguez.

Después, uno a uno, interrogó a los demás vecinos: Antonio Sanz, el *influencer* Jaime Hernán, Daniel Autet y sus hijos, Ana María Campos y, por último, la señora Dolores Díaz de León y su ahijada, que tuvieron que acudir a la biblioteca. Ninguno de ellos estaba al corriente de lo que había sucedido.

Escuchó con detenimiento el informe del jefe de bomberos. Según las pruebas reunidas, el incendio se había generado en la cocina al prenderse un trapo que estaba junto a los fogones. «Un accidente doméstico», resolvió.

El *mosso* se reunió entonces con su ayudante, que reportó cuanto habían descubierto: habían hallado una pequeña ventana abierta en el chalet en cuestión, por la que solo un niño podría haberse colado, pero no había pisadas en el jardín, ni huellas dactilares en el marco de la misma. No había desaparecido objeto alguno de la villa, por lo que descartaban un posible hurto. Tampoco habían encontrado ni un elemento inflamable que hubiera podido ocasionar el incendio, lo cual reforzaba el diagnóstico del bombero. Además, conforme a los testimonios de los residentes, no había nadie en el chalet ni en los alrededores; solo el nieto, Pep, que había tratado de saludar a la víctima a primera hora de la mañana.

El agente, acto seguido, visitó a Josefina del Carmen Rodríguez, recluida en el comedor de su vivienda. Esta, turbada, le contó lo que había vivido. Estaba en el despacho, ordenando unos papeles, cuando notó una ola de calor. Al levantar la mirada, reparó en el intenso humo que se apoderaba de la villa y, tapándose el rostro con la manga de su bata, atravesó la cocina hasta llegar a la entrada, donde cayó en brazos de su hijo. En silencio, observador, el policía evaluó a su interlocutora: la cadencia de su discurso, las pausas, la mirada huidiza. Asimismo, valoró las recientes caídas que había mencionado el hijo y la edad de la víctima, que en diciembre cumpliría setenta y dos años.

Kartategi habló con el portero y este, con su habitual atención, le ofreció la ficha de registro de la urbanización y una crónica serena y precisa de cómo había transcurrido la mañana. También confesó el defectuoso funcionamiento de las cámaras de seguridad, cuya conexión saltaba, y le mostró las imágenes grabadas: un repartidor de periódicos, los estiramientos de Thierry Dupont, el recadero con el desayuno del *influencer*, la llegada del chef, el caos tras la declaración de la señora Rodríguez y, por último, las llamadas que había realizado el conserje desde la garita.

–¿Cuánto tiempo estuvo estirando el gabacho? –curioseó el *mosso*–. ¿A qué esperaba tanto rato?

Curro enmudeció. El señor Pere Martí aún no había aparecido y Enric, ansioso por el cuadro de Vives Fierro y alterado por el percance de su madre y aprensivo por la desaparición del constructor, le había rogado que, en caso de que el policía preguntara por su padre, le restara importancia a la ausencia.

–El señor Dupont suele salir a caminar con el señor Martí –contestó el portero tras una corta vacilación.

–¿El abuelo? –puntualizó Kartategi.

–Sí.

–¿Y hoy no han ido a caminar juntos?

–No.

–¿Por qué? –inquirió–. ¿Dónde está el señor Martí?

–Llegará en cualquier momento –contestó Curro con presteza, honrando la petición de su amigo.

En cuanto se quedó solo, Curro tecleó el número personal del señor Martí, reservado para emergencias, pero fue en vano. Probó una segunda vez con el mismo resultado.

Inquieto, se volvió hacia el viejo ordenador de la garita y verificó de un vistazo la transmisión en tiempo real de las cámaras de seguridad, que estaban dispersas por la urbanización. En algunas, los agentes de policía reconocían el terreno; en otras, los bomberos abandonaban la villa número uno. Una de las cámaras mostraba a Kartategi conversando con un subalterno, también aparecían en pantalla los inquilinos, y otra ofrecía una imagen desenfocada. Pero no había ni rastro del constructor. Accionó el mecanismo que controlaba los dispositivos de seguridad y rebobinó.

—¿Dónde está? —masculló para sí mismo—. ¿Dónde está?

Nadie había salido de sus aposentos en toda la noche. Lo único mencionable, aunque habitual desde principios de año, era que, de cinco a seis de la madrugada, la conexión se cortaba. Preocupado, el portero había hablado con Enric, el director de la urbanización, que delegó la tarea en su esposo, el administrador. Curro había expresado su opinión sobre el funcionamiento defectuoso de las cámaras e incluso había advertido de la peligrosidad de un error de seguridad como ese. Pero Daniel, alardeando del inexistente índice de delincuencia en la finca, desestimó su zozobra y prometió que pronto arreglarían la situación. Y esa había sido su respuesta desde hacía siete meses. El portero resopló ante la pantalla ennegrecida y abandonó sus esfuerzos detectivescos.

Volvió a dirigir la mirada hacia la finca: el ambiente se había distendido, la presencia de los servicios de emergencia se reducía y los residentes, incluido Nando, afloraban de nuevo. Lo observó desde la distancia, con pesar. Apenas habían intercambiado dos frases en toda la mañana. Achacó la escasa comunicación a la vorágine en la que se habían visto envueltos, pero sabía que, en lo referente a su relación, esa jornada no distaba de otra cualquiera.

–¿Cómo estás? –se interesó.

Nando tardó un instante en contestar, desconcertado por la repentina atención del portero.

–Bien.

–Lo digo por la situación, el susto de la señora Rodríguez.

–Estoy bien, sí –repitió el chico.

–Me alegro.

Curro sonrió, amable.

–¿Y por lo demás? ¿Qué tal?

–Bien.

–¿Cómo has dormido?

–Bien.

Permanecieron callados: uno porque, pese al deseo por reavivar su relación, no sabía qué decir, y el otro porque, incómodo ante las insustanciales preguntas, no quería hablar.

–Voy a llamar a mamá –dijo.

–Muy bien, sí. Pero no la asustes con lo que ha pasado.

–Vale.

–Y dile que la señora Fina está bien.

Nando miró al conserje con ademán confuso.

–Se conocen –le recordó su padre.

Curro esbozó otra sonrisa con la que pretendió camuflar el disgusto que sentía cuando su hijo olvidaba los orígenes de la familia.

–Dale recuerdos a tu madre –añadió.

Y esbozó una tercera sonrisa con la que se despidió de Nando, que se alejó sin mirar atrás. No pudo, sin embargo, sumirse en la añoranza porque, por fin, apareció Pere Martí.

–Buenos días, Paco.

El constructor vestía la indumentaria deportiva que llevaba cuando salía a pasear, el *smartwatch* plateado con el que monitorizaba sus esfuerzos y una gorra transpirable que lo protegía del sol.

–Buenos días, señor Martí. ¿Está usted bien?

–Sí.

El hombre caminaba a paso ligero y respiraba con normalidad, no había el menor rastro de sudor en su vestimenta.

–¿Dónde estaba?

–Paseando, sin más –respondió el constructor, críptico.

El portero salió de la garita a su encuentro y le comunicó lo ocurrido: el leve incendio en su residencia y el aparente intento de asesinato que decía haber sufrido su mujer. Al recibir la información, el rostro del señor Martí se volvió serio. Coronó el repecho de la entrada y, sin hablar, continuó su camino a través de la urbanización.

Recorrió el jardín bajo la mirada de los curiosos vecinos franceses. Thierry y Chloé Dupont fueron a su encuentro.

–Monsieur Martí –saludó ella.

–¿Dónde ha ido? –añadió su compañero de *running*, que aún vestía ropa de deporte.

El constructor los desatendió, al igual que a su yerno y a sus nietos. Caminó con determinación hasta llegar a la villa número uno, custodiada por un agente de policía. Intercambiaron unas palabras y entró en la residencia.

Se detuvo en el recibidor, desde donde disponía de una vista completa del chalet. Echó una ojeada a la cocina y comprobó aliviado que los daños ocasionados por el incendio eran minúsculos. Terminó la panorámica cuando posó los ojos sobre su mujer, envuelta en una manta ligera y sentada en una butaca orientada hacia el mar. Josefina del Carmen estaba ensimismada y mostraba un semblante circunspecto.

El señor Martí avanzó hacia ella desoyendo las preguntas proferidas por el *mosso*. Su hijo también se interesó por él. El constructor se arrodilló ante Josefina y, con delicadeza, colocó una mano sobre su rodilla. Ella entonces parpadeó despacio y se encontró con la mirada sonriente de su marido.

—Si querías renovar la cocina, solo tenías que decirlo —bromeó él.

Ella apenas mudó el gesto, seria. Él suprimió la sonrisa.

—¿Estás bien? —se preocupó cuando entendió la magnitud del percance.

—Sí, ¿y tú?

—Sí, claro, ¿por qué no iba a estarlo?

Josefina le dedicó una mirada tensa a su marido, que le acarició el rostro tratando de reconfortarla. Ella, sin embargo, rechazó el cariñoso roce, aún sobrecogida por el miedo al humo negro en el que se había visto envuelta.

—¿Señor Martí? —intervino Kartategi a su espalda—. ¿Podemos hablar?

El policía condujo al constructor al despacho y, una vez se deshizo del hijo, que insistía en acompañar a su padre como si fuera a ejercer de abogado, cerró la puerta.

El escaso mobiliario agrandaba la estancia, iluminada por la luz natural que irrumpía a través de una gran ventana. La sala se componía de dos butacas de cuero, una a cada lado de un escritorio de caoba, y una librería. El *mosso* inspeccionó las fotografías, algunas de ellas retrataban al señor Martí durante el quincuagésimo aniversario de la urbanización, flanqueado por celebridades. Asimismo, examinó la mesa, embellecida por un tapete de cuero sobre el que destacaba una pluma Montblanc revestida de oro amarillo. Recordó entonces la declaración de la señora Rodríguez, que dijo que había estado ordenando unos papeles antes del incendio. No había, sin embargo, ni un folio a la vista. Perplejo, lanzó una rápida mirada a la papelera, vacía también.

—¿Qué ha pasado? —preguntó Pere Martí, preocupado por su mujer.

El policía le contestó con otro interrogante.

—¿Dónde ha estado usted esta mañana?

Al constructor le cambió la expresión, el desasosiego se transformó en un gesto evasivo.

–Paseando, he recorrido el Camino de Ronda.

La respuesta no satisfizo a Kartategi, que dio un paso hacia el interrogado, conminatorio.

–¿Quiere saber quién ha intentado asesinar a su mujer?

Pere Martí asintió.

–Dígame dónde estaba.

–Ya se lo he dicho.

–Señor Martí –intervino el policía, suspicaz–, usted no ha ido a pasear.

El constructor apartó la mirada.

–El gabacho lo ha estado esperando desde primera hora y –comprobó su reloj– son las nueve y media. Es decir, usted ha debido de salir de casa alrededor de la seis, antes incluso, porque nadie lo ha visto marcharse, ni siquiera el portero, que comienza el turno a esa hora. Y ha regresado más de tres horas después.

–He perdido la noción del tiempo –replicó Pere Martí.

El policía lo miró de arriba abajo: el constructor conservaba una grisácea pero poblada cabellera y lucía una barba bien recortada que acentuaba su mandíbula. Presumido, cuidaba hasta el más mínimo detalle de su apariencia, se acicalaba con mimo e incluso variaba las fragancias que utilizaba en función de su vestimenta, exquisita y bien conjuntada. Consideraba, con resquemor, que las nuevas generaciones, nacidas en un mundo cómodo e inmediato, se habían malacostumbrado al chándal. Ya no se esforzaban por mejorar su aspecto y prevalecía la comodidad por encima de la belleza. Apreciaba a quien se engalanaba a diario, aunque fuera para dar una vuelta por los jardines de su finca.

–Si hubiese caminado durante dos o tres horas, se le notaría.

–Estoy en buena forma –se defendió el constructor.

–No lo dudo –convino el policía–, pero habría indicios

de su paseo: tierra en sus zapatos, por ejemplo, que están impolutos, o marcas de sudor en su ropa.

Kartategi hizo una pausa y se situó del otro lado del escritorio, ante la ventana, que parecía hacer las veces de foco de interrogatorio, cegando al constructor.

—Tengo la impresión de que todo esto no es más que un percance, señor Martí —declaró—. Pero, dependiendo de cómo se mire, uno podría detectar incongruencias, comportamientos extraños. Usted, sin duda, puede inducir a ello porque esconde algo. Y la información de la que me priva podría confirmar mi impresión inicial o, por el contrario, confundirme aún más y derivar en una nueva investigación de la que usted, me temo, sería el principal sospechoso. Y todo porque no me quiere decir dónde ha estado.

El *mosso* medía metro noventa y se movía con aplomo. Sus intervenciones, por llanas que fueran, resultaban intimidatorias.

—Todos tenemos secretos, señor Martí, dudo que el suyo sea que es un criminal.

El constructor consideró sus opciones. Solo podía hacer una cosa si quería evitar sospechas: confesar.

—Dígame dónde estaba y acabaremos con esto.

—No se lo he dicho a nadie —cedió el hombre finalmente—. Por favor, le agradecería que, excepto en caso de máxima necesidad, no repita lo que le voy a contar.

Extendió la mano y aguardó a que el policía se la estrechara; eso hizo Kartategi, serio. Tras un breve silencio, Pere Martí Flores empezó a hablar.

—Hace poco descubrí que... —conmovido, enmudeció.

El agente esperó por respeto a que su interlocutor continuara.

—Estoy enfermo —soltó este de repente—. Es una enfermedad insólita, una de cada cien mil personas la sufre. Y yo soy esa persona. —Esbozó una triste sonrisa.

El *mosso* rodeó el escritorio y se acercó de nuevo al constructor.

—¿Dónde estaba, señor Martí? —inquirió, insatisfecho.

—Me paso las noches en vela —contestó impulsivo, como si llevara tiempo queriendo decirlo—. El tratamiento es caro, por supuesto, muy caro, y experimental. Lo cual quiere decir que, aunque reuniera la cantidad necesaria y me sometiera a él, podría ser completamente en vano; cientos de miles de euros desperdiciados. ¿Qué hago entonces?

La pregunta no obtuvo respuesta del policía, cuya mirada reflejaba la insuficiencia de su declaración.

—¿Le digo a mi familia que me estoy muriendo y que necesito el dinero que debían heredar para una terapia experimental que quizá no sirva de nada? ¿O me callo y dejo que su preocupación aumente a medida que me consuma? ¿Es mejor que crean que la salud me falla? ¿Confieso y lucho contra esta enfermedad? ¿O miento y sucumbo ante la realidad?

—Por última vez —advirtió el *mosso*—, ¿dónde estaba?

—Llorando —exclamó al fin—, ¡estaba llorando!

El recelo de Kartategi se desvaneció al instante.

—Yo construí esta urbanización, lo sé todo acerca de este lugar, incluidas las cámaras que fallan. Y allí me escondo, donde no funcionan, lejos de mi familia, acobardado. —Su discurso era entrecortado y disperso—. Hace meses que me escabullo en mitad de la noche para llorar.

La confesión del octogenario, autárquico, aún fuerte y vigoroso, ablandó al policía.

—Gracias, señor Martí —musitó, enternecido—. Y disculpe mi insistencia, pero…

—No se preocupe, tenía que hacerlo.

Kartategi asintió con ceremoniosidad.

—Pero, por favor —añadió el señor Martí—, no le diga a nadie lo que le he revelado. No quiero preocupar a mi familia.

—Soy un hombre de palabra —le tranquilizó el agente.

Pere Martí suspiró agradecido y sonrió.

–Si me lo permite –dijo Kartategi ofreciéndole un pañuelo–, le deseo mucha suerte.

–Gracias, joven.

El *mosso* abandonó la estancia con sigilo, dejando al señor Martí solo y descompuesto.

Capítulo 3

Lunes, 28 de agosto de 2017

Atendiendo a las órdenes del imponente *mosso*, Nando convocó a mediodía a los vecinos. Kartategi observaba a los inquilinos con mohín imperturbable mientras estos entraban en la biblioteca de la urbanización.

–¿Y bien? –se impacientó Josefina del Carmen, sentada en una butaca.

El señor Martí, que estaba a su lado, le puso una mano en el hombro, tranquilizándola. Los demás miembros de la familia se encontraban junto a ellos. Enric, a su espalda, aguardaba la conclusión policial que determinaría el alcance del deterioro de su madre; Daniel cogía a Carmencita de la mano y Pep jugueteaba con el teléfono móvil.

Chloé y Thierry Dupont estaban a escasos metros de los Martí. Desinformados, la angustia se reflejaba en su expresión.

Ana María Campos ocupaba uno de los sillones orejeros en los que leía el periódico por las mañanas. Mantenía la vista fija en la entrada de la sala, cuyas puertas permanecían abiertas. Contrariada, no había compartido su teoría con el *mosso* Kartategi, quien estaba decidido a descubrir qué había ocurrido en la villa número uno. No podía lanzar acusaciones a partir de una corazonada, necesitaba pruebas.

En la butaca contigua se encontraba el escritor, Antonio Sanz, que prefería contemplar los libros que tenía a su alrededor, y no a sus vecinos.

Más allá, apoyado contra la librería y abstraído también por el teléfono, estaba el *influencer*, que movía los dedos sobre la pantalla con la agilidad de un trilero.

Las últimas en llegar fueron Dolores Díaz de León y su ahijada; un agente de policía cerró la puerta tras ellas. La madrina, enjoyada y luciendo un bolso negro de cuero con sus iniciales bordadas en dorado, irrumpió en la biblioteca con teatralidad. El constructor apreciaba la vestimenta de la señora Díaz; era de las pocas que, con independencia de la ocasión, vestía sus mejores prendas, siempre mostrando su versión más atractiva.

Sin embargo, todas las miradas se posaron sobre Susi. Un rumor invadió la sala. La doctora Campos se puso en pie al ver que la chica, para desconcierto de todos, requería de una silla de ruedas para desplazarse.

El portero y su hijo escoltaban al mando policial, que, una vez aparecieron las inquilinas de la villa número siete, ocupó el centro de la estancia, reclamando así la atención de los vecinos.

—Después de hablar con cada uno de ustedes…

—¡Hablar! —interrumpió sarcástica la señora Díaz de León, molesta porque era la segunda vez que las obligaban a salir de su villa.

—Y de escuchar a mis compañeros, los bomberos y enfermeros, podemos concluir que no ha ocurrido nada, más allá de un mero accidente.

Siguió un breve silencio fruto de la sorpresa. Era un dictamen decepcionante dados los esfuerzos policiales.

—¡¿Qué?! —exclamó la señora Rodríguez—. Alguien me ha intentado matar.

—No hemos encontrado huellas dactilares ni pisadas ni elementos inflamables en las inmediaciones. Tampoco ha desaparecido objeto alguno en la villa —expuso el *mosso*, ajeno a las protestas— y no había nadie con la víctima.

—Alguien me ha intentado matar —repitió esta, atemorizada–. ¿Qué me dice usted del hombre de negro al que vi entre el humo?

–Señora, lo más probable es que se confundiera usted, llevada por el susto y el desconcierto. No había nadie, se lo aseguro. Nadie vio nada, nadie entró en la finca a esas horas.

–¿Está usted insinuando que me lo invento, que tuve una alucinación...? –se sulfuró la mujer.

–Sé que es difícil de asimilar, señora Rodríguez, pero creemos que se dejó un trapo cerca del fuego encendido. Lo mejor, si me lo permite, es que todo haya quedado en un susto. No le dé más vueltas.

–¿Un susto?

–Sí, señora, se encuentra usted bien –Kartategi intercambió un fugaz pero significativo vistazo con el señor Martí– y la salud es lo más importante.

Siguió otro silencio, que acabó rompiendo Jaime Hernán.

–Son las... –comprobó la hora en su móvil– doce y cuarenta, y lo único que han descubierto es que la señora chochea.

Se desataron las ofensas, el *influencer* parecía divertirse.

–Es una vieja loca que podría haber incendiado la urbanización entera –añadió, mordaz–. Eso es todo.

Con la ayuda del portero el policía restableció el orden.

–Ha sido un accidente doméstico, nada más –concluyó.

–¿Y qué me dice de la ventana abierta? –preguntó alterada la señora Rodríguez–. El asesino pudo entrar y salir por ahí.

–¿Quién querría matarte, Fina? –preguntó Daniel, escéptico.

–Todos ustedes tienen coartada –convino el *mosso*– y, según las anotaciones de Curro, ningún desconocido ha visitado la finca...

–¿De quién? –interrumpió la señora Díaz de León–. ¿Curro?

–Sí, señora, soy yo. –El portero dio un paso al frente.

–Ah, Paco.

Este recuperó su lugar en segundo plano; su hijo, afrentado, negó con la cabeza.

–En cualquier caso –retomó Kartategi–, la única visita del día ha tenido lugar a las siete y diez de la mañana.

–¿Quién? –preguntó Enric.

Se negaba a aceptar que su madre, además de las recientes caídas, también padeciera descuidos de ese calibre.

–El chef de El Mirador –informó el conserje.

–Qué sorpresa –cuchicheó Daniel.

–¿Es hoy la cena? –se sorprendió Ana María Campos, que no había recibido la invitación.

–Simón no es un visitante –apuntó Josefina– y, además, no tiene ningún motivo para matarme.

–*En fait* –contribuyó Chloé Dupont–, él fue quien entró primero en la villa.

–Sí –concordó su marido–, apagó el fuego.

–Ha sido, repito, un desafortunado accidente. Pueden volver a la normalidad –insistió el *mosso*.

–¿Cómo? –se escandalizó la señora Rodríguez.

–No podemos hacer más por usted, señora. No corre ningún peligro, se lo aseguro.

–¿Para eso nos han reunido? –protestó Dolores Díaz de León con un tono chillón y quejumbroso–. ¿Saben lo difícil que es mover esto?

La mujer orientó la silla de ruedas de Susi hacia la salida con tal brusquedad que zarandeó a la joven, apenas consciente. De nuevo, los vecinos las siguieron con la mirada, entristecidos por el depauperado aspecto de la chica. El resto abandonó la sala sin despedirse del *mosso*. Al pasar ante la consola de mármol de la entrada, Antonio Sanz cogió un ejemplar de *The New York Times*. Nando se percató de ello.

La familia Martí, en cambio, se abalanzó sobre el policía: exigían respuestas y lo culpaban, incluso, de la fallida investigación del cuadro de Vives Fierro; Josefina sospechaba de un complot contra ellos. Kartategi los ignoró sin reparo y, como un rompehielos, se abrió paso y los dejó en la biblioteca, socorridos por los siempre predispuestos Chloé y Thierry Dupont.

Una vez despidió al policía, que les entregó una tarjeta de visita tanto a él como a su hijo, Curro recuperó el puesto en la garita, donde lo esperaba su amigo.

–Paco, ¿verdad? –bromeó Enric.

–El mismo –contemporizó este con una sonrisa.

–¿Dónde está Nando?

–Ha ido a comprobar que los vecinos estén bien –dijo abriendo la puerta de la caseta–. Ahora, por cierto, quiere que lo llamen Fernando.

–Pero si tiene diecisiete años, ¿no preferiría que lo llamemos don Fernando?

Curro agradecía el humor de su amigo, pero sabía que no era una visita fortuita.

–¿Qué desea, señor Enric?

–Nos gustaría invitaros a cenar esta noche.

El portero se sorprendió. Solo había participado una vez en la cena anual que organizaba la señora Josefina. No lo reconoció entonces, pero la velada le resultó incómoda, se sintió desplazado.

–Algunos vecinos han rechazado la invitación de mamá.

–¿Quién?

–¿Desde cuándo eres tan cotilla, Curro?

–Prefiero estar informado, por si quiere que les haga la vida imposible –argumentó con una sonrisa.

–No podrías, hay algo en ti que te impide pecar.

El portero asintió, dócil.

–No queremos desperdiciar la comida, y, después del tumulto matutino, lo mínimo que podemos hacer es invitaros.

Al considerar la oferta, Curro recordó la promesa con la que llevaba días tentando a su hijo: cenarían los espaguetis a la boloñesa que marcaba la tradición, rebañarían los platos sin pudor y, quizá, reavivarían su relación con una charla padre-hijo. Aconsejado por su amigo, que conocía de su particular costumbre, había comprado los ingredientes en Casa Nanni, un templo de la cultura gastronómica italiana regentado por un expatriado de Brindisi que deleitaba a sus clientes con chistes y anécdotas. Curro no había escatimado en gastos y, siguiendo las recomendaciones del comerciante, se había hecho con una cuña de *parmigiano reggiano* y una botella de licor de San Marzano para acompañar el postre. Era su última esperanza de mantener, al fin, una conversación que fuera más allá de sus lazos y responsabilidades profesionales. Buscó excusas con las que librarse del inesperado compromiso con su amigo y superior.

—Es una cena para vecinos y nosotros…

—Tú resides aquí —replicó veloz Enric, señalando el pequeño apartamento situado a escasos metros de su posición—. Además, ha sido idea de mi madre.

La resistencia de Curro se desvaneció en el acto. Si había alguien a quien no pudiera negarse, esa era la señora Josefina. En contra de su voluntad, temiendo la reacción de su hijo, que sin duda lamentaría el cambio de planes, aceptó la invitación.

—¡Perfecto! Así verás quien falta, fisgón —sonrió Enric.

Curro le devolvió el gesto.

—Y venid bien vestidos, ya sabes cómo es la abuela —se despidió—. A las nueve en el gran comedor.

Capítulo 4

Lunes, 28 de agosto de 2017

La luz vespertina teñía de dorado El Jardín del Mar. Las copas de los árboles, pinos y alcornoques añejos que poblaban la mayor parte del terreno se mantenían inmóviles, al igual que las buganvillas trepadoras que adornaban la finca, y el romero y la lavanda que delimitaban el camino de gravilla que desembocaba a las puertas de los chalets. No había ni un soplo de brisa, incluso el canto monótono de las cigarras parecía extinguirse con la caída del sol.

Luciendo un vestido blanco y veraniego para la cena organizada por los Martí, Chloé Dupont aprovechaba la hora mágica para inmortalizar la panorámica desde el porche. Al revisar la fotografía tomada con su móvil, reparó en que había capturado a la señora Rodríguez saliendo de sus aposentos. La francesa alzó la vista y la siguió con la mirada: engalanada, con un bolso colgado del hombro, Josefina atravesaba el jardín.

Chloé, desprevenida, se adentró en su villa. Se detuvo en el salón, miró a ambos lados de la estancia, afinó el oído y, acto seguido, se dirigió hacia el lado norte de la residencia. Al oír el agua de la ducha correr, volvió sobre sus pasos y salió rápidamente sin informar a Thierry.

De vuelta en el exterior, la recién casada oteó el horizonte en busca de la señora Rodríguez. Vislumbró su figura a contraluz. Sin correr, como si de un paseo se tratase, la joven encaminó sus tacones hacia allí. La diferencia de edad le permitió recuperar distancia, estaba a escasos metros de la mujer cuando esta, resuelta, se internó en la biblioteca. Segundos después, Chloé hizo lo propio.

Permaneció oculta en la antesala, lo justo para recuperar el control sobre su respiración y aparentar un encuentro fortuito, y no una persecución. Pero su calculado descanso fue interrumpido por un sofocado alarido. Se asomó a la sala con sigilo: Josefina del Carmen Rodríguez, apoyada contra una estantería próxima al ventanal, se tapaba los ojos con las manos.

La expresión de la francesa, compungida por la mujer a la que nadie tomaba en serio, mudó.

—Madame, ¿qué sucede? —dijo saliendo de su escondite.

La septuagenaria se enjugó las lágrimas y agradeció el interés, pero se resistió a desvelar el porqué de su llanto. Con paso lento, aferrada a su bolso, ocupó uno de los sillones orejeros orientados hacia el Mediterráneo.

—No se preocupe, seguro que la policía ha hecho bien su trabajo y está a salvo.

Josefina asintió entre sollozos. La edad, despiadada, la había privado de varios centímetros en los últimos años y le había recubierto el rostro de arrugas. Igual que los inmuebles que componían la finca, resistía al paso del tiempo con elegancia y orgullo. No se aferraba a una juventud extinta, ni trataba de remozarse a base de operaciones estéticas o maquillaje. El señor Martí la animaba a mantenerse al día de las últimas tendencias, pero ella, de origen humilde y ahorradora, prefería visitar a una costurera de Barcelona para que, año tras año, centímetro a centímetro, le adaptara el armario a una estatura en constante reducción. Aquel verano, había reparado en ese preciso instante, sentada en la butaca de la biblioteca, ya no alcanzaba a tocar el suelo con los pies. Su físico, cada vez más débil, también había empezado a fallarle: las caídas, por desgracia, se habían vuelto parte de su rutina. Lo ocurrido esa mañana, además, la atribulaba.

—Y si alguien intenta tocarla —añadió Chloé, arrodillada

junto a ella–, tendrá que enfrentarse con su marido, no se preocupe.

–El tuyo está más fuerte –bromeó Josefina esbozando una fulgurante sonrisa que, como si de un hechizo se tratase, solía enmudecer a los que estaban a su alrededor.

Chloé Dupont permaneció en silencio, obnubilada por la belleza natural de su vecina, a la que imaginó como una rompecorazones que, años atrás, debió de coleccionar pretendientes.

–Thierry la defendería, *bien sûr* –convino cuando salió de su ensimismamiento.

–Qué importante es encontrar a la persona adecuada –dijo Josefina con aire distraído, como si reflexionara en voz alta.

La francesa entornó los párpados, curiosa.

–¿Acaso no está bien con monsieur Martí?

–Son muchos años, cuarenta y nueve para ser exactos. Pasas por momentos buenos y malos, aunque también de indiferencia. Y se debe premiar la lealtad, Chloé, permanecer el uno junto al otro y no dejarse llevar por un bache pasajero. Tu generación, incluso la de mi hijo… –se interrumpió, como si le costara reconocerlo–, piensa que todo es de usar y tirar. Lo importante es el conjunto: si pasas la mayor parte del tiempo feliz, ¿para qué poner la relación en riesgo?

–*Et si c'était le contraire*, ¿más tiempo triste que feliz?

Josefina consideró la pregunta.

–En ese caso, habría que tomar una decisión –declaró con la mirada perdida–. Pero no hay que tomar muchas decisiones, solo las necesarias. Porque al final todo vuelve –añadió, enigmática–. Cuantas menos decisiones tomes, menos consecuencias tendrás que afrontar, menos dudas, menos lamentos y remordimientos. Espero –concluyó esbozando una sonrisa– que hayas tomado la decisión adecuada con Thierry.

–*Oui* –sonrió también la francesa, con educación–. Hay

vínculos inque… –se atoró y, concentrada, lo intentó de nuevo– inquebrantables.

–Muy bien, vas incorporando palabras a tu vocabulario.

–Debe de ser esta sala –opinó, divertida–, es la tercera vez que vengo hoy.

Ambas rieron y pasearon la mirada por la biblioteca, que se encontraba sumergida en el tinte azulado del crepúsculo.

–*J'ai faim* –anunció la veinteañera poniéndose en pie–. ¿Qué hay de cenar?

–Ahora lo verás. Simón, el chef, prepara una cena exquisita. El menú lo ideó su padre hace cuarenta y ocho o cuarenta y nueve años, ya no me acuerdo.

–Los mismos que lleva casada con monsieur Martí –apuntó Chloé.

–Sí. Lo conocí hace cincuenta años, poco antes de la inauguración de este paraíso, y me cambió la vida. –Hizo una pausa, reflexiva–. El verano siguiente le propuse organizar una cena que encargué a El Mirador.

La francesa, solícita, ayudó a Josefina a ponerse en pie.

–Y desde entonces, siempre que tenemos que organizar un evento, los llamo. Nos prepararon nuestro banquete de bodas, imagínate. A Pere le gusta su materia prima y llevan toda la vida en funcionamiento, como nosotros. Otro vínculo inquebrantable –añadió.

–Nada de usar y tirar –reforzó Chloé–, lealtad.

Con parsimonia y los ánimos templados, se dirigieron hacia el comedor. Pero Josefina sabía que era una tregua pasajera, un espejismo. Su vida, de lazos inalterables, estable y segura desde hacía décadas, se tambaleaba. Si quería mantener el bienestar que la envolvía, debía deshacerse de «la cosa». Otra vez.

Nando, a regañadientes, había cambiado el polo de manga corta por una camisa de su padre. Cenar con él habría sido un fastidio, pero hacerlo rodeado por los vecinos de la urbanización era un suplicio. Sin embargo, no había protestado porque esperaba, optimista, que el convite superara los espaguetis.

Curro, taciturno, se había disculpado por el contratiempo con frialdad, como si hubiera cancelado una cita médica rutinaria. No quería destapar la decepción que le producía el cambio de planes. Ya tendrían ocasión de juntarse en otro momento, se repetía, aún quedaban cuatro días para la marcha de su hijo.

La tribulación que sentía se difuminó mientras se arreglaba. Llevaba la corbata reservada para las ocasiones especiales; la última vez que se la había puesto fue en enero, con motivo del funeral del señor Galgo. También se había rociado con el perfume de Santa Maria Novella: fuera de su jornada laboral, la fragancia perduraría a lo largo de la velada. Quizá incluso recibiría algún cumplido.

La invitación para la primera y única vez que había participado en la cena organizada por la señora Josefina llegó tras el nacimiento de su hijo, dos años después de debutar en El Jardín del Mar. Diecisiete años más tarde, volvía a sentirse un intruso en el espacio de uso exclusivo para los vecinos.

Era un espacio amplio y orientado hacia el Mediterráneo, principal reclamo de los comensales. Solo un ornamento competía con la vista: la araña compuesta por infinidad de cristales brillantes que, al reverberar en ellos la luz del sol, cobraba vida y salpicaba las paredes de destellos vivaces y coloridos. Por la noche, contrastando con la insondable negrura del mar, la sala, bañada por la cálida luz de la lámpara, se mostraba confortable y acogedora.

Lo mismo se podía decir de la vajilla de Flora Danica, forjada a mano y elaborada a mil cuatrocientos grados de temperatura. El señor Martí, pese a no reconocerlo en público por miedo a la opinión que la gente pudiera formarse de él, leía revistas de interiorismo y consultaba con curiosidad las listas de proveedores de los establecimientos y las instituciones más respetados. La porcelana de El Jardín del Mar era, para su orgullo y satisfacción, la misma que empleaba la casa real danesa.

El banquete, por desgracia, no estaba a la altura de las expectativas. El Mirador, que había sido un reputado restaurante, no había sabido adaptarse a los cambios gastronómicos y generacionales. La señora Rodríguez, conservadora y fiel a sus convicciones, no había contemplado un cambio de menú y, año tras año, repetía el mismo: jamón de aperitivo, gambas de Palamós, solomillo a la pimienta, lubina a la sal con verduras al horno y, de postre, tarta de limón.

Resabiado por las delicias degustadas en compañía de su madre y su padrastro, Nando comió por compromiso, guardándose la crítica y evitando miradas desdeñosas.

—Está todo muy bueno —se relamió el portero, sentado a su lado.

Hombre de gustos sencillos, Curro había disfrutado de cada plato y esperaba ansioso el dulce. Su conducta, positiva y entusiasta, desentonaba con la del resto de comensales, incluida la señora Rodríguez, que apenas había catado la cena.

—¿Estás bien, mamá? —preguntó Enric en voz baja, discreto.

—No —proclamó ella.

La respuesta reclamó el interés de los invitados. Su marido, que vestía un pantalón italiano de corte exquisito y una camisa azul que resaltaba sus ojos, le puso una mano en el hombro, preocupado.

—¿Quieres que volvamos a la villa?

—No.

—¿Te ha sentado algo mal? El pescado estaba un poco raro —opinó Daniel haciendo una mueca.

—Puede que haya sido el cava, *ce n'est pas du champagne* —bromeó Thierry Dupont.

—Me encuentro bien —intervino Josefina—, pero estoy asustada.

Los comensales guardaron silencio, respetuosos y comprensivos.

—¿Por qué? —quiso saber Pep.

Josefina del Carmen miró a su nieto con incredulidad, exasperada incluso.

—¿Tú qué crees?

Por toda respuesta, Pep, que había desatendido el código de vestimenta impuesto por su abuela y llevaba bermudas y unas deportivas, se encogió de hombros.

—El cantamañanas del móvil te está transformando en un insensible —refunfuñó su abuela.

—No discutáis —terció Daniel—, otra vez no.

—Me han intentado matar y le da igual —se defendió ella.

—¿Quién te ha intentado matar? —replicó el adolescente en un tono irreverente—. La policía no ha encontrado nada, ninguna pista que apoye tu absurda teoría. Te has dejado un trapo al lado del fuego, ya está.

—Ya hablas como él… —se lamentó Josefina.

—Estoy repitiendo las palabras del poli, no las de Jaime. Ha sido un accidente doméstico. Nadie te quiere matar, nadie —subrayó el chico.

—¿Y qué me dices del hombre que vi?

—No había nadie, mamá —comentó Enric.

—Yo no vi a nadie —secundó Chloé.

—¿Se refiere al chef? —aventuró el francés, ataviado con un polo de manga corta que realzaba sus músculos.

—¿Ha entrado alguien más en la finca? —Enric miró a Curro, que negó con seriedad.

—Había un hombre, lo vi a través del humo —repitió la señora Rodríguez—. Un hombre alto y delgado, vestido de negro. ¿Por qué nadie me cree?

—¿Se lo has dicho a la policía? —se interesó su marido.

Ella negó con la cabeza.

–Quizá –teorizó Thierry– *la fumée* le provocó alucinaciones. ¿Puede ser?

Los vecinos miraron hacia el otro extremo de la mesa, donde se sentaba la doctora Campos, que no había participado en la conversación.

–El estrés juega malas pasadas –reconoció encogiéndose de hombros–, puede ser.

–No he tenido alucinaciones –protestó Josefina, firme.

–Pero, mamá –Enric recondujo la conversación–, no había nadie en la finca que no fuera uno de nosotros.

–¿Y si hubiese sido uno de vosotros? –planteó ella.

–¿Qué?

–¿Crees que uno de los vecinos te ha intentado matar?

–¿Por qué no?

Harto de la situación, Pep se levantó y abandonó el comedor sin resistencia por parte de sus padres; las suposiciones de la abuela absorbían la atención de los allí presentes, incluidos el portero y su hijo.

–Soy un poco pesada –reconoció–, quizá alguien se haya cansado de mí.

–Mamá…

–Puede que Daniel haya pensado en quitarme de en medio porque no soporta la comida de El Mirador –sugirió la señora Rodríguez, punzante.

–Fina, por favor, yo nunca…

–O puede que mi nieto, que me detesta –señaló la silla vacía–, haya pensado lo mismo. Es bajito, podría haberse colado por la ventana que encontraron abierta.

–¡Mamá! –le recriminó Enric.

–O alguno de los que no está –apuntó la mujer–. ¿Por qué no han venido a cenar? Porque no me soportan, he discutido con cada uno de ellos, sobre todo con el payaso del móvil. Pero también con el escritor, al que le dije que no podía organizar aquí la presentación de su nueva novela.

Los comensales recordaron los altercados que habían

presenciado a lo largo de su estancia. Antes de que ninguno de ellos pudiera intervenir, Josefina, locuaz, continuó:

–La señora Díaz de León tampoco me aguanta.

–Cariño, no digas eso –intervino Pere Martí.

–Quizá ella y la niña me hayan intentado matar –conjeturó Josefina haciendo caso omiso de su marido.

–No digas tonterías, Fina –protestó Ana María.

–También he tenido encontronazos con alguno de vosotros –repuso en el acto la aludida, molesta por el reproche de la viuda.

De nuevo, las miradas se posaron sobre la doctora. Un pensamiento fugaz se apoderó de ella: se alegraba de que su marido no estuviera allí para ver el deterioro de la relación. La última desavenencia entre Ricardo y su socio, una de las pocas confrontaciones que tuvieron, había sido por la oferta saudí, que surgió tras los reportajes por el quincuagésimo aniversario de la finca. Al enviudar, superada por la situación, buscó el consejo empresarial de los Martí, amigos y copropietarios. Sus socios se abalanzaron sobre ella, la injuriaron, la tildaron de traidora e incluso de cazafortunas. Por eso no había recibido la invitación a la cena, porque la amistad se había agotado. Pero ella, respetuosa, había asistido por deferencia, aunque también, y quizá más importante, por si coincidía con el blanco de sus sospechas y conseguía una evidencia que probara su teoría.

–He discutido contigo –aclaró Josefina–, porque estás decidida a vender el edén que construyó mi marido.

Los franceses se centraron en el señor Martí; este hundió la cabeza con vergüenza. La señora Rodríguez lo miró de soslayo.

–O puede que mi marido quisiera asesinarme, últimamente está de moda.

–No hables así, mamá, no tiene gracia.

–No me estoy riendo, hijo. Estoy asustada –admitió con voz entrecortada–. ¿Y si os equivocáis? ¿Y si hay un asesino entre nosotros?

–Señora Rodríguez –medió el portero–, nadie ha entrado en la finca.

–¿Cómo lo sabes? –preguntó recelosa–. Esas dichosas cámaras fallan, me lo ha dicho Enric.

–Las arreglaremos en breve, tranquila –trató de reconfortarla Daniel.

–Hace meses que están estropeadas, menuda gestión la tuya… –suspiró, disgustada.

–Lo siento, Fina, no hemos dado abasto con la investigación del cuadro.

–Por eso mismo tendrías que haberte encargado de ello, para evitar que pudiera pasar algo semejante.

Josefina negó con la cabeza, convertida en el centro de todas las miradas. El señor Martí la estudió con detenimiento y la vio frágil y perturbada.

–La policía no hará nada al respecto –observó.

–Contratemos a un detective privado –imploró su mujer–, por favor.

–Nosotros nos vamos en un mes –se excusó Thierry–, no podemos contribuir a ese gasto.

–Y los que faltan tampoco estarán de acuerdo –apuntó Daniel.

–Yo tampoco –comentó la viuda.

Los vecinos perdieron la compostura, brotó un coro de protestas, se interrumpían los unos a los otros enumerando motivos por los que negar la idea de la señora Rodríguez, que, sin embargo, no desistía.

Ajeno al vocerío, el director de la urbanización se volvió hacia Curro. Sus miradas se encontraron. Enric enarcó una ceja. El portero le correspondió con un gesto confuso.

–¿Y si organizamos una investigación privada?

–¿Sobre qué crees que estamos discutiendo, Enric? –lo abroncó Daniel.

Sin despegar la vista de su amigo, el hijo del constructor esbozó una sonrisa propia de un chiquillo travieso.

–¿Y si Curro, con la ayuda de Fernando, lleva a cabo la investigación?

Siguió un silencio absoluto, los huéspedes intercambiaron miradas de asombro.

–¿Quién conoce mejor la urbanización que Curro? ¿Quién conoce nuestros horarios y rutinas? Ellos podrían entrevistarnos una segunda vez y ratificar la conclusión policial.

–Nadie se tomaría en serio su labor –dijo el constructor–. Es solo el portero, y no te ofendas, Paco.

–Yo los acompañaría como director, supervisaría las declaraciones de los residentes y me aseguraría de que todos colaborasen.

–¿Cómo harías eso? –preguntó la doctora Campos, escéptica.

–¡Votemos! –declaró Enric en un arrebato–. E instauremos una medida extraordinaria por la cual, con efecto inmediato, el vecino que no coopere en la investigación sea expulsado de El Jardín del Mar.

–¿Qué? No podemos echar a nadie –protestó su marido–, sería muy negativo para la reputación de la urbanización.

–Tampoco podemos tener a un asesino entre nosotros, Daniel, eso sí que sería terrible.

–¿Qué tenemos que hacer? –se interesó Chloé Dupont, que no podía obviar su última interacción con la señora Rodríguez, desasosegada en la biblioteca, llorando.

–Responder a las preguntas de Curro y Fernando. Lo más probable es que no descubran nada, la policía debe de haber hecho bien su trabajo.

Todos miraron al padre y al hijo, ambos atónitos.

–En uno o dos días finiquitarán la investigación con el mismo resultado –dijo Enric.

–¿Cuál? –preguntó su madre.

–Será difícil de asumir, mamá, pero espero que concluyan que ha sido un accidente doméstico.

Los vecinos consideraron la propuesta, el engorro de

repetir sus declaraciones solo para contentar y sosegar a una anciana asustadiza.

—Está bien —aceptó Josefina.

—Si a ti te parece bien —razonó su marido cogiéndole la mano—, a mí también.

—Votemos —anunció Enric, sonriente—. Manos arriba los que estén a favor de la investigación de Curro y Fernando.

—¿Y qué pasa con el resto de vecinos?

—Votarán en contra —lamentó la víctima—, porque uno de ellos me quiere matar.

—Sin contar a los hijos y menores —calculó Enric—, somos siete a favor y tres en contra: el escritor, el *influencer* y la señora Dolores Díaz de León.

—¡Mayoría absoluta! —Josefina ovacionó la noticia con renovada energía.

Los comensales se contagiaron del aplauso.

—¡Decidido! —Enric golpeó la mesa con la palma de la mano—. Queda aprobada la investigación en El Jardín del Mar. Mañana a primera hora empezaremos.

La confusión de Nando se transformó en una mueca furiosa, pero antes de que pudiera reprobar la decisión, Simón, que llevaba con orgullo un delantal de El Mirador y un gorro de cocinero, apareció en el comedor tirando de un carrito cargado de tartas de limón.

—¿Por qué esperar a mañana? —propuso Thierry Dupont, guasón.

Los vecinos se volvieron hacia los recién nombrados detectives. Desconcertado, Curro consultó a su hijo, que le devolvió una mirada coactiva. Se dirigió también al director de la finca, debatiéndose entre cumplir con su cometido o negarse a participar en semejante farsa. Enric esbozó una sonrisa benévola y afable. El portero no desvió los ojos, pero su expresión se ablandó, no porque respondiera a las exigencias de sus superiores, sino porque se lo había pedido su amigo.

–Señor Massana –interpeló el portero al chef–, ¿le importaría decirme dónde estaba usted esta mañana?

–¿Has bebido mucho, Curro? –se desternilló el cocinero mientras servía el postre.

Nando meneó la cabeza, decepcionado y avergonzado.

–Ha llegado usted a la finca a las siete y diez de la mañana cuando se le había encargado una cena. ¿Por qué tan pronto?

–¿De qué estás hablando?

–¿Qué ha hecho al aparcar? –insistió el portero, alentado por las risas sofocadas de sus patrones.

–Papá –suplicó Nando en voz baja.

–¿Qué ha hecho al llegar, monsieur? –repitió Thierry, divertido.

–Simón no querría matarme –le defendió la señora Rodríguez.

–¿Aún siguen con eso? –se extrañó el cocinero cuando hubo entendido la situación, que ya creía resuelta.

–Él apagó *la fumée* –recordó Chloé.

–*Mais pourquoi?* –preguntó con morbo su marido.

–¿Por qué iba a cometer un crimen? –intervino el constructor, perplejo.

–No lo haría –respondió ultrajado el cocinero.

–Quemar el pescado es un crimen –cizañó Daniel.

–No les hagas caso, Simón –intercedió la señora Josefina.

–Una pregunta más –dijo Curro.

–Que te den, Sherlock –se despidió Simón Massana, exacerbado.

La sala estalló de risa ante la ocurrencia del cocinero. Nando, en cambio, mortificado e iracundo, salió del comedor.

–*Non*, Watson, vuelve –se mofó el francés.

Curro siguió a su hijo con la mirada.

–¡Silencio! –exigió Enric–. Mañana iniciaremos la investigación, se requiere la máxima colaboración –advirtió–.

Curro y su hijo confirmarán la versión policial y recuperaremos la normalidad.

Los vecinos miraron de nuevo al portero, que nunca había sido Curro para ellos, y al que ya no llamarían Paco, sino Sherlock.

TERCERA PARTE
LA INVESTIGACIÓN

Capítulo 5

Lunes, 28 de agosto de 2017

Curro se excusó y abandonó la sala para ir tras su hijo.

—¡Buenas noches, Sherlock!

No identificó quien se había despedido con una burla que prometía volverse latosa. Pero eso no le preocupaba, quería hablar con Nando. Recorrió el pasillo con presteza, aunque sin correr, manteniendo la compostura y la profesionalidad. Al salir del comedor, lo engulló la oscuridad. No alcanzó a ver más que sombras recortadas a la luz de las farolas que señalaban el camino a través del jardín. Oyó el cantar de los grillos y el oleaje, distante y suave.

—¿Dónde vas? —le preguntó Enric, que lo había seguido.

—A buscar a Nando.

—A Fernando, querrás decir —le corrigió su amigo con una sonrisa.

El portero desoyó el comentario.

—Lo siento, señor Enric, no puedo encargarme de la investigación —objetó—. La policía ya ha determinado qué ha pasado y yo soy un simple portero.

—Pensaba que eras un bombero.

Curro tampoco reaccionó ante la chanza, una racha de viento mugió lejana reclamando su atención. Enric, indiferente al ruido, no despegó la vista del conserje, al que observaba con ademán severo.

—Quiero recuperar a mi hijo, no apartarlo de mí —se justificó Curro, absorto en el oscuro e impenetrable jardín.

Enric entendía la angustia de su amigo, había sido testigo de cómo se debilitaba su relación de un verano a otro. A él, el silencio paternofilial le consternaba porque no lo había sentido con su padre, su principal referente, alguien de quien aprender y disfrutar tanto como pudiera.

—La policía ha concluido que ha sido un accidente doméstico, tienes razón. ¿Por qué crees entonces que he propuesto la investigación? —Hizo una pausa que no consiguió la respuesta del conserje—. Por mis padres.

Curro desvió la vista del jardín, como si ese comentario lo hubiera atraído.

—Mi madre está asustada, y no solo por el incidente de hoy.

Enric enumeró las dificultades a las que se enfrentaba la familia Martí: la rebeldía propia de un adolescente, el cuadro desaparecido, la villa vacía, las cámaras de seguridad y, también, las discusiones de su madre con los vecinos e incluso con algunos familiares.

—Y se hace mayor, Curro, se ha caído varias veces.

El portero, compasivo, ablandó la expresión.

—Y mi padre…

El director de la finca enmudeció. Por mucho que hubiera insistido durante las horas previas a la cena, el señor Martí había esquivado la pregunta. Su ausencia a lo largo de la mañana todavía le atribulaba.

—Uno haría cualquier cosa por sus padres —dijo al fin—. Como, por ejemplo, pedirle a un amigo que finja ser Sherlock Holmes durante unos días para que se queden tranquilos. Solo tenéis que plantear las mismas preguntas que la policía y extraeréis la misma conclusión.

Curro negó y, agitado, volvió a dirigir la mirada hacia el jardín.

—Y entre un interrogatorio y otro, reforzarás tu vínculo con don Fernando. ¿Qué sería de Sherlock sin Watson? Y quién sabe —tentó al portero—, quizá disfrutéis de la investigación.

—Los que disfrutarán son ellos. —Y señaló hacia el comedor.

—No les hagas caso —le exhortó su amigo—, piensa en mi madre.

—Eso es chantaje.

—Emocional, sí, lo es —convino Enric—, pero tu designación como detective la ha tranquilizado.

Curro recordó el alivio de la señora Josefina después de aprobarse la segunda investigación. Su amigo, al igual que el constructor, era convincente y, apelando a su proverbial empatía, logró que considerara de nuevo la propuesta.

—No sabría por dónde empezar —confesó.

—Solo tenéis que repetir las preguntas de la policía, buscar el móvil, oportunidad y esas cosas —simplificó—. Está todo en las novelas de misterio de Sherlock Holmes y Hércules Poirot y…

El portero asintió con la mirada propia de un diplomático, maquillando su ignorancia.

—¿No las has leído? —Enric, avispado, se dio cuenta de ello—. Ah, olvidaba que tú solo lees *The New York Times*.

Curro, al fin, cedió ante las bromas de su amigo y sonrió.

—Solo serán dos días, concluiréis que fue un accidente doméstico y mi madre se quedará en paz, se sentirá a salvo.

—Pero —replicó Curro con voz temblorosa—, ¿y si no ha sido un accidente?

—¿Crees que alguien la ha intentado matar? —sonrió Enric, divertido—. La policía ya ha resuelto el caso. Todo esto no es más que un paripé para reconfortarla. No se trata de resolver ningún misterio porque no hay nada por resolver.

Curro asintió, la lógica de su amigo era persuasiva. Enric, concluyente, trazó el plan para la mañana siguiente: aprovechando la vacante del chalet número ocho, montarían allí el cuartel general y decidirían el orden en el que interrogarían a los sospechosos. Al decirlo, una sonrisa involuntaria e incontrolable se dibujó en su rostro.

–Hasta mañana, Sherlock.

Curro, en cambio, le correspondió con aire prudente.

–Buenas noches.

El portero se adentró en una sala que no solía visitar. Sin embargo, aquella era la segunda incursión del día. Estaba solo, a oscuras y rodeado de libros.

–Sherlock Holmes –susurró mientras consultaba las estanterías–, Hércules Poirot...

Anduvo alrededor de la estancia, recorriendo el lomo de los ejemplares con el dedo índice. Se topó con un nombre que reconoció: Antonio Sanz, *Las decisiones que no tomé.* Extrajo la novela del anaquel con respeto, el mismo con el que trataba a los inquilinos. Lo sostuvo en sus manos, parecía como si fuera el primero en tocarlo. Lo abrió.

Había nacido en un mundo que no era el mío y con un nombre que no me correspondía; un recordatorio, cruel y oprimente, de que yo era lo que mis padres no quisieron que fuera. Me sobrecogía observar cuán trascendentales podían llegar a ser las decisiones que no tomé, las que heredé de quien no pensaba más allá de su tiempo.

Desistió en la primera página, densa, de frases inacabables y rebuscadas. Al cerrar el libro, advirtió una nota escrita a mano, una dedicatoria. «Gracias por la inspiración», leyó. Sacudió la cabeza y dejó el volumen en la estantería próxima al ventanal.

–Móvil, oportunidad... –recordó.

Retomó la búsqueda de las novelas mencionadas por su amigo, manuales de instrucciones para ejercer como detective. Por fortuna, halló la colección de Hércules Poirot.

–Agatha Christie –dijo para sí cogiendo algunos ejemplares.

Leyó las sinopsis y claudicó ante las endiabladas premisas. Se quedó tan abstraído por asesinatos imposibles, pintorescos paisajes y personajes extravagantes que le costó decidirse por uno. Ávido, abandonó la biblioteca con varios libros bajo el brazo.

A esas horas, la garita la regentaba el vigilante de seguridad nocturno, un joven que rechazaba el consumo de cafeína e insistía en que no la necesitaba para trasnochar. Sin embargo, cedía ante el sueño sin reparo, desatendía sus responsabilidades. Ni siquiera cumplía con su jornada laboral, que concluía con el cambio de turno, a las seis de la mañana. Daniel Autet, con quien el portero debía hablar si tenía quejas, no había abroncado al joven desde su contratación a principios de año. La desidia del administrador de la finca había derivado en impotencia y Curro, que hasta entonces había exigido a su homólogo profesionalidad y compromiso, desistió en sus esfuerzos correctivos y se limitaba a saludarlo desde la distancia. «Tan solo es un compañero de trabajo, como mi hijo», lamentó antes de abrir la puerta del apartamento.

Lo hizo con sigilo, pensando que Nando estaría ya durmiendo en el sofá cama. Pero se equivocaba.

–¿Dónde estabas?

Su hijo, nervioso, lo recibió caminando en círculos.

–Yo... –el conserje dudó–. Estaba hablando con el señor Enric –dijo mientras escondía los libros a su espalda.

Al oírlo, el adolescente recuperó la esperanza.

–¿Has rechazado la investigación? ¿Te has dado cuenta de la tontería que ibas a hacer?

El padre no se atrevió a desilusionarle y enmudeció.

–Papá –se quejó–, ¿no has visto cómo se reían de ti? ¡De nosotros! –puntualizó, molesto.

–Hijo...

–No quiero participar en esto –lo interrumpió–, no quiero darles el gusto de humillarme aún más.

Desconcertado, Curro frunció el ceño y escuchó los argumentos de Nando.

–Quieren que les divirtamos jugando a polis y cacos, ¿qué somos, los bufones de El Jardín del Mar? Estamos todo el día pendientes de ellos, nos despertamos a las seis de la mañana para que puedan leer el periódico mientras desayunan.

–Es nuestro trabajo –se defendió el padre.

–Es el tuyo, no el mío. Yo solo lo hago porque no tengo otra opción.

–No digas eso, Nando.

–¡Que me llames Fernando, joder! –exclamó el hijo obviando la jerarquía familiar–. No quiero participar en esta farsa, no quiero estar aquí.

Continuó disparando sus reproches: la inexistencia de sus vacaciones, la cena a la que le habían impuesto ir esa noche, la constante postración ante los inquilinos.

–Vuelvo a Barcelona –declaró de pronto–. Mañana.

El padre trató de esconder su disgusto y se mantuvo firme.

–Fernando –dijo tras una pausa. Era la primera vez que lo llamaba así–. Te quedan cuatro días aquí y…

–Me iré mañana –le cortó el chico.

–Te quedarás aquí hasta el viernes –replicó el portero con autoridad–. Todavía no has cumplido la mayoría de edad y, hasta entonces, estás bajo mi tutela de junio a septiembre; eso firmamos tu madre y yo. Te quedarás aquí hasta el viernes y me ayudarás con todas las tareas que haya, incluida la investigación.

–No pienso hacerlo, no voy a humillarme aún más.

–No digas eso –exigió Curro–, estás hablando de mi vida. Puede que no entiendas por qué hago lo hago, pero eso no te da derecho a faltarme al respeto.

–Yo no te falto al respeto, ¡ellos sí! –afirmó el hijo señalando hacia la urbanización–. Enric y su familia te han privado de tu vida, no te tienen estima, solo te utilizan para su comodidad. Nos hemos quedado sin cenar juntos por ellos, por su culpa, porque te lo han ordenado.

–Si no fuera por ellos –intervino el padre–, tú no estarías estudiando, ni habrías viajado.

–Eso no se lo debo a ellos ni a ti –le espetó Nando.

La declaración acalló a Curro. Consideró las últimas dos décadas de su vida, solitario e incomprendido. Trató de ignorar la connotación de esas palabras, pero fue en vano: su hijo, con o sin malicia, le despreciaba e ignoraba sus sacrificios, y, al mismo tiempo, ensalzaba a su madre y su padrastro.

–Está bien --dijo al fin–. No participarás en la investigación, pero ocuparás mi puesto hasta que termine. A las seis llega el repartidor y los vecinos quieren desayunar leyendo el periódico –añadió con acidez, dolido por el devenir de la conversación.

–En cuatro días me marcharé –replicó Nando de un impulso–, en noviembre cumpliré los dieciocho y el verano que viene no volveré.

Su hijo lo amenazó con el peor de sus miedos. Curro notó que los ojos se le llenaban de lágrimas, pero era incapaz de moverse o de rebatirle. Entristecido y decepcionado consigo mismo, maldijo su torpeza paternal. Todo cuanto había querido evitar, distanciarse hasta devenir extraños, se iba a cumplir.

Enric se ocupó de sus padres, preocupado por su bienestar, tras el banquete, cuyo final, amargo y singular, había enrarecido el ambiente: mientras Thierry Dupont se divertía con el nombramiento de los detectives y su mujer, comedida, le afeaba el entusiasmo que rezumaba, Josefina, recelosa, solo quería resolver el contratiempo. El director de la finca los acompañó de vuelta a su villa y trató de tranquilizarles. Les prometió que pronto recuperarían la normalidad.

Daniel, en cambio, volvió al chalet contiguo, la residencia de los Martí Autet, donde lo estaba esperando su hijo, alterado. Presintiendo que su ademán inquieto respondía a un repentino ataque de remordimientos, suspiró al verlo.

—No quiero oírte, Pep, estoy cansado de tus broncas con la abuela —se lamentó sin ni siquiera cerrar la puerta de la entrada—. ¿Por qué tienes que contestarle todo el rato? ¿Por qué no la dejas tranquila? Está asustada y mayor, y tú la llamas vieja y…

—¿Y papá? —lo interrumpió el chico con voz temblorosa.

El semblante de Daniel mudó. Suspicaz, lanzó un vistazo al jardín, oscuro y desértico.

—¿Has recibido otro?

Por toda respuesta, Pep marcó el paso hasta el dormitorio. No era la primera vez que, conteniendo la respiración, se instalaban ante el ordenador del adolescente. Con la puerta cerrada, y tras recibir el consentimiento de su padre, presionó la tecla de reproducir. En el acto, Daniel se llevó las manos a la boca, aterrado.

—¿Qué es esto? —murmuró.

Un vídeo de contenido sexual explícito protagonizado por ellos, padre e hijo, contorsionándose el uno sobre el otro, aparecía en pantalla. Pep detuvo la reproducción, para alivio de Daniel.

—Lo acabo de recibir —aclaró el adolescente—, junto con esto.

El hijo movió el cursor por la pantalla y desveló un mensaje de correo electrónico:

Los vídeos se publicarán el viernes. A no ser que…

—Necesitamos el dinero, papá, no podemos dejar que esto se filtre.

—Tenemos que llevárselo a la policía —masculló Daniel, turbado.

Harto de repetir la misma interacción cada vez que recibían un vídeo, Pep movió de nuevo el cursor y reveló otro mensaje, el primero que recibieron.

—«Cualquier movimiento sospechoso y publicaremos todo el contenido» —leyó con apatía, como si la amenaza, desgastada de tanto leerla, hubiera perdido fuerza.

—¿Crees que tienen más? —preguntó Daniel.

—Da igual —contestó el hijo—, no les hacen falta más vídeos para arruinarnos la vida.

—¿Has descubierto algo sobre ellos?

—No —negó Pep, abatido—, el mensaje está encriptado, es imposible rastrear la IP.

—¿Y si contratamos a alguien, un *hacker*?

Pep señaló de nuevo la pantalla y Daniel, dejándose caer sobre la cama deshecha de su hijo, releyó el esclarecedor mensaje. Se llevó las manos a la cabeza, sentía un miedo paralizante.

—¿Cómo lo hacen? —preguntó con resignación.

Pep guardó silencio, era la tercera vez en ocho meses que repetían esa escena: él mantenía la calma, obviaba el vídeo y buscaba soluciones; su padre, en cambio, sucumbía a la angustia, perdía los nervios y necesitaba unos minutos para procesar la conmoción.

—Piensa en papá, en los abuelos y en Carmencita —dijo Pep—. No entenderían qué están viendo, se creen todo lo que ven en internet, no saben qué es el *deepfake*, se lo creerían —reiteró.

Con los ojos vidriosos, Daniel no protestó, sabía que su hijo tenía razón.

—Tenemos que parar esto, necesitamos el dinero.

—Estoy en ello, pero…

Se callaron al oír la puerta principal de la residencia. Daniel asomó la cabeza por el pasillo y vislumbró a Enric, que volvía de acompañar a sus padres.

—Tenemos hasta el viernes, papá —susurró Pep—, el viernes.

Daniel asintió, inspiró hondo, se enjugó las lágrimas, forzó una sonrisa y salió al encuentro de su marido.

Capítulo 6

Martes, 29 de agosto de 2017

Con independencia del nuevo cargo, Curro mantuvo su rutina y se despertó a las cinco de la madrugada para realizar los estiramientos que aliviaban su maltrecha espalda. Se aseó con esmero y se enfundó el uniforme. A diferencia de otros días, sin embargo, abrió el primer cajón de su escritorio, que renqueaba de una pata y estaba orientado hacia la pared, y rebuscó entre las antiguas ediciones de *The New York Times* hasta hallar una libreta Moleskine que había reservado durante años para una ocasión especial. Al sostenerla en sus manos, reparó con una incrédula sonrisa en que la utilizaría como detective.

Salió del dormitorio y se topó con Nando, dormido en el sofá cama. Sintió impotencia al verlo, como si la noche anterior, tras la discusión, hubiera perdido la poca autoridad de la que aún disponía. Le dedicó una mirada pesarosa y, antes de lo que acostumbraba, abandonó el apartamento sin despertarlo.

Acompañado por el rumor del oleaje y el canto mañanero de los pájaros, llegó al aislado chalet, el número ocho. Estaba situado en el extremo más alejado de la garita y deshabitado desde principios de año. En las dos décadas que llevaba al servicio de la urbanización, no recordaba una vacante tan prolongada, motivo por el que los propietarios habían discutido sin cesar: el administrador se justificaba con evasivas; su suegro, el constructor, se mostraba comprensivo y transigente; Josefina, en cambio, recordando su etapa como intendente, no dudaba en reprender a su yerno, y Enric trataba de mantenerse ecuánime y se ocupaba de otras gestiones, como la interminable investigación del cuadro desaparecido o las negociaciones con Ana María Campos, empeñada en vender sus propiedades a los saudíes.

Consultó su reloj: las cinco y cincuenta de la madrugada. Aprovechó los diez minutos que tenía para contemplar la vista desde el mirador que coronaba la finca. Más allá de la barandilla de piedra caliza blanca, el terreno terminaba en un abrupto y escarpado precipicio. Centellaban las luces de los barcos pesqueros que faenaban antes de la salida del sol, puntos melados que flotaban sobre el ennegrecido Mediterráneo. El mar y el cielo se fundían en el horizonte, aún oscuro, a la espera del amanecer. Sin embargo, no pudo disfrutar de la bonanza. Las palabras de la noche anterior lo atormentaban de nuevo. Acongojado, hundió la cabeza y valoró la ofensa: una vida de servidumbre en vano, desdeñada por su propio hijo.

Un ruido lo sacó de su ensimismamiento. No había sido el gorjeo de un pájaro, ni una ráfaga de viento, pues no había un soplo de brisa y el jardín permanecía silencioso. Parecía un sonido de obra humana, como una puerta al cerrarse. Se volvió hacia la villa número ocho, las farolas de la urbanización le revelaron un laberinto de luces y sombras. Deshizo el camino de vuelta al chalet que iba a ser el centro de operaciones de la investigación. Al tiempo que comprobaba la hora, constató que no había ni rastro de su amigo.

Eran las seis y tres, su jornada laboral ya había comenzado. Consideró la inminente llegada del repartidor de periódicos y la puntualidad de Thierry Dupont, que realizaría sus estiramientos a la espera del señor Martí. Temió que Nando siguiera durmiendo y desatendiera, tal vez a propósito, las tareas que se acumulaban: la correspondencia, los diarios, el desayuno del señor Hernán...

También tenía que notificar a los vecinos que no habían participado en la cena que se había aprobado una nueva investigación. «Y todo eso –lamentó preso de la angustia– sin tener en cuenta los percances que puedan surgir a lo largo del día».

–Buenos días, Sherlock.

La aparición de Enric Martí atajó el creciente agobio del conserje.

–¿Y Watson? –preguntó, sonriente.

Curro había ensayado la respuesta:

–Ocupará mi sitio como portero para que todo funcione con normalidad. Así que seré el detective belga Hércules Poirot –recitó–, no Sherlock.

La broma surgió efecto, Enric sonrió.

–No he encontrado mi llave, por cierto –dijo llevándose las manos a los bolsillos–, luego le preguntaré a Daniel a ver dónde la ha metido. Tú tienes la tuya, ¿verdad?

El conserje, ufano, se la mostró y, acto seguido, se encaminó hacia la puerta.

–Qué raro... –murmuró para sí mismo.

Probó con otra llave, pero obtuvo el mismo resultado.

–Quizá se haya oxidado la cerradura –barruntó Curro–. Hace meses que nadie se hospeda aquí y estamos junto al mar.

Lo intentó de nuevo, en vano, y siguió un silencio reflexivo durante el que recordó su conversación con la agente de seguros, la señora Capdevila.

–Debí decírselo ayer, señor Enric –intervino, contrariado–, pero me olvidé.

Enumeró entonces las peticiones de la aseguradora de cara a la próxima y última comprobación; en otras, necesitaría acceder y examinar las propiedades de los Martí, a los que también interrogaría una vez más. Su amigo, agradecido, le comunicó que había podido charlar con ella e incluso habían acordado una fecha.

–Vendrá el jueves 31 a mediodía –anunció–, pasado mañana.

–Llamaré a un cerrajero para que abra la puerta.

Enric, que aprobó la iniciativa, se encargaría de prevenir a sus familiares e inquilinos para que facilitasen el trabajo de la agente.

–Vamos –dijo, enérgico–, haremos las entrevistas en el despacho de mi padre, ahí estaremos tranquilos.

Sus siluetas, largas y fantasmagóricas, se proyectaban ya sobre el camino de gravilla. Amanecía en El Jardín del Mar y, en lugar de instalarse en la garita, Curro se disponía a jugar a los detectives.

Un pensamiento repentino despertó a Nando. Se irguió con tal brusquedad que se mareó y perdió el equilibrio. Miró a su alrededor y tardó un instante en ubicarse. El sol, débil aún, se filtraba entre las cortinas y no había rastro del portero. Supuso que, enfurecido por la discusión de la noche anterior, no lo había despertado. Comprobó la hora en su teléfono móvil: las seis y diez.

–Mierda.

Apremiado, se vistió y salió del apartamento sin el juego de llaves. Llegó a la garita a la par que el repartidor de periódicos. El vecino francés, enfundado en su atuendo deportivo, ya estaba estirando. Nando se llevó la mano al bolsillo.

–Mierda.

En el acto, sin dirigirles ni siquiera una palabra, volvió sobre sus pasos, irrumpió en el apartamento, se abalanzó sobre el manojo de llaves y se precipitó de vuelta a la caseta, donde el repartidor de periódicos, impaciente, había dejado los diarios.

–Vas a correr más que nosotros –bromeó Thierry Dupont.

Nando no pudo sonreírle la gracia porque oyó a su espalda una voz.

–¡Otra vez!

Se giró para descubrir al señor Martí, que vestía su ropa deportiva, incluido el *smartwatch* y la gorra transpirable. Descendía el repecho con una mano en alto, agitando un sobre.

–¿Qué sucede? –preguntó el recién casado.

–¿Por qué me lo entregas si no es para mí? –se quejó el señor Martí.

–Aún no he repartido el correo –se excusó el joven.

–Y, sin embargo, ahí estaba, en mi buzón. ¿Y tu padre? –conminó el constructor.

Nando, que no quería reconocer lo que estaba haciendo el portero, buscó un eufemismo con el que definir el sinsentido. Pero no pudo articularlo porque el señor Martí intervino de nuevo.

–Asegúrate de que no recibo más cartas de estas.

Escoltado por el galo, su fiel escudero, se alejó. Nando ojeó el sobre: no tenía remitente, tan solo figuraban dos letras, «A. P.». Considerando una posible equivocación, repasó las señas de los vecinos, pero ninguna coincidía con las iniciales. Abrió el sobre, estaba vacío. Se deshizo de él y registró la hora de llegada del repartidor y la salida de los corredores en la ficha: eran las seis y dieciocho.

Al apuntar el minuto, recordó la amenaza contra el portero: cuando cumpliera la mayoría de edad, no volvería a la urbanización, o lo que es lo mismo, no volvería con él. «Anoche lo dije convencido», pensó, pero en ese momento la misma declaración resultaba vertiginosa.

Se esmeró por desoír sus propias palabras, no tenía tiempo de lamentarse. Cambió la ficha por un folio en el que escribió, en mayúsculas, un mensaje y anotó su número de teléfono.

He salido.

Cogió los periódicos y consultó el buzón central de la

urbanización, rebosante de cartas y panfletos publicitarios. El portero, infirió, aún no había repartido la correspondencia. Se deshizo de los folletos comerciales y puso rumbo hacia los chalets.

–Buenos días –lo saludó Chloé Dupont, vistiendo el pijama de seda y con el café entre las manos–. ¿Cómo va la mañana?

–Bien, bien –contestó Nando, presuroso.

–¿Alguna carta?

Nando negó y se despidió de la francesa, sentada en el canapé del porche número seis.

Al entrar en la biblioteca, remanso de paz aún desértico, suspiró aliviado. Colocó los periódicos sobre la consola y se dirigió hacia su ejemplar. Reparó en que algún vecino, divertido por la absurda conclusión de la noche anterior, había cogido varias novelas de Hércules Poirot. Extrajo su libro de la estantería y se sentó en uno de los dos sillones orejeros que presidían la sala. Pero su descanso terminó en el acto, ni siquiera pudo abrir el ejemplar. No estaba solo. El sillón contiguo lo ocupaba Ana María Campos.

Los primeros signos de la edad aparecieron en enero, tras la muerte de su marido. Aficionado a los puros y los martinis, todo lo contrario de lo que ella le recomendaba, Ricardo Galgo había gozado de una vida plena. Murió de un infarto de miocardio, en paz, sin acusar el estrés de la negociación con los saudíes. La doctora, de repente inmersa en una realidad que llevaba años anticipando por el desenfrenado estilo de vida de su esposo, no lamentó su muerte, sino que se contentó por el digno final, ajeno a dietas sin sal y lejos de hospitales, tal y como él, sonriendo con picardía, había fantaseado. Los viajes, los banquetes y las experiencias con Ricardo, algunas al alcance de pocos y de las que no alardearon, se fundían entre sí, como si todo hubiera ocurrido un mismo día que había durado treinta años. La viudedad no le pasó factura, los negocios sí.

Tenía los ojos enrojecidos y ademán cansado, hacía meses que se acostaba con jaqueca, consecuencia de su nueva responsabilidad al mando de la inmobiliaria. Pedir ayuda a sus socios había sido, por desgracia para ella, un error. Aquel desencanto desenmascaró a los Martí, siempre a su alrededor para beneficiarse de ella, y ella decidió retomar la oferta saudí, cuyas negociaciones había iniciado su marido.

—Buenos días —saludó ella, educada.

Nando tardó un instante en reaccionar. Reparó en que la doctora sostenía la edición de *The New York Times* del día anterior.

—Buenos días, señora Campos —dijo al fin.

Siguió un silencio tenso mientras se miraban con la misma confusión: uno porque, en horas de servicio, no podía holgazanear y entretenerse con un libro, y la otra porque no esperaba su compañía.

—¿Tú no deberías estar trabajando?

—Necesitaba tomarme un descanso.

—¿Ya?

—Sí, señora —trató de esconder su vergüenza—, ha sido una noche larga.

—¿Habéis planeado la investigación? ¿Eres el detective de incógnito? —se burló.

—No —contestó Nando, taxativo—. Yo no participo, estoy haciendo de portero.

La doctora Campos entendió que el padre, entonces, debía de encargarse de la investigación. De nuevo, compartieron un silencio, que esta vez rompió el joven.

—*The New York Times* —pronunció en un inglés impecable, perfeccionado durante el año que pasó como estudiante de intercambio en Bristol—. No lo pide a domicilio —añadió, conocedor de qué periódicos solicitaba cada vecino—. Si lo prefiere, se lo puedo dejar en su buzón.

—No te preocupes. Ricardo lo leía —contestó ella agitando el rotativo estadounidense—. Cuando murió, cancelé la suscripción. Pero no puedo evitarlo, me gusta leerlo al empezar el día, me activa.

–¿Y lo hace cada día?

Ella asintió.

–¿A esta hora?

–Normalmente antes, hoy me he quedado más tiempo aquí.

–¿Antes?

Ignoraba que la señora Campos madrugara tanto, pero mayor desconcierto le causó saber que, como él, iba a la biblioteca a primera hora de la mañana.

–Yo vengo aquí a leer y nunca la había visto –dijo Nando.

Ana María estudió a su interlocutor: dudaba de si era simplemente locuaz o, por el contrario, husmeaba como miembro encubierto de las pesquisas.

–Para no participar en la investigación, haces muchas preguntas.

Nando se disculpó.

–Estoy sorprendido –se excusó–, nada más.

–Yo tampoco esperaba encontrarte.

Notó cierta amargura en la voz de la doctora. Pensó en interesarse por ella y preguntarle por quién aguardaba, si es que lo hacía. Pero consideró que era preferible no fisgonear más.

–Tú lees al escritor –observó ella–. ¿Te está gustando?

–Entiendo la mitad –confesó el joven consiguiendo la sonrisa de la viuda–. ¿Usted lo ha leído?

Ella asintió, a él lo invadió la curiosidad.

–¿Qué conclusión sacó del libro?

Ana María Campos reflexionó y, tras un silencio, ofreció una calculada respuesta.

–No sé si llegamos a saber por qué los adultos, nuestros padres, tomaron ciertas decisiones. Y, años después, tampoco creo que los jóvenes, nuestros hijos, entiendan las nuestras. Lo que un día fue blanco, lo que un día tenía lógica, o era evidente, hoy puede ser negro y no tenerla. –Hizo una pausa, ensimismada–. Somos alterables, las circunstancias nos cambian, al igual que el tiempo en el que vivimos o las libertades de las que gozamos, o incluso el ambiente en el que crecemos. Nunca dejamos de evolucionar, por eso no podemos juzgarnos ni a nosotros mismos, porque no somos los que un día fuimos. Hoy, en mi situación... –enmudeció y apartó la mirada, como si lo que iba a decir fuera inconfesable–. A mi edad y recientemente enviudada, no soy la misma que en diciembre del año pasado. Hoy te diría que me siento sola y me arrepiento por ello, pero antes no pensaba lo mismo. Ricardo y yo no tuvimos hijos, no queríamos, y, sin embargo, hoy los echo de menos. ¿Cómo podría explicarles a esos hijos que no quise y no existen por qué no están aquí, conmigo, si ahora los quiero? ¿Qué clase de lógica tiene eso? ¿Quién podría comprenderme? Es muy difícil entenderse a uno mismo, y más todavía al resto, sobre todo a nuestros padres.

Nando no pudo replicar, su teléfono móvil, insistente, lo reclamó. Se excusó y contestó en voz baja: era el recadero con el desayuno del *influencer*. Acto seguido, se despidió y abandonó la biblioteca. Al hacerlo, sus llaves, colgadas de la trabilla del pantalón, tintinearon. El sonido captó la atención de Ana María Campos. En su mirada, fija en el llavero, se adivinaba una idea, un plan para conseguir la prueba inculpatoria que necesitaba.

Pere Martí abrió la puerta del despacho que había compartido con Ricardo Galgo durante las últimas dos décadas. Era un espacio sobrio, compuesto por dos escritorios, situados uno frente al otro, y un pequeño sofá entre ambos. Sin adornos ni cuadros, no parecía una estancia propia de El Jardín del Mar.

Accionó el interruptor, pero la bombilla estaba fundida. Descorrió la cortina que ocultaba una ventana con vistas a la costa. Las olas chocaban contra el despeñadero y las salpicaduras, traviesas, se mostraban a través del marco. El ambiente enrarecido de la sencilla oficina, en desuso antes del fallecimiento del señor Galgo, se hizo perceptible a contraluz. Una espesa polvareda flotaba ante sus ojos.

–Con las alergias que tenía –dijo el constructor mientras agitaba una mano, como si ventilara la sala–, Ricardo se habría muerto aquí dentro.

Enric fue el primero en entrar, seguido por el portero, que nunca había estado en el despacho de sus jefes. La zona que había ocupado el señor Galgo estaba vacía. Olvidados en una esquina, los Montecristo No. 2 acumulaban polvo. El lado del señor Martí, que ya no acudía al despacho, pues su hijo lo había reemplazado, parecía un almacén: folios, clasificadores, los ases de una baraja de cartas francesa e incluso una caja rebosante de frutos secos dominaban el escritorio. El constructor, que advirtió el desorden, se apresuró a mover la caja de sitio y despejar la mesa. Curro, observador, avanzó hacia la ventana.

La última en pasar fue Josefina del Carmen, que pareció disgustarse ante el aspecto insalubre de la sala. Enric se excusó por las circunstancias en las que llevarían a cabo la conversación. Explicó, asimismo, que habrían preferido entrevistarla en la villa número ocho, pero no habían podido acceder.

–Menuda gestión –se lamentó la madre.

El señor Martí suspiró resignado, conforme.

–Contigo, papá, nos reuniremos en vuestra villa –dijo Enric–, así estarás más cómodo.

El constructor asintió complacido y, tras un último vistazo a su alrededor, dejó a su mujer con los detectives, que se sentaron a un lado del escritorio. La señora Rodríguez, obediente, ocupó la butaca de enfrente e intercambiaron comentarios intrascendentes acerca del oprimente olor a humedad.

Pere Martí, sin embargo, no se marchó y permaneció atento al otro lado de la puerta, como un niño desconfiado que presupone que todos hablan de él. Cerró los ojos, como si así, pese a la pared que había en medio, fuera a oírlos con claridad.

El portero, que se había mantenido al margen, intervino con educación.

–¿Cómo se encuentra? ¿Está más tranquila después de lo que ocurrió ayer? No recordaba una situación tan extraña desde el aniversario de la urbanización, ¿se acuerda?

La señora Rodríguez miró con recelo al conserje. Este se refería a lo ocurrido en septiembre de 2016.

–Sí que fue raro, sí. Aquellos gritos en plena celebración, aquella extraña mujer que apareció en plena fiesta... Suerte del señor Galgo –opinó Curro, que dejó volar su memoria hasta aquella noche.

Un año atrás, a escasos metros de las celebridades y los periodistas, Curro planchaba con mano experta la camisa blanca que vestiría al día siguiente. Lanzaba miradas fugaces hacia la puerta de su apartamento. Pero no era la música lo que reclamaba su atención, no sentía interés por la fiesta, ni por los invitados. La experiencia le decía que en noches como esa había que estar alerta. Prevenido, observaba el panorama a través de un ventanuco.

Excepto por unos rezagados que aún posaban frente al *photocall* de la entrada, los asistentes recorrían el jardín hacia el salón de actos, donde una banda de *jazz* amenizaba la velada. El servicio se paseaba entre los presentes con bandejas repletas de tentempiés y copas de cava. La celebración, sin embargo, se vio interrumpida por un griterío desconcertante.

–¡Dilo, reconócelo! ¡Confiesa!

Alertado por las voces, Curro abrió la puerta del apartamento y se asomó. Tras una estruendosa confusión al son del grupo musical, que no dejó de tocar, una señora abandonó el salón escoltada por un vigilante de seguridad. Apoyado junto a la entrada, un hombre se interesó por ella.

«Debe de ser una invitada», asumió Curro al no reconocerla, y además de avanzada edad, aventuró por su andar lento y encogido. El hombre le ofreció un brazo como apoyo, pero ella dio un paso atrás. Él, por toda respuesta, hizo un ademán indiferente para restarle importancia al rechazo y rascó un fósforo con el que encendió un puro. Curro, aliviado, reconoció el gesto: era el señor Galgo. Recorrieron el camino de gravilla que discurría entre los pinos y los alcornoques de vuelta al aparcamiento. La anciana y el señor Galgo se detenían cada pocos pasos para hablar. Ella hacía aspavientos y señalaba el salón de actos, donde reinaba de nuevo un ambiente festivo. Él escuchaba sin ni siquiera fumar.

El paseo terminó con premura. La extraña se subió a un taxi que desapareció en la oscuridad y Ricardo Galgo, meditabundo, la observó alejarse. Unos metros más allá, resuelto al fin el altercado, Curro comprobó su reloj y se adentró en el apartamento: en apenas cinco horas sonaría el despertador. Para algunos amanecía temprano en El Jardín del Mar.

–Hablé con él –añadió el portero, de regreso al presente– y me dijo que una señora los había increpado a usted y su marido, pero que era inofensiva, que había sido un malentendido. ¿Qué les dijo? ¿Qué pasó exactamente?

Curro, nervioso, parloteaba en busca del asunto que pudiera desencadenar las respuestas de su interlocutora. Eso hacía Hércules Poirot: buscaba un punto en común con el interrogado antes de ahondar en lo ocurrido. Pero la señora Rodríguez le correspondía con una mirada desdeñosa. Inquieto por su mutismo, el portero carraspeó.

–Ayer dijo que había discutido con todos los vecinos –farfulló, cambiando de tema–. ¿Cree que alguno de ellos quería matarla?

Con una minuciosidad que obedecía a la incomodidad de la situación, Curro abrió la libreta por la primera página y, rehuyendo al contacto visual, atendió a la respuesta.

–Mamá –intervino Enric, alentador.

La señora Rodríguez corrigió su postura, dispuesta, y recapituló el análisis de la noche anterior: todos los residentes de la urbanización estaban en su contra. Acto seguido, sin esperar a la próxima pregunta, repitió, palabra por palabra, la narración que había ofrecido a Kartategi, como si se anticipara a las dudas del conserje.

–Estaba en el despacho y, de pronto, noté un calor espantoso. Levanté la vista y vi el fuego. Me cubrí la cara con la manga de mi bata, crucé la cocina hasta llegar al recibidor y abrí la puerta para encontrarme contigo –sonrió a su hijo.

–No ha mencionado al hombre que vio –apuntó Curro.

La sonrisa de la interrogada se esfumó.

La señora Josefina protestó, le incomodaba el tono de sus preguntas. Enric intervino de nuevo y recondujo la conversación.

–Vi al hombre al otro lado del fuego, vestía de negro –añadió ella.

–¿Podría ser el señor Martí? –aventuró Curro.

Pere Martí se pegó aún más a la puerta, apenas podía descifrar la conversación. Aguardó, alerta, la respuesta de su mujer.

–No, no era él porque no estaba, y era más alto que mi marido.

El portero llenaba las páginas de la libreta con soltura, anotaba detalles insignificantes que, sin embargo, le daban pie a más preguntas.

–Ha discutido en numerosas ocasiones con Pep.

–Sí, rencillas familiares, está en la edad del pavo –minimizó Josefina del Carmen.

–También se ha peleado con el señor Hernán.

–¿Quién?

–El *influencer* –aclaró Curro.

–¡Ah! Claro, ese niñato es un provocador.

–¿Y los franceses? ¿No ha discutido con ellos?

–No, son los únicos que nos han apoyado en todo momento. Llegaron meses después de la desaparición del cuadro de Antoni, pero cuando se enteraron, organizaron varias cenas para entretenernos. Y una noche de juego con póker incluido –añadió, divertida.

Enric sonrió al considerar el afecto de los recién casados.

–Acabó muy tarde –recordó Josefina–, lo pasamos muy bien.

–Pero su marido y usted discutieron aquella noche –sondeó el portero.

–¡Otra vez! ¡Qué obsesión con mi marido! Tú estás solo, Paco, y quizá no te acuerdas, pero las parejas se pelean de vez en cuando.

El señor Martí asintió con orgullo.

–¿Por qué lo hicieron?

Curro no se dejó amedrentar por la combatividad de la mujer.

–La noche se alargó –soltó ella– y Pere quería irse a dormir y descansar para pasear a la mañana siguiente, por eso discutimos. Thierry me dio la razón, por cierto, dijo que por un día no pasaba nada. Pero Pere, cabezota, quería descansar.

Se encogió de hombros, resignada.

–¿Cómo acabó la noche?

Josefina apartó la mirada, pensativa. El portero, bolígrafo en mano, aguardó.

–Thierry estaba pasándoselo en grande –rememoró– y Pere se hartó en plena partida de póker, se puso en pie y se fue a dormir. Es un abuelo cascarrabias –le excusó.

–¿Iba perdiendo?

–No –sonrió la señora Rodríguez–, mi marido nunca pierde.

Curro registró la declaración sin apartar los ojos de su interlocutora.

–¿Y salió a caminar a la mañana siguiente?

–Thierry no, bebió demasiado, pero Pere sí. A mi marido le gusta su compañía, dice que es un joven muy astuto que le pregunta por sus inicios y que tiene ganas de aprender y triunfar en la vida.

El señor Martí mantuvo una expresión indescifrable, pendiente de cada palabra.

—Y ella, Chloé, es una delicia, es monísima, tiene un acento encantador —continuó Josefina—. Son muy correctos y atentos, franceses —compendió—. Y son muy guapos, tienen unas naricillas preciosas. Son buena gente. Ayer mismo, por ejemplo, cuando ese policía sinvergüenza abandonó el caso, nos apoyaron.

—Pero no quisieron pagar a un detective privado —apostilló Curro.

—La viuda tampoco —replicó Josefina.

—Y también discutió con ella.

—Es una cazafortunas —se justificó—, ha esperado a que se muriera el bueno de Ricardo para vender su parte de la finca a los moros.

—Mamá, no digas esas cosas —le reprendió su hijo, avergonzado.

—¡Es verdad! Aún no ha vendido, pero es cuestión de tiempo. Y llegarán esos jeques machistas y sin modales y lo cambiaran todo, quizá nos pongan una mezquita en lugar del salón de actos —deploró.

—Dijo que el escritor quería usar las zonas comunes.

Curro no perdía el hilo, se sentía más cómodo e incluso capacitado, conducía la conversación a su gusto.

—¿Cómo definiría su relación? Él llegó en marzo y se les vio pasar bastante tiempo juntos.

—Solo quería ganarse mi confianza para presentar aquí su próximo libro —asintió ella—, y me opuse. No queremos que venga la prensa y anuncie que la etapa dorada de El Jardín del Mar ha llegado a su fin.

—Mamá... —protestó Enric.

—El año pasado se coló una loca que vino a insultar a mi marido —listó la señora Josefina—, nos han robado un cuadro, tenemos una villa vacía y ya no vienen famosos de verdad, solo un escritor.

Satisfecho con la declaración de su mujer, el constructor asintió.

—También han intentado asesinarla —añadió el conserje—. Pero ha sobrevivido, eso es motivo de alegría.

—No hasta que encontremos al culpable —sentenció.

El portero sacó un mapa de la urbanización que había dibujado él mismo: además de las villas y sus residentes, también figuraban las principales edificaciones de la finca, incluyendo la garita, la piscina, la pista de tenis, el comedor, el mirador y la biblioteca.

—Fue alguno de los que está de paso —opinó Josefina señalando las villas ocupadas por los inquilinos temporales.

—Es decir, el *influencer*, el escritor, los franceses o la señora Dolores Díaz de León.

Al oír los nombres, la interrogada excluyó de la lista a los recién casados y a Jaime Hernán, al que describió como «un perro ladrador poco mordedor», diagnóstico con el que Curro concordaba.

—¿Y la señora Díaz de León?

—Es insoportable, como yo, cabezota, bocazas, se maquilla demasiado, intenta esconder la edad que tiene con esos conjuntos ridículos y ese bolso de quinceañera —criticó—, y no quiere participar en nuestras cenas.

—Pero eso se debe a la niña, mamá —juzgó Enric—. Es normal que estén apartadas, necesitan tranquilidad.

Pere Martí asintió de nuevo. Uno de los dos, ya fuera Josefina o su hijo, declaraba lo que él, impotente y escondido al otro lado de la puerta, pensaba.

—En cualquier caso —recondujo Curro—, ella tampoco pudo ser porque usted vio a un hombre vestido de negro. —Hizo una pausa—. O sea que fue el escritor.

La señora Josefina no mudó el gesto, imperturbable. El portero, al igual que su amigo y el señor Martí, consideró su silencio.

–Está bien –dijo Curro–, vamos a jugar a un juego. Le voy a nombrar a los vecinos de la urbanización y usted los tiene que definir con una sola palabra.

Sorprendido, divertido incluso, Enric miró al conserje, que le correspondió con una sonrisa.

–Esto no lo hizo el policía –cedió Josefina.

Curro se sintió aliviado por ello. Su método, poco empírico, estaba inspirado en una de las novelas que había empezado la noche anterior, *El misterio de la guía de ferrocarriles*. Recobró la concentración y echó mano de su bolígrafo, dispuesto a apuntar las respuestas de la interrogada.

–El señor Martí –empezó.

–¿Mi marido?

A escasos metros, con el oído pegado a la puerta, el señor Martí atendió, expectante.

–Importante –dijo Josefina–, trascendental, me cambió la vida.

–Su hijo.

La señora Rodríguez, sonriente, miró a Enric.

–Benefactor. O leal.

–Daniel Autet.

–Administrador –contestó, carente de afecto.

–Mamá… –le afeó Enric.

–Está bien. –La mujer pensó un instante–. Madre.

–¡Mamá!

–¿Qué? Yo lo veo cómo la madre en vuestra relación.

Pere Martí apenas contuvo la carcajada, tuvo que alejarse de la puerta.

–Pep –intervino Curro antes de perder el control sobre el interrogatorio.

–Judas –declaró ella con una sonrisa cínica.

–Carmen.

–Un angelito. –Se le endulzó el gesto.

El portero anotó la contestación.

–Ahora los inquilinos que no son familia, ¿de acuerdo? Los franceses.

Josefina del Carmen consideró a los recién casados y el apoyo constante que les brindaban. Tras una breve pausa, dijo con insolencia:

–Familia.

–Ana María Campos.

Curro no reaccionó ante la burla de Josefina.

–Matasanos –respondió ella al momento–, cazafortunas, apóstata.

–La señora Díaz de León y su sobrina.

–La sobrina, anoréxica. La otra, perversa. Y huele mal, no me gusta su perfume.

Irreflexiva, Josefina disparaba sus dictámenes. Curro abreviaba las respuestas para seguir el ritmo.

–El escritor.

Tras una reflexión fugaz, la señora Josefina enjuició:

–Oportunista.

–Jaime Hernán, el *influencer*.

–Un payaso.

Aliviado, Curro terminó de anotar las palabras en la libreta y valoró su caligrafía, ilegible. Al levantar la vista, advirtió que la interrogada no podía disimular la sonrisa; había disfrutado con el juego.

–No me has preguntado por ti –dijo Josefina–. ¿Y si fueras tú el asesino? ¿O tu hijo?

Curro mantuvo la compostura, inspiró hondo.

–¿Cómo me definiría?

–A ti, resoluto. A tu hijo, cambiado.

Anotó ambos calificativos.

–¿Y qué papeles estaba ordenando cuando ocurrió todo? –le preguntó el portero.

El cambio de tema descolocó a Josefina, que se tomó unos segundos para contestar.

Pere Martí, curioso, deseó estar del otro lado de la puerta para ver el rostro de su mujer, pero se tuvo que contentar con oírla.

–Yo... Yo...

La mujer barajó diferentes respuestas, todas ellas falsas.

–Unos papeles del hogar –balbuceó tras recobrar el control.

Curro estudió con prudencia el súbito desconcierto.

–Si surge alguna novedad, la avisaré –concluyó con soltura, como si fuera una tarea cualquiera y no un interrogatorio.

El señor Martí se escabulló en silencio, sin que nadie supiera que había sido testigo de la conversación.

Capítulo 7

Martes, 29 de agosto de 2017

Jaime Hernán, que portaba una camiseta blanca con un logo enorme estampado en el pecho, se entretenía leyendo los comentarios de sus últimas publicaciones en redes sociales. Recibía el cariño de sus seguidores, que devoraban con avidez su contenido. Comprobó, asimismo, el buzón de correo electrónico, rebosante de notificaciones; no quedaban vacantes para su próximo curso *online*. Haciendo uso de la calculadora de su móvil, multiplicó el número de asistentes por el precio de dicho curso: se embolsaría casi doscientos mil euros. El timbre, una llamada corta y seca, impidió su celebración. Acto seguido, se quitó rápidamente la camiseta dejando al descubierto su torso y se encaminó hacia la puerta.

Nando le entregó el desayuno al *influencer*, que lo recibió marcando abdominales, y le informó de la nueva investigación. Jaime Hernán se carcajeó al descubrir quién era el detective. Desoyendo sus burlas, el sustituto del portero puso rumbo hacia la villa número cuatro, residencia del escritor.

–Buenos días, Fernando –lo saludó Antonio Sanz, vestido con una ligera camisa blanca de lino–. ¿Qué ha pasado, a quién han intentado matar hoy?

Nando esbozó una educada sonrisa y, tras una corta vacilación, anunció:

–Anoche, durante la cena organizada por la señora Josefina del Carmen, se aprobó una medida extraordinaria.

El escritor, desconcertado, irguió la espalda y aguardó en silencio.

—Se está llevando a cabo una nueva investigación y se exige la participación de los vecinos.

—¿Han contratado a un sabueso? —preguntó el señor Sanz.

Nando confesó la identidad del investigador. Pasmado, el novelista requirió una explicación.

—La señora Josefina está asustada, dice que vio a un hombre vestido de negro durante el incendio y que tiene miedo de que alguien, algún vecino, haya querido asesinarla. Su hijo, Enric, propuso organizar una segunda investigación, dirigida por el portero. Si no colabora, señor Sanz, lo expulsarán de El Jardín del Mar. Eso votaron.

—¿Qué? ¡Pero si yo no voté! —protestó, escandalizado.

El joven se esforzó por contar con detalle cómo se hizo el referéndum, mencionando incluso el resultado: siete a favor, tres en contra, computando su voto, el del *influencer* y el de la señora Díaz de León.

El escritor tardó unos segundos en procesar la información.

—¿Han organizado este circo para que la madre se quede tranquila? —resumió saliendo de su ensimismamiento—. Es ridículo, todos declaramos ante la policía, tenemos coartadas válidas y verificadas, yo estaba en mi casa. El único que no estaba localizable durante el accidente era el marido, el señor Martí. ¿Faltaba alguien más, lo han comprobado? ¿A él también lo investigarán? —quiso saber Antonio Sanz, exigente.

Nando asintió, compartía su frustración. El novelista, enervado, amagó con cerrar la puerta, pero el joven se lo impidió.

—No sé si me ha entendido —carraspeó—. Tendrá que declarar de nuevo ante el portero.

—Ya declaré ante la policía. ¿Cuántas veces quieren que lo haga?

–Hasta que la señora Josefina quede satisfecha –respondió Nando, resignado.

El escritor enmudeció y sus ojos se nublaron, como si de repente reconociera algo que habría preferido negar.

–No lo haré –anunció con solemnidad–. Avisa a Hércules Poirot, voy a hacer mis maletas y me marcharé.

Sin poder creérselo, Nando consideró el comportamiento volátil del escritor y el rechazo a la investigación. Pero no pudo ahondar más en ello, pues Antonio Sanz cerró la puerta.

–¿Con quién podríamos hablar ahora? –preguntó Curro sin levantar la vista de sus notas.

–Con mi padre, supongo. –Enric se encogió de hombros–. O con la doctora, quizá ella nos pueda aclarar si mi madre pudo tener alucinaciones a causa del humo.

Al portero le tranquilizaba ver que su amigo era el primer interesado en resolver lo ocurrido. Enric temía, y motivos no le faltaban, que su madre hubiera sufrido un deterioro físico y mental que pusiera en riesgo su vida.

–También tendríamos que hablar con Pep –opinó Curro ante el silencio reflexivo de su interlocutor–. Es el único que estuvo cerca de la villa cuando se produjo el incendio, quizá vio algo.

Las dilucidaciones se vieron interrumpidas por la llamada de Nando, portador de inesperadas noticias. Curro y el director de la urbanización abandonaron con celeridad el polvoriento despacho del señor Martí y su socio.

Su marcha captó la atención de la señora Dupont, que seguía sentada en el porche de su villa. Ninguno de ellos la saludó. Curro, ensimismado, repasaba la información que había recibido. Le inquietaba lo que se esperaba de él: en veinte años al servicio de El Jardín del Mar nunca había expulsado a un vecino.

–No quiere declarar –recapituló Nando al encontrarse en el camino de gravilla–. Prefiere pirarse a participar en esto.

—Esconde algo, seguro –susurró Enric con la vista fija en la puerta de la villa número cuatro, ocupada por el escritor.

El portero, en cambio, miraba al suelo, medroso. No reparó en que, a su espalda, se asomaron Chloé Dupont, aún en pijama, y Daniel Autet.

—¿Está seguro, señor Enric? –dijo al fin.

Su amigo asintió con gravedad.

—Tenemos que cumplir con lo que se aprobó anoche.

Obediente, Curro alzó la cabeza y advirtió a los curiosos. Un ademán incómodo se dibujó en su rostro, que hubiera público en ese momento resultaba tormentoso para él. Respiró hondo y, escoltado por Enric, recorrió el camino que discurría entre la lavanda y el romero y terminaba a los pies de la entrada de la villa.

—Buenos días –el escritor recibió al detective y su superior con educación.

—Buenos días, señor Sanz –le correspondió el portero–. Creo que mi hijo ya le ha informado de lo que se aprobó anoche por mayoría absoluta.

—Así es –intervino el autor–, una votación digna de un país democrático.

Lo dijo sarcástico, dirigiéndose a Enric y los demás vecinos, que se agolpaban a escasos metros. Entre ellos, vistiendo indumentaria deportiva, destacaban Thierry Dupont y el constructor, que se acercaron al tumulto como insectos atraídos por la miel.

—Sabe que, si no participa, deberá abandonar la urbanización.

Por toda respuesta, Antonio Sanz abrió la puerta en su totalidad, revelando sus maletas ya cerradas. El interior de la residencia estaba despejado, no quedaba rastro del caos que lo caracterizaba.

—¿Puedo preguntarle por qué no quiere cooperar? –se interesó Curro.

—Porque no quiero perder el tiempo con juegos infantiles.

–Pero… –tartamudeó el portero, nervioso– ¿entiende que parece que esté huyendo?

La pregunta provocó el silencio del escritor.

–Ya contesté a la policía y determinaron que fue un accidente doméstico –dijo–. Yo vine aquí a trabajar, en busca de inspiración, clarividencia e incluso respuestas, y no hago más que responder preguntas.

Curro miró de soslayo a Enric, que asintió de nuevo. Sabía lo que debía hacer.

–Lo lamento profundamente, pero, de acuerdo con la medida extraordinaria aprobada por mayoría absoluta en la noche del lunes 28 de agosto de 2017, debo pedirle que abandone la urbanización a lo largo del día. Además, no le serán reembolsados los cuatro meses que le quedaban con nosotros.

El escritor asintió, comprensivo.

–Siento mucho que su estancia se haya visto afectada por estos contratiempos –añadió afligido el portero.

–No se preocupe, no ha sido culpa suya.

El escritor le ofreció la mano, franca, y se despidieron. El conserje, turbado, y Enric, confuso, desanduvieron el camino de gravilla de vuelta al jardín, donde los aguardaban los curiosos. Nando había regresado a la garita.

–¿Qué ha pasado? –cotilleó Daniel.

Enric ejerció de portavoz mientras el portero, cabizbajo, consideraba el nuevo revés profesional: las defectuosas cámaras de seguridad, la villa deshabitada, la desaparición del cuadro de Vives Fierro, los sobres en blanco y sin remitente que atormentaban al señor Martí tras haber recibido de nuevo uno esta mañana, según le había contado su hijo, el accidente doméstico de la señora Josefina y ahora la prematura marcha de un vecino. Era, además, inevitable pensar en la decadente relación con su hijo.

Vagó sin rumbo hasta perderse entre los pinos y alcornoques de la finca, como si, avergonzado por la gestión, quisiera esconderse.

Enric buscaba sin éxito al portero, errante tras el incómodo momento con el escritor. Bajó el repecho de la entrada de la urbanización y se dirigió a la garita. Se encontró con Nando, distraído con su teléfono móvil.

–¿Dónde estará? –murmuró.

En pie, bajo el umbral de la caseta, el joven se encogió de hombros. Enric le dedicó una mirada sincera y valoró la sentencia de su madre al responder a las preguntas durante el interrogatorio. El chico había cambiado, convino, pero entendía el porqué de su actual apatía: estaba al servicio de su padre, sin importar su consentimiento ni disposición. Debía ayudarlo, por mucho que quisiera estar en otra parte y, tal vez, con otra compañía, deleitándose en la holganza del verano, exento de responsabilidades. Se reconoció a sí mismo en el joven, heredero también, aunque solo durante tres meses al año, del trabajo de su padre.

–Gracias por ocupar el puesto de Curro –añadió, simpático.

El adolescente, educado, le correspondió con un ademán tibio.

–Uno haría cualquier cosa por sus padres, ¿verdad? –opinó Enric– Incluso defender el fuerte mientras papá juega a los detectives.

El comentario, afable, consiguió un gesto distendido y animoso de Nando, que desconocía el paradero del conserje, pero podía imaginárselo.

–Debe de estar con la señora Josefina –intuyó–, explicándole lo que ha pasado.

Enric le guiñó un ojo y remontó el repecho rumbo a la villa número uno.

Curro expuso lo ocurrido a la señora Josefina, que lo atendió en el porche, sin ni siquiera invitarlo a pasar. El portero tampoco hizo ademán de adentrarse en la residencia: su presencia, salvo emergencias, debía limitarse a las zona comunes.

–¿Se ha ido ya? –preguntó, expeditiva.

El portero negó.

–Lo hará a lo largo del día –contestó–, tenías las maletas listas.

En ese momento apareció Enric, jadeante. La madre quiso saber su opinión.

–Algo esconde –compartió el hijo.

Josefina, en silencio, valoró el informe.

–Bueno –salió de su ensimismamiento–, ya está. Al menos podemos concluir la investigación.

El conserje y Enric se miraron.

–Pero si apenas llevamos unas horas, mamá. Solo te hemos interrogado a ti.

–Sí, y ha dado resultado. El escritor esconde algo, tienes razón. Quizá me intentó asesinar –aventuró–. Yo vi a un hombre vestido de negro –siguió antes de que ninguno de sus interlocutores pudiera interrumpirla–, y él siempre va de negro.

–Hoy llevaba una camisa blanca.

–Y era un hombre de su estatura. –Josefina omitió el comentario de su hijo–. Eso descarta a todas las mujeres de la urbanización y a los hombres más bajitos que él.

–Hay otros hombres de su altura, yo mismo –replicó–. O Curro.

–Pero vosotros no habéis intentado matarme.

–¿Y él sí?

–Eso parece –dijo la madre.

Desconcertado por el devenir de la conversación, el portero estudió la expresión de ambos: en el rostro de Enric se dibujaba un gesto confuso y en el de su madre, que horas antes se mostraba temerosa, una leve sonrisa, aliviada por la marcha del escritor.

–Perdonen –Curro rompió el silencio–, ¿qué hacemos entonces?

Enric miró a su madre, atónito y sin respuestas.

–Concluir la investigación –estimó ella con sencillez.

–¿Y cuál es el veredicto, mamá?

–El escritor me intentó matar, él es el hombre al que vi a través del humo.

–¿Y por qué la policía considera que no pasó nada? –inquirió Enric–. ¿Cómo puedes decir que te intentó matar, sin más? ¿Por qué nadie se ha dado cuenta de ello?

–Porque es un escritor, cariño, son sagaces, pueden justificar cualquier situación por inverosímil que parezca. Seguro que confundió a la policía con sus palabras de erudito.

–¿Y por qué te intentó matar?, ¿cuál es su móvil?

Curro asentía con cada pregunta, sentía la misma curiosidad que su amigo.

–Es evidente –dijo Josefina–, me negué a la presentación del libro y eso dañó su ego engrandecido.

Enric estalló en una carcajada, asombrado por las conjeturas de su madre.

–El escritor me intentó matar, fracasó, se libró de la policía y ahora huye por miedo a que le descubramos. –La señora Josefina hizo una pausa y añadió en voz baja–. No fue un accidente doméstico.

Siguió un silencio largo. Enric negaba con la cabeza, incrédulo. Recordó las caídas de su madre y el trapo junto a los fogones. Consideró también el veredicto policial basado en el descubrimiento de los bomberos, convencidos del origen fortuito del incendio. Y, sin embargo, su madre aseguraba que el escritor, por una irrelevante discusión, era el responsable del incidente.

–Ni Sherlock Holmes habría cerrado el caso tan rápido –concluyó la señora Josefina, agradecida.

Enric contempló a su madre, una pacífica sonrisa dominaba su semblante.

–¿Estás más tranquila?

Ella asintió y Enric volvió la atención a Curro. El portero

lo miró perplejo y él, resignado, se eximió con un gesto que parecía expresar que el motivo de aquella investigación se había consumado.

—Queda clausurada la investigación —proclamó el director de la finca con sobriedad.

Capítulo 8

Martes, 29 de agosto de 2017

Consciente de que su repentina marcha era chocante, sospechosa incluso, Antonio Sanz no se despidió de ningún vecino; tampoco sentía la necesidad de hacerlo, pues le lanzaban miradas reprobadoras. Introdujo las maletas en su Alfa Romeo GTV 6 y condujo hasta la entrada, custodiada por Nando.

–Gracias por todo, Fernando –dijo el escritor bajando la ventanilla–. Y dáselas también a tu padre. He estado muy a gusto en la casa. Ah, y he cancelado el pedido, no esperes ningún escritorio.

El adolescente permaneció inmóvil, ni siquiera amagó con levantar la barrera. El señor Sanz temió que el silencio del joven precediera a otra cuestión por su inesperada marcha.

–¿Puedo hacerle una pregunta sobre su libro? –soltó de pronto, curioso–. Quería saber cuál es la conclusión.

El escritor enarcó las cejas, sorprendido, y, con voz pausada, ofreció una explicación ponderada e imparcial.

–Mi trabajo no es ofrecer respuestas, sino plantear preguntas al lector. No soy yo quien debe determinar el mensaje de la novela.

Nando asintió, desilusionado. Pensó en insistir, aunque supuso que sería en vano.

–Es un poco enrevesada, pero seguro que me gusta.

–Los finales son siempre difíciles. –Antonio Sanz ladeó la cabeza, dubitativo.

–¿A usted no le gusta?

Interesado, Nando dio un paso hacia el novelista, que guardó un silencio reflexivo.

–Me gustaba –confesó–, pero creo que he cambiado.

–¿Su estancia aquí le ha cambiado? –curioseó el joven.

La inocente pregunta acalló al señor Sanz. Con la mirada perdida, valoró los meses en la urbanización, de marzo a agosto, una estadía que había terminado de forma abrupta e imprevista.

–¿Por qué se marcha?

–Porque este no es mi lugar –admitió tras una corta vacilación–. Creo que nunca lo ha sido. Hazme un favor –añadió–, disfruta de lo que queda de verano con tu padre.

Era un consejo sincero, sin ornamento alguno, ni una sonrisa que lo acompañara. Perspicaz, Nando captó la seriedad de su voz, asintió y levantó la valla. Antonio Sanz engranó la marcha y se alejó de El Jardín del Mar despidiéndose con un gesto. Fascinado por el novelista, un tipo imperturbable que, sin embargo, huía, Nando lo siguió con la mirada hasta perderlo de vista. Parecía el final de su extraña relación.

Una vez solo, Nando consideró las palabras del fugitivo. Se dejó caer en la incómoda silla de plástico que presidía la calurosa garita y recordó la conversación con Enric, que también lo había animado a firmar la paz. Hacía dos meses y medio que convivían y aún no habían preparado los espaguetis a la boloñesa que marcaba la tradición. Lamentó la subordinación de su padre, dispuesto a cancelar la cena por sus jefes. No veía cómo recuperar la relación si primaba el trabajo. Entristecido, derrotado incluso, hundió la cabeza.

Al hacerlo, advirtió un sobre en blanco que alguien, vecino o forastero, había introducido por la rendija inferior de la puerta.

Miró a su alrededor en busca del mensajero, pero estaba solo. Supuso que alguien lo había depositado durante su ausencia, quizá cuando había ido a entregarle el desayuno al *influencer*. Con tan solo tocarlo, apreció que era idéntico a los sobres que recibía el señor Martí a nombre de A. P., pero no tenía remitente ni destinatario.

Lo abrió y extrajo una memoria USB. Confuso, la estudió con detenimiento. No percibió identificación alguna. Lo invadió una curiosidad irrefrenable y, asegurándose de que estaba solo, conectó la memoria portátil al arcaico ordenador de la garita.

Aguardó impaciente a que el ordenador reconociera y procesara el USB. Cuando lo hizo, después de lanzar otro rápido vistazo a su entorno, movió el cursor por la pantalla hasta que dio con una carpeta sin nombre. Clicó dos veces sobre ella y descubrió un archivo de audio, que reprodujo al instante. Una música ensombrecía una discreta conversación y, de pronto, estallaba en un grito ininteligible.

Queriendo descifrar el mensaje, cerró la puerta acristalada, impulsivo, y, de nuevo, acusando el calor de la garita, reinició la reproducción.

Repitió las palabras que pudo interpretar de uno de los dialogantes.

—Le importa que... ¿sume? ¡Fume! —corrigió sin detener la cinta—. ¡Fume!

Era una cacofonía impenetrable que, sin motivo aparente, explotaba. Pero la música, reparó, bajaba en intensidad, como si se alejaran de ella. Esperanzado, se llevó las manos a los oídos.

—Esto es de mis... ¿ciegos?

De repente, se iniciaba una segunda conversación. Eran dos personas, pero sus voces, débiles, eran apenas perceptibles, como si estuvieran intercambiando confidencias.

—Todo lo que sabe del... —decodificó con dificultad.

Reprodujo de nuevo esos segundos, confuso.

—Todo lo que sabe del ... es una... ¿intención?, ¿invención?

Nando negó y siguió escuchando, alerta.

–¿Quién es? –le pareció entender.

Uno de ellos ofrecía una respuesta escueta, tres palabras. Rebobinó, inspiró hondo y, cerrando con fuerza los ojos, atendió al final del audio.

–¿Quién es? –replicó la primera intervención.

Y oyó, esta vez sí, la respuesta.

Abrió los ojos con sobresalto y, atónito, detuvo la reproducción. Le asediaron preguntas que no sabía responder, la mera existencia de la memoria USB le perturbaba. Tampoco entendía quién podía haberla dejado ahí ni por qué: era una conversación inconexa e incomprensible, protagonizada por voces que no reconocía. Las pocas frases que había descifrado, además, eran vagas. Quizá el mensaje estuviera relacionado con el supuesto intento de asesinato que había sufrido la señora Josefina.

Solo había distinguido una palabra con claridad, un nombre que lo trastocó aún más. Buscó alternativas, términos de fonética similar. ¿Burro, churro, zurro? Nando miró alrededor, seguía solo. Confundido, dudando incluso de sí mismo, escuchó otra vez el final del audio y repitió las palabras de los hablantes, que, alejados de la ensordecedora música, decían:

–¿Quién es?

–El portero, Curro.

Que mencionaran a su padre era desconcertante. Comprobó los metadatos del fichero: la conversación, según lo que aparecía en pantalla, había sido registrada ese mismo día. Rechazó esa posibilidad al instante, pues el portero no había salido de la finca, donde, además, no había sonado música en toda la jornada. «Y si la hubieran grabado hoy reconocería alguna de las voces», se dijo.

Debía de tratarse de una broma de mal gusto. Nada certificaba la veracidad de ese documento, ni figuraba un nombre, ni identificador. Algún vecino, pensó al recordar los ejemplares de Agatha Christie que faltaban en la biblioteca, se debía de estar entreteniendo a costa del portero.

Se planteó entonces dos posibilidades: compartir el audio con el conserje y, tal vez, reiniciar así las pesquisas, o desatender ese enigmático mensaje que quizá nada tenía que ver con el contratiempo de la señora Josefina y frenar así un posible reavivamiento de la investigación, la misma que la propia víctima, satisfecha con la partida del escritor, había dado por terminada.

Además, calculó, le quedaban tres días en la urbanización y pronto volvería a la ciudad, lejos de esas desventuras. No podía revelar el descubrimiento al portero, lo convertiría de nuevo en Sherlock Holmes, el hazmerreír de El Jardín del Mar. No podía relanzar el caso, menos aún si la única prueba era un archivo de audio anónimo cuya existencia solo él conocía.

Repasó sus conclusiones: la policía había determinado que el origen del percance había sido un accidente doméstico; Josefina del Carmen Rodríguez, la víctima, había decidido finiquitar la investigación que ella misma había incitado, y ese mensaje, por impactante que fuera o por mucho que nombrara al conserje, no tenía por qué estar relacionado con el supuesto intento de asesinato.

Nando centró su atención en la pantalla y, determinado, eliminó la carpeta sin nombre. No iba a ser él quien, a tres días de su marcha, reiniciara la dichosa investigación.

Una a una, cargando, o así lo sentía él, con la culpa del ominoso año, Curro comprobó las cámaras de seguridad de la finca. Lo hizo también con resignación, pues sabía que, aunque estuvieran averiadas o incluso rotas, no podía hacer otra cosa que lo que llevaba meses haciendo: advertir al administrador, que era quien debía encargarse del posible reemplazo de los dispositivos de vigilancia. Aun así, queriendo resarcirse y ratificar su valía, verificó su estado. La luz roja de las cámaras parpadeaba, señal inequívoca de que, al menos a esa hora de la tarde, funcionaban. Revisó asimismo la disposición. Debían cubrir toda la superficie de la finca e impedir puntos ciegos por los que un intruso pudiera deslizarse con impunidad.

Sus revisiones lo llevaron hasta la deshabitada villa número ocho. Se detuvo ante ella, el monumento que conmemoraba la pésima gerencia de la urbanización. Rodeó el aislado chalet y se asomó a la parte trasera, donde aún quedaba una cámara por examinar. Los cables estaban conectados y la luz roja parpadeaba. Acto seguido, diligente, evaluó la orientación: debía encuadrar una descuidada parcela que ejercía de zona de paso hacia la puerta trasera de la casa, reservada para el servicio doméstico. Curro alternó la atención entre la cámara y el lugar que enfocaba. Entornó los párpados, parecía que estuviera algo desviada y apuntara a la pared colindante. En ese instante recordó la imagen desenfocada que había descubierto durante la ausencia del señor Martí a lo largo de la mañana del día anterior.

Con decisión, dejó la emborronada libreta Moleskine en el suelo, puso un pie sobre el marco de la ventana que había junto a la puerta trasera y, agarrándose del mismo, se aupó. De puntillas, estirándose tanto como pudo, rozó la cámara con la yema de los dedos. Los tornillos que fijaban la posición del dispositivo estaban desenroscados, flojos, como si hubiesen cedido al paso del tiempo.

Dio un salto y dedicó un vistazo al apaño. La cámara estaba mejor orientada, pero apenas la había movido unos centímetros. Mantuvo el gesto contrariado, aquel insignificante esfuerzo era inútil: el sistema de seguridad seguiría fallando, la villa continuaría deshabitada, el escritor no volvería y la relación con su hijo, al que solo vería tres días más, terminaría con un prolongado silencio.

Capítulo 9

Martes, 29 de agosto de 2017

Las villas, siguiendo con las indicaciones del señor Martí, habían sido construidas para asemejarse a un mirador: al atravesar la entrada, adornada con el azulejo numerado y revestida por flores trepadoras, se iba a parar al balcón pendido sobre el Mediterráneo. Al adentrarse en cualquiera de los ocho chalets que conformaban la finca, pues todos gozaban del mismo patrón arquitectónico, los recién llegados erraban hasta asomarse al ventanal, probablemente obnubilados por la panorámica. En las calurosas noches de verano los residentes acostumbraban a cenar en sus respectivas terrazas. Los franceses, sin embargo, pasaban la mayor parte del tiempo en el porche delantero, con vistas al jardín.

Thierry Dupont disfrutaba de un *gin-tonic* como si fuera una bebida isotónica. Al otro lado de una mesita de jardín, recostada en el canapé que ocupaba por las mañanas, Chloé, ya en pijama y sorbiendo una infusión digestiva, tenía la mirada perdida. Estaban en silencio, cansados con tan solo pensar en el próximo madrugón.

–*Qu'est-ce que tu as fait aujourd'hui? Quelque chose qui vaille la peine d'être mentionné[3]?*

Chloé exhaló un suspiro y le dedicó una mirada seria y conminatoria con la que rechazaba el diálogo. Thierry, encogiéndose de hombros, insistió:

---

[3] '¿Qué has hecho hoy? ¿Algo que valga la pena mencionar?'

—Ne me regarde pas comme ça, parle-moi. Vas-y, il faut que tu me parles[4]!

Pero ella no quería hablar y, por toda respuesta, se adentró en la villa número siete. Recorrió el pasillo hacia el lado sur y se encerró en el dormitorio.

Thierry resopló antes de terminarse la copa de un trago y entró en el chalet. Desde el salón, dedicó una mirada pesarosa al lado sur y encaminó sus pasos hacia el extremo opuesto.

Con el pomo en la mano, Curro temía encontrarse con su hijo. Inspiró y abrió la puerta del apartamento, su hogar desde hacía veinte años.

El diáfano espacio estaba vacío, el sofá cama deshecho. Sintió un alivio pasajero, pues no tendría que enfrentarse a Nando, pero su ausencia le extrañó. Comprobó su reloj, eran las diez y media. Para no ahuyentarlo más, resignado, se metió en su dormitorio.

Se quitó el uniforme, extrajo una camisa blanca del armario, la planchó con pericia y la dispuso para la mañana siguiente como si formara parte de un escaparate. Se enfundó el pijama ancho y cómodo, que nada tenía que ver con el traje que lucía durante el día, y echó mano de uno de los libros que había sustraído de la biblioteca. El paradero de su hijo, sin embargo, le preocupaba y leyó con desgana y distraído, como un niño que encara los deberes. Alcanzó su teléfono móvil, dispuesto a descubrir su ubicación. Sin embargo, no lo hizo. Se recordó que no era un niño, sino un adolescente, y que, además, no era tan tarde. Volvió a centrarse en la endiablada trama de la novela, que reclamó toda su atención, y, tras un par de párrafos, estaba de nuevo absorto por un asesinato imposible que solo Hércules Poirot podría resolver.

---

[4] 'No me mires así y háblame. Venga, ¡tienes que hablarme!'

«La verdad siempre se encuentra en los detalles más insignificantes». Releyó la frase varias veces, cautivado. Se sentía interpelado, como si Agatha Christie lo retara a considerar lo acontecido una vez más. Cambió el ejemplar por la Moleskine y la abrió en busca de pequeñeces que hubiera podido pasar por alto.

El vigilante nocturno, embobado por su teléfono móvil, no vio que una figura se escabullía de la urbanización. El descuido de aquel joven, o su indiferencia por el cargo, era desconcertante: no parecía custodiar el mismo tesoro que el portero diurno. «Mi padre –pensó Nando con resquemor– se habría puesto en pie para despedirse».

El rumor de las olas marcaba la cadencia de sus pasos, lentos y errantes. Bordeó la costa con las manos en los bolsillos y la mirada clavada en el suelo. Abúlico, destacaba entre el bullicio que dominaba el paseo marítimo. Las terrazas, situadas a lo largo de la bahía de Sant Pol, reclamaban la atención de los paseantes, al igual que los promotores de discotecas, jóvenes y atractivos, que repartían consumiciones gratuitas en busca de clientela. Los turistas, algunos recién salidos del agua, pues habían aguantado hasta el ocaso para abandonar la playa, cedían con gusto ante todas las ofertas: cenaban en uno de los restaurantes de primera línea de mar para después terminar la velada con una copa en el segundo local.

La música que sonaba a través de los altavoces de los establecimientos, los gritos alegres y las carcajadas de los comensales generaban un alboroto que intensificaba el asedio de pensamientos contradictorios de Nando. No podía ignorar, por un lado, la misteriosa grabación que alguien, cuya identidad desconocía, había dejado en la garita. Por otro, no dejaba de darle vueltas a la marcha del escritor, imprevista y, a su juicio, injustificada. Pensaba también en el portero. Era consciente de lo ilusionado que estaba por compartir el tradicional plato de pasta, había advertido la despensa repleta de productos que había reconocido de sus últimas vacaciones en San Cassiano, el pueblo de la provincia de Bolzano donde esquiaba con su madre y su padrastro. Y, sin embargo, había cambiado sus planes por la familia Martí. Le enervaba el sometimiento del conserje y su falta de ambición; todo lo contrario a su madre y su padrastro, libres e independientes.

A sus diecisiete años, con toda la vida por delante, se identificaba con ellos. No podía perder tiempo con intrascendencias, como le repetía su madre. Debía centrarse en su futuro académico y descubrir cuál era su vocación, si es que la tenía. Tenía que escoger qué carrera estudiar, formarse y amasar los conocimientos y experiencias vitales que marcarían su porvenir. Se le acumulaban las tareas, como en la propia urbanización. Pero, pese a la inminencia de la etapa universitaria, antesala del inhóspito mundo de los adultos, no podía quitarse de la mente a la chica de metro y medio y ojos azules a la que había hecho reír. Anna.

Se habían visto entre una marabunta de adolescentes que se fingían más mayores de lo que eran, entre el humo de un tabaco que no disfrutaban, los brindis y juramentos por vínculos inquebrantables que durarían menos que el hielo de las copas. Cuando sus miradas se encontraron, ella, avergonzada por su indiscreción, la apartó y él, envuelto en una partida de cartas, no le dio importancia. Víctimas, sin embargo, de una atracción recíproca, volvieron a buscarse entre los extraños y, esta vez sí, se sonrieron con timidez. Por entonces, lejos todavía de El Jardín del Mar, celebrando un cumpleaños en un dúplex del Paseo de la Bonanova, el entorno en el que acostumbraba a moverse, Nando aún llevaba el pelo más largo y repeinado.

Desinhibidos por la bebida, charlaron e intercambiaron anécdotas. Él narró con teatralidad cómo, muerto de vértigo, había sobrevolado el Serengueti en globo aerostático. Ella, que se reía de sus gestos histriónicos, se burló de sus alardes de trotamundos bautizándolo como Willy Fog. Aquella noche, aunque ninguno de los dos recordara el momento, se besaron por primera vez. Por suerte, no había sido la última, aunque se habían visto poco desde entonces. Ella se fue a Ortiguera, el pueblo pesquero donde veraneaba su familia, y él, en contra de su voluntad, se cortó el pelo e inició la temporada estival en la urbanización.

Aún no habían definido su relación y Nando, prudente, seguía los consejos de sus amigos: era preferible espaciar las conversaciones y aparentar indiferencia a espantarla con mensajes precipitados o, peor, indeseados. Lo cierto era que, de tener valor suficiente, ignoraría los convencionalismos sociales que dictaban normas asépticas y hablaría con ella a diario. Pero no lo hacía, reconoció con tristeza mientras ocupaba un aislado banco, alejado del alboroto del paseo marítimo. Hacía dos días que no charlaban.

Echó mano de su móvil y leyó con regocijo sus últimos mensajes. Ella, curiosa, le había preguntado por las vistas desde la finca y él, con una picardía inusitada, le correspondió con un selfi en el que aparecía risueño. Tenía ganas de hablar con ella. Pensó en enviarle un mensaje e iniciar una nueva conversación. Sus pulgares, inquietos y dubitativos, flotaban sobre el teclado. Antes de que pudiera decidirse, le sorprendió una videollamada entrante. Se quedó pasmado al comprobar la identidad del interlocutor. Tardó unos segundos en salir de su ensimismamiento, lo justo para serenarse, y contestó a la que era su primera videollamada con Anna.

En pantalla apareció una joven de pelo castaño y ojos azules que sonreía con ilusión. Parecía que su día hubiera mejorado al verlo. Nando, algo ruborizado, nervioso incluso, hizo otro tanto.

–¡Hola! –saludó ella, efusiva.

–Hola.

–¿Dónde estás? No se ven esas vistas.

Lo dijo con descaro, recogiendo la broma de Nando. Este, alborozado, alzó la cabeza: el haz de las farolas del paseo no lo alcanzaba, el vocerío de las terrazas tampoco.

–He salido a dar una vuelta.

El rostro de ella, en cambio, bronceado por el sol estival, se veía con claridad. Tenía una diminuta marca en el ojo derecho y una sonrisa arrebatadora. Despreocupados, hablaron del pueblo pesquero, situado entre Asturias y Galicia. Estaban separados por diez horas de coche.

–Está tan cerca de la frontera que hoy hemos ido a comer *pulpo a feira* –añadió ella relamiéndose los labios–. ¿Tú qué has comido?

–Un bocadillo de jamón.

–Bueno, al menos era de jamón.

–¿Qué se cree usted, señorita? En El Jardín del Mar hay nivel.

Nando se arrepintió de la gracia en el acto, pensó que era propia del portero. Pero a ella le pareció divertido y la conversación fluyó, intercambiaron comentarios insustanciales que, sin embargo, no les aburrían. Hablaron de las diferencias culturales entre sus respectivas localizaciones, se entretuvieron con la meteorología... Cualquier tema era válido para extender unos minutos más la llamada.

–Hace calor por allí, ¿verdad? Aquí hace frío, yo duermo con edredón, imagínate.

–¿Con quién?, ¿quién es ese? –fingió ofenderse Nando.

La excitación por verse era la culpable de sus ocurrencias. Pero ella, de nuevo, se rio.

–Sí, hace mucho calor –respondió él, aplacado por su sonrisa–. Los guiris se pasan el día en la playa.

–¿Y tú?

–Que va, estoy todo el día al servicio de sus majestades –ironizó haciendo una leve reverencia.

Durante su última conversación, Nando se había quejado del trabajo y de los vecinos, que solicitaban sus servicios por minucias. Recurriendo a la teatralidad con la que había narrado sus viajes por el mundo, detalló las manías y los gustos de los inquilinos: desde la francesa que vivía amarrada al porche de su villa a la espera de una correspondencia inexistente hasta las broncas de los Martí por la amistad entre Pep y el *influencer*. También le confesó los múltiples rumores que corrían por la finca. Pero no le había hablado del portero, solo le había dicho que compartirían un plato de espaguetis a la boloñesa.

–¿Sigue igual la cosa? –se interesó ella.

–Si te contara…

–Cuenta, cuenta –insistió.

Y eso hizo Nando, refirió las novedades: el contratiempo de la señora Josefina, definido por la policía como un accidente doméstico, su nombramiento como detective y la marcha del escritor.

–¿Estoy hablando con un detective? –se burló Anna–. ¿Me vas a tomar declaración?

–No, no. Estás hablando con el nuevo portero.

Al decirlo, Nando recordó que los vecinos, horas antes y sin otro motivo que la salida del señor Sanz, habían dado por concluidas las pesquisas.

–Bueno, ahora no –corrigió–, han cerrado la investigación. Supongo que quedaré relegado del cargo y volveré a ocuparme de otras cosas.

–¿Todavía no lo has hablado con tu padre?

Nando trató de mantener una expresión indescifrable, oscurecida por la poca luz que lo alumbraba. Pudo disimular cuánto le había incomodado la mera alusión al conserje. En el breve y rápido relato de lo sucedido en la finca durante los últimos dos días, no había mencionado la discusión, ni la amenaza con la que lo había atacado.

–No he tenido la oportunidad –se limitó a contestar.

Ella, sagaz, supo interpretar la escueta respuesta. No quería entrometerse en su relación, pero le entristecía el silencio que reinaba entre padre e hijo. Con tacto, como si quiera provocar una reacción, insistió:

—¿Cenasteis los famosos espaguetis?

Él, tenso, negó. Quería distraerse charlando con ella, preguntándole por tonterías, quería examinar su rostro en busca de esas diminutas marcas que solo él podría apreciar. Pero no quería hablar del portero.

—¿Y cuándo lo haréis?

En silencio, Nando se encogió de hombros.

—Ya solo te quedan dos o tres días ahí, ¿no? Vuelves el viernes.

—Por fin —exhaló un suspiro liberador—, sí.

El rostro de ella, visible y bien iluminado, traslució la pena que le provocaba esa respuesta. Él se percató y trató de restarle importancia.

—No nos entendemos, no pasa nada.

Esbozó una complaciente sonrisa que no aplacó el pesar de ella.

—Pero es tu padre.

—Ya…

Siguió entonces un extraño silencio. Aún se estaban conociendo, ella no podía inmiscuirse en su vida y él, pese a la atracción que sentía, tampoco quería airear las complicaciones de su relación.

—Os veis muy poco.

Era una observación simple y, quizá por ello, aterradora. Tres meses al año eran insuficientes para mantener el vínculo. Era improbable, lamentó, tal vez imposible, que su relación perdurara. Su padre, al que apenas veía, que año tras año se reconvertía en una versión más fría y distante de sí mismo hasta volverse un ser irreconocible capaz de sacrificar la única tradición que aún los unía, era quien debía reparar el daño, no un adolescente.

—No sé, funcionamos así.

—Quizá os haga falta una reparación.

El comentario consiguió la triste sonrisa de Nando, que no podía ignorar la aflicción de su interlocutora. Asintió con aire distraído, dándole la razón. Con independencia de la amenaza que había dirigido contra el conserje, el sino de su relación parecía inevitable.

—¿Sabes qué puedes hacer para arreglar las cosas? —propuso ella en un tono que anticipaba una broma.

—¿Qué? —Él le siguió el juego.

—Contarle aquella historia del globo aerostático.

—¿Tú crees?

—Sí, conmigo funcionó, me empezaste a gustar cuando supe que tenías vértigo.

Nando se sonrojó, pero, tal y como le aconsejaban sus amigos, trató de mantener las apariencias.

—O sea que cuando me lanzabas miradas desde el otro lado de la mesa, ¿todavía no te gustaba?

Ella negó con una sonrisa que la delataba. Permanecieron unos segundos en silencio, sin necesidad de forzar nuevos temas de conversación.

—Te queda bien el pelo así, cortito —opinó Anna—. Menos pijo.

—No te preocupes, volverá a crecer.

Por toda respuesta, ella esbozó una exagerada mueca de fastidio que dejaba entrever que, con un corte de pelo u otro, nada cambiaría entre ellos.

—Buenas noches, Willy Fog.

—¿Ya te vas a dormir? ¡Pero si estás de vacaciones!

—Mañana madrugamos para ir de caminata.

—Dudo que madrugues más que yo.

—Buenas noches, Nando.

En su boca, la aféresis sonaba bien.

—Me ha gustado la videollamada —añadió él, sincero—. Podríamos hacerlo más a menudo.

—Sí, pero la próxima vez que sea de día y en la urbanización, que quiero ver esas vistas.

—¿Te refieres a mí o al paisaje?

—Buenas noches, *pesao* —omitió la broma, que solo buscaba chincharla y alargar la charla aún más.

—Dáselas también a ese tal edredón.

—Qué imbécil.

—Buenas noches, Anna.

La pantalla se apagó, pero la sonrisa de Nando se mantuvo unos segundos.

Algún día, imaginó, la llevaría a El Jardín del Mar. Al considerar el destino de su paseo, pensó en el portero, su padre. Entonces la sonrisa se desvaneció. Debían hablar antes de que fuera tarde: al día siguiente, pese a su corta edad, y motivado tal vez por la idea de contentar a la chica de ojos azules, iniciaría él la difícil conversación.

Capítulo 10

Miércoles, 30 de agosto de 2017

Las cinco de la madrugada. La alarma sonaba lejana, amortiguada.

Curro despertó rodeado por los libros de Agatha Christie y sus anotaciones sobre lo acontecido a la señora Josefina. El bolígrafo se había quedado destapado y había manchado las sábanas. Habiendo malgastado horas de sueño en la innecesaria investigación, ya concluida, salió del dormitorio. Se sorprendió al ver a Nando en el sofá cama, pues la noche anterior se había encontrado con el apartamento vacío y, una vez se encerró en su dormitorio, secuestrado por las deducciones de su homólogo belga, no lo oyó regresar. Pensó en despertarlo, pero no se atrevió; todavía no habían hablado desde la discusión y un saludo a destiempo podía ser fulminante.

Su puesto de trabajo, desocupado antes de hora por el vigilante nocturno, lo aguardaba, al igual que el anciano que, pausado y embadurnado en crema solar, parecía esperar a que se instalara en la garita para adentrarse en las tranquilas aguas de la playa de Sant Pol. La alegría que sintió al verlo, sin embargo, se transformó en un gesto amargo: el bañista flotaba libre a la deriva y él, en cambio, se acomodaba en la caseta, preso.

Despachó al repartidor de periódicos, anotó la intcracción en la ficha de registro y charló con Thierry Dupont, que le informó de que el señor Martí había vuelto a recibir un extraño sobre en blanco.

–Ayer encontró otro y se lo entregó a tu hijo –exclamó el francés.

Curro lamentó la noticia. Otro misterio irresoluble.

Nando remoloneó en el sofá cama hasta que recordó dónde estaba. Comprobó la hora en su móvil y confirmó que llegaba tarde. Asió el manojo de llaves incluso antes de enfundarse su improvisado uniforme, descuidado en el suelo y arrugado, y abandonó el apartamento con premura, decidido a maquillar la demora. Si quería reavivar su relación, necesitaba cumplir con las expectativas del portero.

Este, que lucía el impoluto traje de verano, charlaba con Thierry Dupont, listo para su sesión deportiva.

–Buenos días –dijo Nando, cordial y sonriente como no se había mostrado desde su llegada.

–¿Dónde dejaste el sobre que llegó ayer? –le interrogó el portero, riguroso.

La sonrisa del chico se esfumó en el acto.

–Lo tiré a la basura –contestó Nando entristecido, pues su padre había correspondido a su saludo con una pregunta laboral.

–Era como los otros –añadió el francés–, mismo sobre, blanco también.

Nando extrajo los periódicos y la correspondencia del buzón central de la urbanización, sintiéndose molesto por la pregunta, que era más bien una acusación, y, sin mediar palabra, remontó el repecho. «A eso se limitará nuestra relación», rezongó, a un vínculo profesional entre padre e hijo, meros compañeros de trabajo.

Curro se arrepintió en el acto de su desacertada actitud. Su hijo parecía sonreírle y él había desoído el saludo contestándole de manera cortante. Parecía imposible que pudiera restablecerse la paz entre ellos.

Mientras, el constructor bajaba la pendiente hacia la garita. Vestía el uniforme deportivo al completo, gorra y reloj incluidos. Intercambiaron naderías acerca de las altas temperaturas que se esperaban y, acompañado por su escudero galo, abandonaron la finca.

Una vez solo, Curro ocupó la incómoda silla de plástico y, con pesimismo, consultó las imágenes de las cámaras de seguridad. Entre las cinco y las seis de la madrugada, como venía ocurriendo desde principios de año, la conexión había saltado. No se sorprendió, y aceleró la grabación hasta pasadas las seis.

Entonces algo llamó su atención.

Controló el ritmo de las imágenes, rebobinó hasta perder la conexión de nuevo y, atento, reinició la reproducción. Se inclinó hacia adelante, con la vista fija en el vídeo registrado por la cámara de seguridad que había reorientado la tarde anterior, la de la villa número ocho. La ennegrecida pantalla despertó a las seis de la mañana, puntual, y, segundos después, alguien se perdía entre los descuidados arbustos que poblaban la parcela. Repitió el fragmento varias veces en busca de un indicio que desvelara la identidad de esa espectral figura. Al no reconocerla, temió que fuera un extraño, tal vez un delincuente. Pensó en avisar a la policía, pero mantuvo la calma y continuó escrutando la imagen: la silueta, filmada desde una posición elevada, se veía pequeña; su rostro oscurecido era inapreciable y, de forma aleatoria, una centella brillaba con fugacidad.

Era imposible identificar al sospechoso, pero no cejó en su búsqueda. Tan solo apartó la mirada de la pantalla cuando, un poco más tarde, sudados y jadeantes, el francés y el constructor, algo rezagado, regresaron de su paseo matutino.

—¿Cómo ha ido, señor Martí? —se interesó Curro, solícito.

El octogenario le correspondió con un gesto de la mano, como si estuviera exhausto y rechazara la pregunta. Al hacerlo, su *smartwatch* plateado emitió un destello que iluminó al portero.

Con el impacto de la luz, se olvidó de la ficha de registro

y se sentó ante la vieja pantalla que dominaba la garita. Reprodujo de nuevo la grabación, apenas parpadeaba. Pocos segundos después de recuperar la conexión de las cámaras, pasadas las seis de la madrugada, una silueta de baja estatura que parecía cubrirse el rostro con una visera y que portaba un pequeño objeto que centelleaba al moverse salía del deshabitado chalet número ocho. Era el señor Pere Martí, captado con su indumentaria deportiva al completo.

Cauteloso, cerró las grabaciones y recuperó las imágenes a tiempo real que ofrecían las cámaras dispersas por la urbanización; no podía arriesgarse a que alguien viera lo que había descubierto, primero debía comprobar sus suposiciones. Echó mano de un folio que colocó junto a la ventana y abandonó la garita.

He salido.

–*Bonjour* –saludó Chloé Dupont en pijama–. ¿Alguna carta?

Nando la ignoró y continuó la ruta hasta la biblioteca. Desplegó los periódicos sobre la consola, cogió una edición de *The New York Times* y, con descaro, sin temer que un vecino le sorprendiera en horas de servicio, cruzó la sala en dirección a los sillones orejeros. Allí se hallaba la doctora, sumida en sus pensamientos.

–Buenos días –dijo el joven ofreciéndole el diario estadounidense.

Absorta, con la vista fija en el mar que se expandía a sus pies, Ana María Campos tardó un instante en advertir su presencia. Cuando lo hizo, le agradeció el gesto a Nando, que extrajo *Las decisiones que no tomé* de la estantería.

–¿Cuándo te marchas? –preguntó la doctora al oír el tintineo de las llaves que colgaban del pantalón del joven.

–¿Tanto le molesto? –contestó este con irascibilidad al tiempo que ocupaba el sillón contiguo.

Ella, imperturbable, insistió.

–El viernes, pasado mañana –dijo Nando.

Ana María apartó la vista y se quedó reflexiva. Aún no había compartido su teoría, era solo un presentimiento tormentoso. Quizá se equivocara y sus temores fueran injustificados, o puede que estuviese en lo cierto y sus sospechas salvaran una vida.

–Necesito que me hagas un favor –soltó de repente, en voz baja–. Y es extraoficial.

Ese matiz intrigó a Nando, que la miró de soslayo.

–Antes de decir nada –propuso ella con misterio–, acordemos un precio.

La hosca mirada de la señora Campos le hizo considerar la propuesta. Parecía transmutada: su comportamiento, afable y discreto hasta el momento, era ahora paranoico.

–Depende de lo que tenga que hacer –repuso el adolescente, carente de información.

–Necesito que te cueles en uno de los chalets y busques algo –simplificó ella.

Nando se volvió hacia la doctora, cautivado por la críptica respuesta, digna de una reunión entre espías.

–Cien euros –pidió irreflexivo, deseando saber más.

Ana María le ofreció la mano. Él la miró, calculador: le quedaban dos días allí, solo y aburrido, al servicio de los vecinos. «Si acepto el encargo estaré cumpliendo con mi función como conserje», se persuadió. Aceptó. La doctora dirigió entonces la vista hacia la entrada de la biblioteca. Estaban solos.

–Necesito que entres en la villa número siete y revises todos los cajones en busca de… –empezó a decir, pero no siguió adelante, como si le asustara su propia teoría.

–¿En busca de qué? –preguntó Nando, pendiente de cada una de sus palabras.

La señora Campos dudó. No conocía a ese chico, solo coincidía con él en verano y apenas intercambiaban algunas palabras. Ese año, además, se mostraba apático. Temía que, si compartía su corazonada, él se desentendiera y no hiciera nada al respecto. O peor, quizá la tomase por una demente desesperada por remediar su soledad. No sabía si podía confiar en él, aunque tampoco tenía otra alternativa.

—¿En busca de qué? —repitió Nando, alentador.

Ana María, acongojada por sus sospechas, confesó:

—Necesito que busques un producto, puede ser un bote de farmacia o unos polvos, no estoy segura —titubeó nerviosa—. Espero estar equivocada, pero necesito confirmarlo.

—¿Qué es?

La viuda comprobó de nuevo que siguieran solos y se acercó al adolescente.

—Podría ser veneno —susurró.

La hipótesis perturbó a Nando, que, por instinto, se alejó de ella despacio.

—Susi, la niña, está enferma —condensó Ana María esforzándose por recobrar la comprensión de su interlocutor—. Pero sus síntomas son, cuando menos, borrosos.

—Es anoréxica —logró pronunciar él, atónito.

—La extrema delgadez, el malestar abdominal, la baja frecuencia cardíaca, los vómitos, el esmalte dental erosionado, la depresión y los desmayos —listó la doctora hasta quedarse sin aire— son síntomas compatibles con otros males.

—¿Cree que alguien la está envenenando? —replicó Nando con escepticismo—. ¿Quién, la madrina?

A riesgo de convertirse en la vecina conspiranoica, Ana María Campos asintió.

—¿Por qué?

—Susi y yo nos encontrábamos aquí por las mañanas, antes de que tú llegarás. Yo leía el periódico, ella se sentaba ahí. —Señaló la butaca que ocupaba él—. Me dijo que le gustaba leer, pero no tenía fuerzas. Así que empecé a leer para ella, le chiflaban los libros de aventuras. Y eso hicimos desde su llegada, en junio.

La doctora se quedó callada, presa de la nostalgia, y el joven pidió más detalles.

–No entiendo. ¿Qué le hace pensar que la madrina la está envenenando? ¿Por qué lo haría?

–La mañana anterior al susto de Fina, hace tres días, el domingo, Susi me interrogó por las herencias. Primero pensé que me lo preguntaba porque le había hablado de Ricardo y le había dicho que, ahora que nos había dejado, me tenía que encargar de los negocios. Pero no, su interés no era mera curiosidad: quería saber quién heredaría en caso de que ella falleciera. Consideré su precaria salud y me dije que quizá ella asumía que, por desgracia, tarde o temprano se reuniría con Ricardo. Y con sus padres –añadió pesarosa–. No le di más importancia, pensé que era un comentario extraño fruto de una complicada situación, nada más.

Como a un niño al que le narran un cuento, Nando escuchaba con atención, intrigado.

–Pero ese mismo día –suspiró la viuda–, cuando Susi volvía hacia su villa después de leer conmigo, se desmayó. Y su madrina la encontró inconsciente en el suelo, frente a la entrada de la villa. Cuando volvió en sí, la niña tuvo que confesar por qué estaba fuera y le dijo que se reunía aquí conmigo cada mañana.

–¿A qué hora solían verse?

–Entre las cinco y las seis –dijo Ana María.

–Menudo madrugón para venir a la biblioteca –opinó Nando, al que le parecían unas horas algo intempestivas para venir a la sala a leer. Y más en verano, de vacaciones.

–Yo madrugo mucho habitualmente. Desde que murió mi marido las noches se me hacen difíciles, la verdad. Y Susi, que dice que apenas descansa y también duerme mal, me comentó que le gustaba escaparse de la villa mientras su madrina dormía para venir hasta aquí a leer, así no la tenía encima todo el rato, ya ves tú –le explicó la doctora a Nando, que hizo un gesto de asentimiento mientras la mujer proseguía–: El día del accidente de Fina, el lunes, yo aún no sabía nada del desmayo de Susi y vine a la biblioteca, donde esperaba encontrarla. Pero la que apareció fue la madrina, encolerizada. Me amenazó, discutimos.

Tras reparar en el ejemplar de *The New York Times* que sostenía su interlocutora, el mismo que desapareció de la consola el día del acontecimiento, Nando resolvió que las voces que había escuchado aquella mañana pertenecían a la señora Campos y a Dolores Díaz de León.

–Intenté hacerle ver que los síntomas podían ser compatibles con otras enfermedades –recapituló–. La anorexia es muy difícil de tratar, no existe un medicamento específico para ella, requiere de terapia y de la colaboración de todos los miembros de la familia, y hay que asegurarse de que el paciente coma lo necesario, incluidos los complementos vitamínicos. Puede que estuvieran haciendo lo correcto, pero si resultara que lo que tiene Susi no es anorexia, podría ser en vano o innecesario, incluso contraproducente. Le dije –concluyó la doctora– que me gustaría someterla a un examen exhaustivo.

Nando asintió, recordaba esa frase.

–Ella contestó que ya lo habían hecho y, gritando, me amenazó: me prohibió hablar con Susi, una reacción desmedida porque todo lo que había hecho hasta ese momento era entretener a su sobrina mientras ella la desatendía.

–¿Qué hace Susi por las mañanas?

–La niña me dijo que sale a pasear a primera hora.

Ana María se encogió de hombros y miró al frente. El amanecer teñía de rosa el mar, aún en calma. Esbozó una sonrisa al contemplar la postal que, veinte años atrás, embelesó a su marido. Pero su gesto se transformó cuando reparó en el reflejo proyectado sobre el ventanal: la niña, como ella la llamaba, no estaba a su lado.

–La última vez que la vi fue hace dos días, cuando el policía nos reunió aquí. –Hizo una pausa, angustiada–. Y apareció en silla de ruedas.

Nando recordó la impulsiva reacción de la doctora.

–Antes podía caminar sola. A principios de verano se bañó en la piscina. Le encanta nadar y jugar al tenis. Hoy eso le es imposible.

Ana María se enjugó las lágrimas que pugnaban por brotar de sus ojos. El joven guardó silencio, conmovido, aunque tenía una duda por aclarar.

–¿Por qué iba nadie a querer envenenarla? –preguntó de nuevo.

–Los padres de Susi eran millonarios –dijo la mujer– y le dejaron toda su fortuna a ella. Todavía no ha heredado, el dinero está colocado en un fideicomiso; eso es lo que pude interpretar de lo que me dijo. Y Dolores Díaz de León, hermana del padre de Susi, es su madrina, tutora y la albacea del testamento; ella se hace cargo del dinero hasta que la niña cumpla la mayoría de edad. Pero no le quedan cuatro años –se lamentó–. Quizá le queden días.

La señora Campos enmudeció. Al fin había expuesto su teoría. Solo podía aguardar la respuesta del joven, que había mostrado interés y parecía entender su razonamiento.

–En caso de que Susi muera –compendió Nando–, el familiar más cercano heredaría la fortuna.

La doctora asintió con gravedad. Su teoría, fruto quizá de su oprimente soledad o de la inminente injusticia que se cobraría otra vida inocente, ya no era solo suya.

–Yo saco a la madrina del chalet –añadió, persuasiva–, la asusto con que he llamado a un compañero del hospital que ha accedido a examinar a Susi. Conociéndola, vendrá a por mí –presagió con determinación–, y entonces tú entras en la villa y la registras.

–¿Y si no encuentro el veneno?

–En ese caso –Ana María apartó la mirada–, nada podremos hacer por ella –concluyó con solemnidad.

Si la doctora estaba en lo cierto, tal vez podrían salvar a

la niña. Incluso si no existía el veneno y Susi tan solo padecía una cruel enfermedad, sopesó Nando poniendo en duda la cordura de su interlocutora, él se distraería con la tarea en lugar de entregarle el desayuno al descamisado *influencer*. Consideró con detenimiento el encargo, husmear entre las pertenencias de un inquilino. Pensó entonces en las consecuencias del allanamiento. Le quedaban dos días allí, ninguneado por el portero, que no le había recriminado su actitud infantil, tan solo mostraba indiferencia por él. Primaba la urbanización y reinaba un insalvable silencio entre ellos. Si lo pillaba en pleno reconocimiento, fantaseó, tal vez el conserje lo enviaría de nuevo a la ciudad, poniendo fin a un verano más para el olvido.

–Está bien. Usted saque a la señora Díaz de la villa.

Ana María Campos había encontrado a un aliado. Ese joven tal vez pudiera conseguir las pruebas necesarias para salvar a Susi.

–Gracias, Fernando, gracias.

Restándole importancia, Nando asintió y, sin haber ni siquiera abierto el superventas de Antonio Sanz, abandonó la biblioteca con una misión.

Tras la lavanda y el romero, sintiendo el zumbido constante de los insectos que revoloteaban a su alrededor, Nando aguardó con la vista fija en la puerta principal de la villa número siete. Había apagado su teléfono móvil y sostenía el manojo de llaves con fuerza, silenciando el tintineo.

Permaneció así unos minutos hasta que, de pronto, Dolores Díaz de León apareció. Con premura cerró la puerta de la villa y se guardó la llave en el bolso negro de cuero que lucía sus iniciales bordadas en dorado. Nando sonrió al comprobar que, por el momento, el plan urdido por la señora Campos se cumplía. Esperó a perder de vista a la madrina y salió de su escondite.

Atravesó el jardín aprisa, mirando en todas direcciones.

Con una torpeza inusual en él, no consiguió dar con la cerradura. Desbocado, lanzando miradas fugaces a su espalda, sentía el aleteo en las venas y el sudor recorriéndole la espalda. Ahora que se disponía a cometer el allanamiento, temió que el portero le sorprendiera, no había excusa posible. Inspiró hondo tratando de recobrar el control y lo intentó de nuevo. Poco a poco, con la precisión de un cirujano, introdujo la llave en la cerradura y, esta vez sí, abrió. Entonces irrumpió en el chalet alquilado por Dolores Díaz de León y su sobrina.

Precavido, cerró tras él con llave, como si nadie hubiera entrado en la villa desde la salida de la madrina. Tras una pausa para tranquilizarse, centró su atención en la entrada: despejada, no había ni un cuadro en las paredes, ni una fotografía. Afinó el oído en busca de la adolescente, pero no apreció más que el canto lejano de los pájaros y el oleaje. Miró a su alrededor. A un lado se encontraba una estancia amplia, quizá el comedor; frente a él un largo pasillo de paredes blancas, y al otro la cocina. Se adentró en esta última.

Abrió todos los armarios, incluida la enorme despensa, que almacenaba unas pocas provisiones, arroz, pasta, salsas y tostadas. Olfateó de una en una las especias que encontró en una repisa. Comprobó asimismo la nevera: un par de cartones de leche, varias botellas de vino y docenas de zumos de melocotón envasados y listos para consumir.

Continuó con la búsqueda en el lavabo principal, situado al fondo del pasillo. Estaba repleto de cremas y perfumes costosos y exclusivos, reconoció alguno de los que usaba su madre. Se adentró en el vestidor contiguo, rebosante de zapatos y trajes caros que la señora Dolores vestía con vanidad. Metió mano en los bolsos. Le sorprendió el contraste entre la despensa y la nevera, decrépitas, y el colmado armario.

Chequeó el dormitorio principal deprisa, una habitación que daba a parar a un pequeño balcón suspendido sobre el Mediterráneo. En vano, examinó las mesitas de noche y halló joyas, bolígrafos y preservativos. Le sorprendió esto último. Después, cerró el cajón con ímpetu y salió a la terraza para airearse.

Inspiró al aroma del mar y, regocijándose en los sonidos del amanecer y en los primeros rayos de sol, cerró los ojos. Y entonces, a merced del verano, se sintió libre. Añoró el *dolce far niente* al que estaba acostumbrado cuando viajaba con su madre y su padrastro, unas vacaciones balsámicas durante las que pasear un libro de un hotel a otro sin llegar a abrirlo nunca y cuyo éxito se medía en horas perdidas. Rememoró algunos destinos, sintió el salitre y la arena en la piel y dibujó en su rostro una sonrisa, que se esfumó al admitir dónde estaba y lo que debía hacer.

Abrió los ojos.

Al girarse, se topó con una mirada que no esperaba.

Nando miró a su alrededor en busca de una escapatoria, concibió numerosas excusas, a cada cual más absurda, e incluso consideró delatar a la señora Campos. Permaneció inmóvil, acobardado y en silencio.

–Hola –dijo ella.

Él observó a su interlocutora, que ocupaba el balcón adyacente, orientado también hacia el mar.

–Hola –le correspondió al fin.

–Ven –ordenó ella.

Nando asintió y desanduvo el camino de vuelta al recibidor. Se detuvo en la intersección entre la cocina, el salón que llevaba a la terraza en la que se encontraba ella y la salida. Su mano tocó el pomo de la puerta, pero cambió de idea: por mucho que se marchara, lo habían descubierto.

Al personarse en el balcón, advirtió un zumo de melocotón servido en un vaso, un colacao y una tostada.

–¿Qué haces aquí? –preguntó Susi.

De nuevo, Nando sopesó sus opciones. Podía ofrecerle una excusa cualquiera o, por el contrario, confesar la preocupación de la doctora. Sin embargo, la apariencia de la niña, extenuada y pálida, le estremeció.

–He venido a ver qué tal estabas –improvisó con sinceridad, consiguiendo la complaciente sonrisa de Susi.

Nando no había lidiado con infortunios médicos y, sobrepasado por la situación, se interesó por ella.

–Veo que no te has tomado el desayuno.

Se arrepintió al instante de su torpeza en cuanto recordó la enfermedad que asolaba a la niña.

–Está malo –contestó Susi sin darle importancia al desafortunado comentario.

–¿Malo? ¿El qué, el colacao? ¿O el zumo?

–No me gusta el zumo –justificó ella–. Mi tía dice que ya no es época de melocotones.

La adolescente movía los labios con lentitud.

–Pero si no me lo bebo, no tengo colacao.

Nando apercibió el placer con el que lo dijo. Sonriente, propuso:

–Hacemos un trato, yo me bebo el zumo por ti y tú te tomas tu colacao. ¿Qué te parece? Yo no diré nada, ¿tú?

Ella, divertida, meneó la cabeza. El joven alcanzó el vaso y, para deleite de Susi, se bebió el zumo de un trago.

–No le digas nada a tu tía, ¿eh?

La niña, de nuevo, negó con una sonrisa.

–¿Dónde está? –preguntó él–. ¿Ha salido a pasear?

–Una llamada –articuló.

–¿Recibe muchas llamadas? ¿Con quién habla, con algún vecino? ¿Con la señora Campos?

–Ana me cuida –dijo ella con satisfacción.

–¿Y tu tía no?

Susi enmudeció. Su silencio inquietó a Nando. Preocupado, consideró su mermado físico y lanzó una mirada hacia la cocina, desprovista de alimentos.

–Y los demás vecinos, ¿te cuidan? –añadió.

Ella cerró los ojos y negó.

–¿Ninguno? –insistió–. ¿Ni los franceses?

Ella rio por lo bajo.

—¿De qué te ríes? ¿Qué les pasa a los franceses? ¿Te hacen reír?

—Su acento... —empezó a decir, pero no pudo terminar la frase.

—¿Te divierte su acento?

Susi asintió con una sonrisa que en segundos se esfumó. Nando observó su rostro demacrado, la tez seca y el cabello quebradizo. Lo invadió una repentina y turbadora reflexión: los únicos años felices que podía haber gozado la niña formaban parte del pasado. Perecería sintiendo dolor y soledad.

—¿Quieres tu colacao?

Nando tampoco obtuvo respuesta e, impotente, se puso en pie. No podía permanecer ahí más tiempo, la señora Dolores regresaría en cualquier momento. Pero antes de marcharse, pensando en el cometido que le había llevado hasta allí, palpó con suavidad los bolsillos de la bata de la chica, que temblaba. No encontró el veneno que buscaba, pero sí una fotografía en la que, sonriente, morena y achaparrada, aparecía junto a quienes debían de ser sus padres. Nada en esa instantánea podía indicar cuál sería su futuro.

Atravesó el salón de vuelta al recibidor, pero se detuvo al advertir que alguien trasteaba con la cerradura. La puerta, sin embargo, no se abrió, como si quien fuera que estuviese al otro lado se hubiera confundido de llave. Nando aprovechó para volver sobre sus pasos y, preso del pánico, se escondió tras una cómoda de la sala de estar. Logró ocultarse justo a tiempo, cuando la madrina, en su segundo intento, entró en la residencia.

Se asomó para verla, agazapado. Además de exhibir su antipático ademán, estaba agitada y enrabietada. Dolores Díaz de León se deshizo de su bolso negro y soltó un mugido que amilanó al intruso. Acto seguido, en pie e inmóvil en el recibidor, la señora Díaz se masajeó las sienes hasta que, una vez se recompuso, se dirigió al balcón. Por instinto, Nando se acuclilló detrás del mueble y, conteniendo la respiración, la vio pasar de largo.

Aprovechó para recorrer el camino hasta la entrada. Con el pomo en la mano, lanzó una última mirada hacia el exterior: la madrina, arrodillada junto a Susi, la despertó con delicadeza y le llevó el colacao a los labios. Sin rastro del veneno y conmocionado por la ternura de la señora Díaz, Nando se cuestionó la teoría de la doctora Campos. Temió con pesar el triste desenlace que aguardaba a la niña.

Se reunió con su cómplice en la villa número tres, lejos de miradas curiosas. Era la primera vez que Nando se adentraba allí, ni la señora Campos ni su difunto esposo abusaban del servicio con nimiedades. Las fotografías del risueño matrimonio y las numerosas láminas que adquirían siempre que viajaban a un nuevo destino conferían al espacio una personalidad propia. Era un hogar acogedor, no solo un mirador con vistas al Mediterráneo.

La doctora Campos le indicó el camino hasta el despacho, presidido por una imponente librería repleta de tomos de medicina. La sala estaba amueblada por dos escritorios, uno desbordante de papeles y el otro vacío, en desuso desde la defunción del señor Galgo. La viuda, que ofreció una innecesaria disculpa por el estado de la sala, llena de documentos relacionados con la posible venta de su parte de la finca, ocupó una butaca ergonómica. Nando, al otro lado de la mesa, hizo otro tanto.

—¿Has mirado bien?

Él le detalló sus esfuerzos detectivescos: había empezado por la cocina, donde abrió los armarios, la despensa y la nevera; también precisó la escasez de alimentos y las docenas de zumos de melocotón envasados; le dijo que había olfateado las especias, los perfumes e incluso mencionó las marcas de las cremas que utilizaba la señora Díaz.

—Y también he tocado los bolsillos de la bata de Susi, he

mirado en todas partes –enfatizó demostrando su empeño– y no he encontrado el veneno.

Tras una corta vacilación, la doctora aceptó el resultado de la búsqueda: su presentimiento era erróneo y, por desgracia, nada podían hacer por la adolescente.

–Qué caprichosa es la vida –lamentó–. Durante treinta años temí que Ricardo muriera de un ataque de alergia y, al final, falleció a una semana de los setenta y cinco, roncando y en paz. Y esta pobre niña…

Dejó la frase a medias, aterrada por la conclusión.

–Hemos estado charlando –dijo Nando–. Es muy simpática, le tiene mucho cariño.

Ana María esbozó una sincera sonrisa que se resquebrajó al considerar lo triste de su destino.

–¿Se había bebido el zumo?

–Quería su colacao –respondió el joven.

Ese apunte devolvió la sonrisa a la viuda, pues sabía lo mucho que le gustaba a Susi su colacao. Pero de nuevo adoptó un ademán sombrío, propio de la injusticia que padecía la niña. En un esfuerzo por maquillar su aflicción, la señora Campos se llevó la mano al bolsillo y extrajo la cantidad acordada: un billete de cien euros. Su aliado, sin embargo, que no podía quitarse de la mente la imagen de Susi, rechazó el pago. La doctora guardó el dinero y compartieron un silencio, ambos deplorando que una vida tan joven pudiera terminar de forma tan cruel.

El abrasador sol de mediodía acompañó a Nando de vuelta a la garita, donde sospechaba que rendiría cuentas al portero. Entre el calor y los remordimientos que no alcanzaba a comprender, notaba el sudor deslizándose por la espalda. Chloé Dupont lo saludó desde el porche de su villa, pero él, abismado, no reaccionó.

Bajó el repecho de la entrada a trompicones, deseando resguardarse de la canícula. En la caseta se topó con una nota escrita a mano: «He salido, cúbreme». La última vez que había hablado con el conserje por otro motivo que no fuera profesional fue para discutir con él. Le entristeció recordar las palabras brutales que le dedicó y la amenaza que provocó un silencio que ya duraba dos días.

Nando desatendió la nota y miró más allá de la garita, a la playa de Sant Pol, donde un padre y un hijo, ignorando las acaloradas protestas de los demás playeros, jugaban a las palas. Era una imagen irreconocible para él.

—¡Otra vez!

El grito lo sacó de su ensimismamiento, notó de nuevo el sudor y la opresiva humedad de la acristalada caseta. Se volvió hacia el vecino que había hablado: el señor Martí.

—¡Otra vez! —repitió el hombre.

Agitaba con vehemencia un sobre blanco. Nando recordó el archivo de audio que había eliminado.

—¿De dónde ha salido? —exigió el constructor.

El joven se defendió con pasividad, harto de repetirse: lamentaba la molestia, pero él no había sido y el portero, cuyo paradero desconocía, tampoco.

—Comprueba las cámaras, ¡ahora! —ordenó el señor Martí—. Vamos a ver quién es el responsable de esta broma pesada.

Nando obedeció y echó mano del mecanismo que controlaba las cámaras de seguridad, un aparato simple y utilitario. Sin embargo, erró al presionar la tecla que rebobinaba las imágenes y, con torpeza, detuvo la grabación. En apenas unos segundos, aguantando los bramidos del señor Martí, reinició el sistema y, al momento, reapareció en pantalla la transmisión en tiempo real. Nando, que presagiaba un inminente dolor de cabeza provocado por el tono imperioso del constructor, se disculpó y, en su segundo intento, cumplió la orden con éxito y rebobinó. La vista inquieta de Pere Martí saltaba de una cámara a otra.

—¡Páralo! —dijo—. ¡Páralo!

Se acercó a la pantalla y, tras un vistazo, se desentendió

147

del sobre sin remitente destinado a A. P. y se alejó sin añadir palabra.

Nando centró la vista en la grabación de la cámara que había examinado el constructor, que correspondía a la villa número ocho. No vislumbró nada sospechoso, tan solo una imagen algo desenfocada cuyo encuadre incluía una pared y un pedazo de parcela descuidado. Con una jaqueca cada vez más intensa, ignoró la pantalla y se cubrió los ojos del sol.

Permaneció en esa posición incluso después de reparar en la ficha de registro, un cruel recordatorio de su escasa profesionalidad. Levantó la cabeza al oír el motor de un vehículo.

—Un pedido para Jaime Hernán —anunció el repartidor—. ¿Jaime Hernán? —leyó de nuevo, abrumado—. ¡¿El *influencer*?! Es el puto amo, tío, le van todas detrás. ¿Vive aquí?

El mensajero derrochaba un entusiasmo incompatible con la susceptibilidad de Nando.

—¿Quieres entregarle tú el pedido? —propuso este sin ni siquiera considerar las consecuencias de la invitación.

El chico estalló de júbilo y él, displicente, le indicó el camino hacia la villa número cinco. Se sentía abúlico, no quería moverse y menos aún para encontrarse con el descamisado.

Al bajar la cabeza para cubrirse del sol, advirtió de nuevo la ficha. Supo entonces que el portero, con razón, reprendería su irresponsabilidad: permitir la entrada de un desconocido después de lo acontecido era, cuando menos, insensato. Aun así, no amagó con ir tras el repartidor, que ya deambulaba por la finca, ni tampoco anotó la hora de llegada. Prefería afrontar la reprimenda. El calor oprimente que forzaba el canto de las cigarras lo noqueó.

La impotencia, la debilidad y el sueño que sentía le hicieron pensar en Susi. Apenas tres años los separaban y, sin embargo, su suerte era opuesta. Lo invadió otra vez un extraño pesar. Era un chico con bastante suerte, los mayores problemas a los que se había enfrentado eran minucias propias de un adolescente: dónde viajaría con sus colegas al concluir el colegio, qué iba a estudiar y en qué universidad y cuándo se reencontraría con Anna, la chica de ojos azules. La peor de sus desgracias, se rio entre dientes, era reunirse con el portero en verano. Fútiles preocupaciones, teniendo en cuenta la desdichada vida de la niña, huérfana desde que tenía uso de razón y además enferma.

La comparación, odiosa, le provocó un súbito sentimiento de culpa; como si, resabiado, solo pudiera reconocer los aspectos menos amables de su vida, que deslucían su presente. Una punzada de tristeza lo asaltó e, incómodo, recordó las veces que no había sabido valorar su suerte: mientras que Susi, convaleciente, sonreía con tan solo pensar en su colacao, él, en perfecto estado de salud, rezongaba por acto reflejo.

De forma mecánica, echó mano de su teléfono móvil. Carla Roca contestó al segundo tono, como si aguardara su llamada.

—Ya era hora, Nando.

—No me llames así, mamá.

Lamentó que su saludo inicial fuera un reproche. Su madre, acostumbrada tal vez al trato, lo ignoró.

—¿Qué tal va todo? ¿Tienes ganas de irte?

El hijo no contestó, se quedó pensativo. Desde el otro lado de la línea la madre captó su aturdimiento e insistió. Con dificultad, Nando se puso en pie y cerró la puerta de la garita, necesitaba respuestas que prefería mantener en la intimidad. Al recuperar el sitio, notó la falta de aire.

—¿Cuándo dejaste de trabajar aquí? —empezó, todavía medio mareado por el calor.

Su madre, desprevenida, no supo contestar. Él repitió la pregunta.

—En 2001, cuando cumpliste dos años. Yo tenía veintidós —añadió.

–¿Y por qué te fuiste?

El imprevisto interrogatorio arrancó con dificultad y, tras la vacilación inicial, ella cedió.

–Mis padres me echaron de casa a los diecisiete años y tu padre y yo estábamos solos, sin recursos, en paro. No pintaba bien –resumió, como si no quisiera recordar su desgracia–. Tu padre se hizo con un traje deshilachado que le iba grande, yo se lo intenté arreglar, y se presentó en la urbanización. No sé ni si andaban buscando personal. Lo recibió la señora Fina, que era la administradora de la finca en aquel entonces, y se apiadó de él, lo admitió como jardinero. Y esa oportunidad –suspiró aliviada– nos cambió la vida.

Carla hablaba como si la entrevistara su biógrafo, sin interrupciones por parte de Nando, que escuchaba con atención un relato que ya conocía pero que no había sabido valorar.

–Tu padre, que ya sabes cómo es, quería demostrar su valía y se entregó completamente a la urbanización. Se interesaba por otras tareas que no fueran de jardinería, se interesaba por los residentes, hablaba con ellos sin llegar a ser un incordio, e incluso entabló amistad con alguno, como Enric. Su constancia y dedicación me proporcionaron un trabajo en la finca, me convertí en la chacha de la señora Fina.

Nando hizo ademán de afear a su madre, que a veces se expresaba con una franqueza desfasada, pero no pudo.

–Como agradecimiento, yo colocaba una ramita de lavanda sobre su almohada. Cada mañana –apuntó–. Me jugaba la vida contra las avispas y las abejas para dejarle la puñetera flor en la almohada. Total, *pa* que luego las tirara a la basura, pero, bueno, éramos unos sentimentaloides.

El hijo sonrió al recordar ese detalle. Por un instante, pensó en contarle el contratiempo que había sufrido la señora Rodríguez, pero rechazó la idea: la víctima había salido ilesa. No tenía por qué preocupar a su madre.

—Fue un tiempo de adaptación. Y tu nacimiento lo cambió todo. Otra vez.

Esa aclaración, interpretó Nando, parecía esconder un reproche.

—¿Te fuiste por mí?

Carla suspiró con resignación y continuó:

—Teníamos horarios diferentes y pudimos organizarnos bien. Tu padre cuidaba de ti por las mañanas y yo por las tardes.

Al oírlo, Nando trató de evocar algún recuerdo de aquellas mañanas. Le pareció ver al portero en el suelo, junto a él, coloreando. La imagen se disipó con rapidez, como una acuarela que se desvanece.

—Pero —la madre recuperó su atención—, coincidiendo con la jubilación del portero de hace diecisiete o dieciocho años, tu padre fue ascendido y ocupó el puesto que aún mantiene.

Carla Roca enmudeció, atormentada por el siguiente capítulo de su historia. Nando, que respiraba por la boca preso por el calor de la garita, aguardó.

—Yo sabía la lealtad que sentía tu padre por la familia Martí Rodríguez, siempre me repetía lo afortunados que habíamos sido de encontrarnos con ellos. Y tenía razón, nos cambiaron la vida —coincidió—. Pero la gratitud de tu padre iba más allá de la mía. Él siempre se sintió en deuda con ellos, seguramente siga sintiéndose igual.

«De hecho, se desvive tanto por sus empleadores que incluso ha accedido a ejercer de detective para ellos», pensó para sus adentros.

—Yo sabía que se sacrificaría por quienes nos dieron la oportunidad de construirte un futuro mejor, libre de los problemas que tuvimos nosotros. Todo lo que hiciéramos entonces, todo lo que hicimos, te beneficiaría. Si él trabajaba como un esclavo, tú podrías estudiar y viajar. Tu padre decidió convertirse en el fantasma de tu vida, existe por y para ti.

A Nando se le llenaron los ojos de lágrimas. Abatido, recordó la discusión: se había burlado de él, negó sus méritos y desdeñó sus esfuerzos.

–Yo, en cambio, no compartía esa visión. Te quiero mucho, cariño, pero no podía vivir al servicio de otros, por muy agradecida que estuviera. Y que conste que todavía lo estoy –puntualizó–. Yo me veía joven, pensaba que estaba a tiempo de estudiar y de encontrar un trabajo que me llenara, quería viajar. Opinaba igual que tu padre: cuanto más progresara, mejores oportunidades tendrías tú, Nando.

El chico deploró su actitud propia de un niño malcriado, sintió náuseas al revivir los agravios contra su padre.

–El día que me marché –añadió su madre–, lloré como una Magdalena a los pies de la señora Fina, no podía ni hablar. –Hizo una pausa, trató de contenerse–. Fue tu padre quien habló por mí, le agradeció todo lo que había significado para nosotros, un presente digno sobre el que construir un futuro mejor.

Nando se enjugó las lágrimas y, por la respiración entrecortada de su madre, supuso que ella, al otro lado de la línea, hacía lo propio.

–¿Y no te pidió que te quedaras? –preguntó el hijo con un tono que reflejaba tanto la incomprensión que le generaba el portero como la culpa que sentía por la ruptura de sus padres.

–Nuestra ambición no coincidía, por eso nos separamos, no por ti. Nunca me pidió que me quedara con él, es un hombre comprensivo. Me mudé a Barcelona y él se quedó allí, en el mismo apartamento que aún es su hogar. Tu padre solo quería lo mejor para ti, le daba igual dónde. Quiere que estudies, que viajes, que encuentres un trabajo que te guste y alguien con quien compartir tu vida... Cosas de padres –concluyó Carla.

Nando hundió la cabeza entre las manos, desconsolado. Se sentía terriblemente mal.

–¿Le has hablado ya de Anna? Seguro que le encantaría conocerla –le propuso su madre.

Abrumado por la historia y el calor, rompió en sollozos. Sentía una presión asfixiante en el pecho.

–Me tengo que ir, mamá –alcanzó a decir antes de colgar.

Y trató de abrir la puerta vidriera de la garita.

Capítulo 11

Miércoles, 30 de agosto de 2017

El señor Martí recorría la urbanización deprisa, rumiaba acerca de las imágenes de las cámaras de seguridad que acababa de ver en la garita en compañía del hijo del portero. Temió, por un instante, que el chaval también se hubiera percatado del descubrimiento, pero este parecía distraído, desidioso incluso.

–*Bonjour!*

El constructor se topó con Chloé Dupont en la piscina, tumbada sobre una hamaca. Vestía ropa de calle y no había cogido toalla ni protector solar. Su presencia parecía algo forzada.

–Me ha dicho Thierry que han disfrutado de una buena carrera.

El señor Martí asintió con cortesía.

–Me alegra ver que vuelven a ser *de bons amis* –reconoció la francesa con sinceridad.

El octogenario cuadró los hombros.

–Sí, todo fue un malentendido –aludió él con elegancia.

–Thierry es muy competitivo, *oui*. No le gusta perder a nada, ni a las cartas.

El hombre, receloso, guardó silencio.

–Si no le importa que le pregunte, ¿qué le dijo para ofenderle? –quiso saber la francesa.

–¿No te lo ha contado? –se sorprendió él.

–No, prefiere no hablar del tema. Y yo quiero saber qué pasó *pour le réconforter*⁵.

El señor Martí rememoró la discusión que habían mantenido durante una velada organizada por los galos con el objetivo de distraer a su familia, afectada por la desaparición del cuadro de Vives Fierro. Thierry, como acostumbraba, se había pasado la noche junto a él. Lo había bombardeado con preguntas sobre sus inicios empresariales, quiso saber cómo había funcionado la relación con su difunto socio, le pidió consejo bursátil e, insistente, lo retó a una partida de póker. Con educación y alegando que estaba cansado, el señor Martí rechazó la oferta en numerosas ocasiones. Pero fue en vano: bien entrada la noche, se sentaron a la mesa. La conversación versó sobre los temas que interesaban al ávido francés, entre otros el origen de la finca, hasta que, saturado por las preguntas de Dupont, el anciano se retiró del lance y abandonó la fiesta.

–¿Qué le dijo? –insistió ella.

–Se pasó de listo –respondió Pere Martí con aire distraído.

–¿Por qué? –curioseó Chloé.

La insistencia de la recién casada lo sacó de su ensimismamiento y le dedicó una mirada crítica.

–Bromeó con algo que no debía, solo eso.

–Ya –replicó ella–, es muy bromista. Pasé algo de vergüenza cuando hizo que el pobre portero interrogara a *le chef*, eso no estuvo bien. Coge confianza y bromea muy rápido, con desconocidos también.

–Eso no es muy francés –comentó el señor Martí.

–Por eso yo soy tan tímida –rebatió ella–, para compensar. Como usted y madame Josefina, pues usted es más sociable y ella más callada. Es una buena mezcla –opinó–,

---

⁵ 'Para consolarlo'.

llevan cincuenta años juntos, un vínculo inquebrantable. ¿Cómo lo hacen?

–Lealtad –respondió tras una breve reflexión–. Y no tener secretos –añadió con ironía–, eso deberías decírselo a Thierry, que te lo cuente todo.

Compartieron un silencio que derivó en despedida. El constructor recuperó la marcha rumbo al chalet más alejado y aislado de la urbanización.

Pere Martí se asomó al mirador de la finca. Permaneció ahí unos minutos, pero no apreció la imponente panorámica. Con disimulo, lanzaba miradas a su alrededor. Tras comprobar que estaba solo, encaminó sus pasos hacia la villa número ocho.

La rodeó hasta asomarse a la parte posterior. Alzó la cabeza en busca de la cámara de seguridad. Usando la mano como visera, afinó la vista. Alguien había corregido la orientación del dispositivo, que ahora enfocaba una zona de paso hacia la puerta trasera y no la pared colindante.

El señor Martí bajó la mirada hacia la vía de acceso reservada para el servicio doméstico. Había un rastro de huellas en el suelo y era suyo.

La identidad de la silueta que huía de la villa número ocho había desconcertado a Curro, que llevaba toda la mañana absorto por su descubrimiento. Al limpiar la piscina, no había hecho más que pensar en el señor Martí; al recoger las papeleras comunitarias, solo se preguntaba qué debía hacer el constructor de madrugada.

–Buenos días.

–¿Qué dice, perdón?

Cada vez se distraía más en horas de servicio y se descubría ensimismado incluso cuando charlaba con los vecinos de la urbanización.

El portero, absorto por su descubrimiento, se acercó a Thierry Dupont.

—¿Necesita algo? —se ofreció.

—*Non*, nada —dijo él mientras se llevaba la taza de café a los labios.

Curro se excusó, importunar a los residentes sin motivo era del todo inaceptable. Al francés, sin embargo, no pareció molestarse.

—¿Estaba pensando en el caso, monsieur Poirot? ¿Por eso no me oía? Qué extraño todo, ¿verdad? El susto de madame Josefina, *la fumée* y ahora la marcha del escritor. Es un misterio digno de los mejores detectives, como mi compatriota.

El conserje esbozó una forzada sonrisa.

—La investigación ya terminó —le recordó con educación.

Él, por toda respuesta, tan solo asintió con aire distraído y cambió de tema.

—¿Alguna carta, por cierto?

Curro negó, se disculpó de nuevo y encaminó sus pasos hacia la villa número ocho. Los primeros rayos de sol habían sustituido a las farolas del jardín, desconectadas a las siete de la mañana, y la temperatura aumentaba con rapidez. Al advertir el calor, reparó en que su hijo no había cogido la gorra.

Se detuvo ante el deshabitado chalet y lo miró de arriba abajo. Tras cerciorarse de que nadie lo siguiera, se aproximó y probó el pomo. La puerta, tal y como esperaba, se resistió, pero acababa de ver unas imágenes en las que el señor Martí, para su desconcierto, salía de la residencia. Rodeó la villa hasta llegar a la parte posterior.

Alzó la cabeza en dirección a la cámara que había reorientado y luego bajó la vista al suelo, atento. Apreció unas pisadas secas que supuso que eran del constructor. «Nada escapa al ojo observador de un buen detective». Recordó la frase de Agatha Christie que lo animaba a cuestionarse las evidencias. Acto seguido, se agachó e inspeccionó el rastro con detenimiento. Le pareció identificar otro par de huellas.

Dejó escapar una risa sardónica al cobrar consciencia de lo que estaba haciendo: olfatear un rastro como un cazador que acecha a una presa. Los múltiples errores y contratiempos del verano le robaron la sonrisa: si tras veinte años en el cargo no podía asegurar el bienestar de los vecinos, tampoco podría resolver un misterio. Era un simple portero, no un detective.

No había sopesado su edad hasta ese momento: tenía treinta y ocho años y, sin embargo, llevaba más de la mitad de su vida en la finca. El cálculo le hizo recordar los insultos de su hijo, que había menospreciado sus sacrificios y amenazado con no regresar el verano siguiente.

Desanduvo el camino de vuelta al mirador que coronaba la urbanización, lejos de esas señales a los pies de la puerta trasera de la villa número ocho. Contemplativo, permaneció inmóvil ante el inabarcable Mediterráneo. Por primera vez en dos décadas sintió una profunda soledad de la que no podía escapar. Si Nando cumplía la amenaza, su vida habría sido en vano. Esa conclusión, fugaz e hiriente, era inaceptable. Debía remediar la situación y deshacer el corrosivo silencio que se había impuesto entre ambos hacía dos días, pero no sabía cómo hacerlo. Un verano de incomunicación, un vínculo reducido a intercambios profesionales, de rigor y obligaciones, había truncado cualquier conversación posible. Derrotista, echó mano de su teléfono y marcó un número que comunicaba. Anhelando compañía, llamó a Enric, que contestó en el acto.

Minutos después, su amigo se personó junto a él y, tras la trivial charla que dicta la costumbre sobre la imponente vista, el cambio climático, las altas temperaturas y la desaparición de la playa de Sant Pol, Curro preguntó por la señora Josefina.

—Está bien, tranquila —le informó Enric—. Y todo gracias a ti.

El portero rechazó recibir un crédito que desmerecía.

—No te martirices, nada de lo que ha pasado es tu culpa

–lo reconfortó el director de la urbanización, que parecía poder leerle la mente.

Curro, de pronto, soltó las inquietudes que lo agobiaban, incluida su soledad.

–El día que me jubile no sabré qué hacer.

Enric asintió, comprensivo. Su vida se resumía al heredado negocio familiar, en peligro por la oferta saudí. Su madre, portavoz de las voluntades del constructor, le había exigido luchar por la perdurabilidad de la urbanización. La leyenda de las tres generaciones le carcomía desde entonces: los abuelos emprendían un negocio que los hijos, después, habiendo gozado de una mejor preparación académica, hacían prosperar y que, por último, los nietos, ya nacidos en la abundancia amasada por sus antepasados, gestionaban sin esmero hasta el colapso de la empresa. Pero no compartió sus temores con el portero, tan solo lo animó, pues rara vez flaqueaba.

–Eres un tipo con inquietudes –le dijo–, seguro que descubres alguna actividad que te entretenga.

–No me refiero a eso –replicó Curro–. Estoy solo. Mi hijo no quiere saber nada de mí, apenas hemos hablado desde su llegada. Y hace dos días me amenazó con no volver aquí al cumplir los dieciocho. Quizá… –se atrancó–. Quizá mañana sea el último día que pasemos juntos. Y no nos hablamos –repitió, lúgubre.

Enric Martí entendió el desasosiego del conserje. Pep, motivo de discordia durante todo el año, se mostraba distante e irrespetuoso. Ignoraba por qué reaccionaba así, beligerante, apenas hablaba con él, desconocía cómo le iba en el colegio y, más allá de las nuevas tecnologías, tampoco estaba al corriente de sus intereses. Sobrepasado, sufría por la frialdad de su relación. Sin embargo, no recondujo la conversación hacia sus propias preocupaciones, sino que se rio de Curro, como hacen los amigos.

–No me extraña que no quiera hablar contigo, tienes una conversación muy aburrida.

El portero no sonrió, mantuvo un mohín abatido que Enric desestimó.

–Seguro que por eso se marchó el escritor... Prefería que pensáramos que era un asesino que declarar ante ti, imagínate lo aburrido que eres.

Las bromas, al fin, surtieron efecto y Curro ablandó el semblante. Hacia semanas, quizá desde el principio de verano, o tal vez desde la muerte del señor Galgo, que no sonreía con despreocupación. Aún mantenía su intachable conducta, siempre atento y cortés, pero vivía intranquilo, cargando con una responsabilidad que estaba fuera de sus competencias. Miró a su amigo, agradecido, y compartieron un silencio reparador.

–¿Por qué no llamas a Carla? –propuso Enric–. Ella te dirá cómo hablar con Nando. Es lo que hago yo con Daniel, él me cuenta qué tal le va a Pep.

–¿No le parece un poco triste?

–Tutéame de una vez, joder. Estamos solos, desahogándonos, nos falta una copa en la mano y pareceríamos dos borrachos en un bar.

Curro esbozó otra sonrisa y repitió la pregunta.

–¿No te parece un poco triste?

–Qué raro se me hace que me tutees –dijo Enric, desatando las quejas de su amigo–. Es triste, sí –añadió con seriedad–, pero lo es más no saber nada de él, créeme.

El portero obtuvo la respuesta que necesitaba.

–Antes de llamarlo, ya había intentado hablar con Carla –reconoció.

Enric, haciendo aspavientos, fingió ofenderse y aprovechó para despedirse y regresar al trabajo. Lo hizo pesaroso; él era el hijo de una empresa familiar, debía defender y proteger el legado de su padre para que, años después, la tercera generación lo dinamitara.

Curró marcó de nuevo el número que antes comunicaba.

–Hoy tengo sesión doble –contestó Carla Roca tras el primer tono de llamada.

El saludo despistó al conserje, que pidió explicaciones. Su exmujer le dijo que minutos antes había hablado con Nando. La reacción inicial del portero, entristecido al comprobar que su hijo prefería charlar con su madre, cambió a lo largo de la conversación.

—Me ha preguntado por nosotros, quería saber por qué nos separamos.

—¿Y qué le has dicho? —preguntó tras una temerosa pausa.

—Que no me gustaban las vistas de la urbanización —dijo de broma.

Curro agradeció el tono distendido de Carla, que siempre le había hecho reír, incluso después del divorcio.

—Le he dicho que yo quise ver mundo para que él se lo comiera.

—¿Y yo qué soy entonces? ¿El cocinero? —dijo de modo infantil.

—Y el portero —convino ella, seria— y el jardinero y todo lo que haga falta. Tú lo has hecho todo por él, igual que yo. Curro, cariño, que tuviéramos una visión diferente del mundo no te convierte en un tío despreciable. Solo en un sumiso —añadió sonsacándole otra sonrisa.

—No sé si él lo ve de la misma forma —se lamentó Curro.

—No, no creo que te entienda. Pero tú tampoco has intentado explicarte. Habla con él.

—No sé hacerlo y dudo que quiera hablar conmigo —confesó.

—Pues hazle la cena, yo qué sé. Gánate su confianza y después pregúntale por Anna.

—¿Por la señora Campos?

—No, idiota... Hay mundo más allá de El Jardín del Mar. Anna es una amiga especial.

En el rostro ilusionado de Curro apareció una expresión cándida.

—Estoy en Cape Kidnappers —dijo de repente Carla, anunciando el final de la conversación— y vamos a desayunar.

–¡¿Dónde?! ¿Cuánto me va a costar la llamada?

–Mucho, pero vas a recuperar a un hijo.

Se despidieron con esas esperanzadoras palabras. Quizá, valoró el portero, aún estuviera a tiempo de revertir la situación. Quizá todo cambiara si cocinaba para su hijo.

Atravesó los jardines de la urbanización a paso ligero y animado, apenas acusaba el calor. Al llegar a la garita, sin embargo, su optimismo desapareció: su hijo estaba adormilado sobre la mesa, desatendiendo las tareas. Su instinto fue abroncarle, pero recordó la conversación con Carla y corrigió su disposición. Lo despertó con suavidad. La primera caricia, un gesto desusado, le extrañó. Nando volvió en sí al instante, trató de recomponerse, pero perdió el equilibrio.

–No me encuentro demasiado bien –dijo con la voz entrecortada.

–No te preocupes, hijo, habrá sido un golpe de calor. Venga, apóyate en mí, que te llevo a casa.

Curro lo agarró y logró ponerle en pie. A paso tambaleante, recorrieron juntos el camino al apartamento.

Al llegar, lo tumbó en el sofá cama y, con un paño húmedo, le refrescó la frente. Conocedor y víctima de lo sofocante de la caseta en días calurosos, dedujo que se trataba de una insolación. Tenía que exigir un sistema de refrigeración, tal vez un ventilador. También pensó en la gorra que Nando desestimaba a diario. Veranos atrás, cuando reaparecía en junio con una melena de apariencia despreocupada a la que seguro que le dedicaba un buen tiempo, Curro podía entender que no quisiera estropear su peinado con la visera. Ahora, sin embargo, con un corte de pelo militar, era incomprensible que no quisiera ponérsela. «A no ser –conjeturó entristecido– que la rechace porque se la ofrece el portero. Su padre».

No era el momento de abstraerse con presuposiciones hirientes y centró la atención en su hijo, de nuevo inconsciente en el sofá. Volvió a sentir el impulso de besarle la frente, pero se contuvo y continuó atemperándole hasta que, al cabo de unos minutos, Nando despertó.

La conversación inicial fue propia de una consulta médica. Nando ofreció una narración adulterada del transcurso del día: no confesó el allanamiento de morada instigado por la doctora Campos y se reservó la desautorizada entrada del repartidor, al que recordaba haber saludado cuando se marchó. Por toda respuesta, su padre le aplicó la humedecida toalla por la nuca y, sin perder la sonrisa, le tranquilizó.

–Descansa.

El hijo, algo confuso por la delicadeza del portero, que no le reprendió por su falta de profesionalidad, se volvió a dormir. Curro aprovechó para preparar el tradicional plato de espaguetis a la boloñesa. Lo hizo con sumo gusto, deleitándose en los ingredientes que se fundían entre sí e inundaban el apartamento de un aroma digno de una *trattoria*. Puso la mesa mientras gratinaba la pasta recubierta de *parmigiano reggiano* y, con los platos humeantes dispuestos, despertó a Nando.

Cenaron juntos y, salvo por meras cordialidades, en silencio. Aturdido, el adolescente comió como un autómata, por obligación. Pero los sabores le infundieron energía y, una vez recobró el aliento, se regocijó con cada bocado. Cerró los ojos y, relamiéndose, se transportó de vuelta a San Cassiano, al hotel al pie de los Dolomitas. La compañía, sin embargo, era otra.

–No está a la altura de las comidas con tu madre, pero…

–Está muy bueno –lo interrumpió Nando–. Muchas gracias.

Ambos enmudecieron de nuevo, uno porque no sabía cómo disculparse por su actitud consentida y el otro porque no encontraba la forma de entablar una conversación duradera. Al cabo de unos minutos, como si hubiesen recordado de repente sus respectivas llamadas a Carla, intervinieron a la vez:

—Qué calor ha hecho —soltó el hijo.

—¿Y qué tal Anna?

Curro se arrepintió por la torpe y precipitada pregunta que hacía peligrar la tregua pasajera de la que disfrutaban. Nando, perplejo, miró a su padre.

—¿He hablado en sueños o…? —vaciló, atorado.

—No, no, no —replicó su padre con premura—. Te he mirado el móvil mientras dormías.

Y esbozó una mueca nerviosa. Su hijo, en cambio, mantuvo un mohín confuso.

—Quizá te has flipado con el tema de ser detective —le siguió la broma tras una corta vacilación.

—No soy un buen detective —reconoció Curro en el acto, avergonzado—. Hércules Poirot lo deduce todo con una mirada y yo solo podría resolver un crimen si conociera todos los detalles, el cómo y el porqué.

La desazón del portero ablandó a Nando, que, por un instante, pensó en el archivo de audio que había eliminado.

—Las novelas de misterio se construyen para confundir al lector —le reconfortó—, aunque en realidad la respuesta es evidente. Si la narración fuera justa y tuviéramos toda la información, todos seríamos Hércules Poirot, pero hasta el final no nos desvelan todas las pistas.

—¿Tú sabes de dónde es? —curioseó el padre, asombrado por el raciocinio de su hijo.

—¿Poirot? Es belga.

Curro asintió, confuso.

—El señor Dupont cree que es francés.

—Mucha gente lo cree. Y los franceses se lo tienen todo muy creído —añadió el chico consiguiendo la sonrisa del conserje.

—¿Sabes por qué a un pantalón tejano se le llama *denim*? —preguntó, divertido—. Porque el material es de origen francés, de la ciudad de Nîmes. O eso dicen los franceses. A mí me lo explicó un inquilino hace unos años –dijo encogiéndose de hombros, como si se eximiera en caso de ser un dato falso–. Son muy orgullosos, sí.

Compartieron otro silencio, pero, por primera vez en meses, mantuvieron el contacto visual. Curro esbozó una sonrisa sincera y Nando, aliviado al descubrir que su padre no le guardaba rencor por sus amenazas e ínfulas de niño mimado, le correspondió.

–Voy a la garita a cerrarlo todo. Tú descansa.

El portero se puso en pie, recogió los platos, ambos rebañados con pan, y se dirigió hacia la puerta del apartamento. Antes de salir se volvió hacia su hijo. Abrumado por la segunda oportunidad de la que gozaría, no dio con las palabras para despedirse. Fue Nando el que lo hizo.

–Luego te hablo de Anna y sus ojos azules.

Curro, eufórico, no pudo contener la sonrisa.

Había recuperado la esperanza. De pronto, y para su sorpresa, había mantenido una conversación insustancial con Nando, sin pronunciar palabra sobre el trabajo, con bromas e incluso confidencias. Y todo porque había cocinado para él. Se sentía renovado y optimista, sosegado al fin.

Su repentina paz interior parecía imponerse sobre El Jardín del Mar. El oleaje bramaba con una cadencia soporífera y la brisa marina, tentadora y agradable, invitaba a sentarse en la orilla. Los pájaros, que habían sustituido a las cigarras, liberadas del asfixiante calor que forzaba su canto, completaban la banda sonora del crepúsculo que transformaba el cielo en un cuadro impresionista. La figura del portero se recortaba contra el telón de coloridas pinceladas.

–¡Paco! ¿Dónde has estado?

El señor Martí lo recibió junto a la garita, impaciente.

Al oír ese nombre, Curro adoptó al instante su disposición como portero y se disculpó por la ausencia. Aun así, siguió una sarta de reproches. El constructor le exigió profesionalidad y le recordó que, por muy indispuesto que estuviera su hijo, debía permanecer en su lugar de trabajo. El conserje no se amilanó, conocía a su interlocutor e intuía, con razón, que la amonestación escondía una preocupación mayor.

—¿Has arreglado ya las cámaras? —preguntó el anciano con voz imperiosa.

—No, señor.

El semblante del constructor cambió ante esa respuesta. Había visto el dispositivo de seguridad de la villa número ocho, alguien la había toqueteado hasta corregir la orientación y había presumido que solo podía haber sido el portero.

—Hablé con el señor Autet y me dijo que él se encargaría.

—¿Y no ha venido nadie a arreglarlas?

—Aún no, pero he hecho una revisión y…

El señor Martí se acercó, expectante. En su rostro apareció una expresión amenazante.

—Había una cámara mal enfocada…

—¿Sigue fallando? —interrumpió el constructor.

—A no ser que el señor Autet la haya arreglado, sí. La conexión salta de cinco a seis de la madrugada.

El constructor asintió y se alejó del portero.

—Pero… —empezó a decir Curro con voz temblorosa.

Su interlocutor volvió a dirigirle una mirada cruda.

—He repasado las imágenes, señor, y he encontrado algo… —buscó la palabra adecuada—. Algo extraño.

Pere Martí dio un paso hacia él, amenazante.

—A los pocos segundos de recuperar la conexión, sobre las seis de la mañana, aparece alguien en la grabación de la cámara que corresponde a la villa número ocho.

El conserje enmudeció. La curiosidad le reconcomía, pero recapacitó: no podía exigirle explicaciones al hombre para el que llevaba veinte años trabajando. Sintió vértigo al considerar la osadía. El señor Martí se acercó aún más, apresándolo dentro de la garita.

—La investigación ya ha terminado, Paco, no sé a qué juegas.

—A nada, señor —se defendió este—. Este año les he fallado, incluso uno de los vecinos se ha marchado antes de lo previsto. Todo ha salido mal. Me molestaba mi torpeza y busqué formas de camuflar esos fallos. Recorrí la finca en busca de desperfectos y encontré cuatro tonterías: la cerradura de la villa número ocho, por ejemplo, y la cámara de seguridad, que estaba movida, los tornillos habían cedido, estaban flojos. La coloqué pensando que así me sentiría más tranquilo y útil.

El señor Martí se mantenía firme.

—Al comprobar las imágenes esta mañana he descubierto algo que me ha sorprendido: un hombre salía por la puerta trasera de la villa y se perdía entre los arbustos. Pensé que podía ser el sospechoso vestido de negro que describió su mujer y me asusté, quizá seguía entre nosotros. Pero luego reparé en un objeto que brillaba… —Tragó saliva—. Era su reloj.

El constructor aguardó con ademán imperturbable a que el conserje concluyera su relato.

—Entonces me vino otra pregunta. Sé que no es asunto mío, claro, pero ¿qué hacía a las seis de la mañana rondando por ahí, solo?

El rostro del señor Martí, sumido en sus pensamientos, mutó.

—¿Qué hacía a esas horas? —repitió Curro.

La expresión corporal del octogenario se ablandó.

Tras un silencio, hundida la cabeza y con el cuerpo encorvado, confesó:

—Estoy enfermo. No sé ni pronunciar la puta enfermedad, es de esas rarísimas, solo existe un tratamiento experimental y carísimo, cerca del medio millón de euros. Me paso las noches despierto, pensando, agobiado, triste. —Su discurso era inconexo—. No le he dicho nada a mi familia, ni siquiera a mi hijo, no puedo, no puedo.

Y sé que tarde o temprano me moriré. Y me asusta, no quiero…

Curro le puso una mano en el hombro, tratando de reconfortarle.

–Daniel me comentó que las cámaras fallaban, especificó la hora, de cinco a seis de la madrugada. Y, como no puedo dormir y no le he dicho nada a mi familia, aprovecho esa franja horaria para liberarme de esta angustia. A veces lloro –reconoció con voz entrecortada.

–Lo siento mucho, señor Martí. Si puedo hacer algo por usted, cualquier cosa, dígamelo.

El constructor le agradeció el ofrecimiento con una sonrisa apaciguadora.

–No le digas nada a nadie, por favor, no quiero preocuparles. Prométeme que esto quedará entre nosotros, Curro. Por favor, prométemelo.

Con mohín sincero, afligido por la noticia, sorprendido también, e incluso agradecido por que lo hubiera llamado como él prefería, el portero asintió.

Ese gesto provocó otra sonrisa del señor Martí, una triunfal, pues su secreto seguía a salvo.

Capítulo 12

Jueves, 31 de agosto de 2017

Uniformado y dispuesto, Curro contemplaba la playa de Sant Pol en busca del bañista que inauguraba su jornada laboral. Pero la arena estaba intacta y la bahía, desértica. Se instaló en su puesto de trabajo, desocupado antes de tiempo por el vigilante nocturno, como casi siempre. Desde la incómoda silla, aprovechando los últimos minutos antes de que amaneciese en la finca, escrutó a los paseantes que se acercaban a la orilla, teñida de azul por la débil luz del alba. El anciano, sin embargo, no aparecía.

Al cabo de un rato llegó el repartidor de periódicos. A diferencia de otras mañanas, Curro apenas lo atendió, mantuvo la vista al frente, fija en el horizonte. Tampoco ofreció toda su atención al señor Dupont, que iniciaba su calentamiento a la espera del señor Martí. Tan solo desvió la mirada cuando apareció su hijo, cansado y con mal aspecto, como si padeciera resaca.

—Te dije que descansaras —le recriminó el portero.

Había sido compasivo y no lo había despertado, ya que había pasado mala noche, con fiebre constante y sudores fríos.

—¿No tendrás una gorra por ahí? —preguntó el adolescente, obviando el desvelo de su padre y sonsacándole una sonrisa.

Por toda respuesta, el conserje, orgulloso de la innecesaria entrega de su hijo, equiparable a la suya, le ofreció la visera con gusto.

—Ve con cuidado —le dijo al entregársela.

El señor Martí anunció su llegada desde lo alto del repecho.

—¡Otra! —exclamó—. ¡Otra!

Padre e hijo se miraron, confusos. El constructor lanzó el sobre sin remitente dirigido a nombre de A. P. a los pies del portero y su ayudante, y, junto al francés, abandonó la finca. Nando se deshizo del sobre sin ni siquiera abrirlo.

—Es muy pesado —opinó.

—No siempre ha sido así. Además, está pasando por un momento delicado —lo excusó Curro.

—¿Lo dices por lo de la señora Josefina? —se interesó el hijo.

—Sí —convino—, y por la adolescencia de su nieto y por...

Se interrumpió a tiempo, antes de quebrantar su promesa y revelar el débil estado de salud del constructor. Volvió a dirigir la vista hacia la playa, donde el bañista seguía sin aparecer. Su rostro cambió al reconocer en aquel anciano al señor Martí: incapaz de dormir, presa de una enfermedad sin nombre que amenazaba con arrebatárselo todo y atormentado por el apremiante final, pero decidido, quizá, a disfrutar del tiempo que le quedara.

—¿Por la villa vacía? —aventuró el joven—. ¿Por eso lo está pasando mal?

Nando supuso que el mutismo del portero se debía a la fecha, el último día de verano inducía a la reflexión: con el nuevo año escolar se aproximaba una realidad desconcertante. Pero también era el último día que pasaría en la urbanización y por eso, pese a estar todavía convaleciente, había salido del apartamento, para continuar con la conversación durante tanto tiempo evitada.

—Voy a saludar a la francesa —anunció rompiendo el silencio.

—Todavía me tienes que hablar de Anna —le recordó el conserje saliendo de su ensimismamiento.

–Eso era ayer, perdiste tu oportunidad –bromeó el hijo mientras remontaba el repecho.

–No es justo –se quejó Curro–, el señor Martí me entretuvo.

–¿Lo ves? Es un plasta.

–Pero dime algo más de ella –suplicó el portero con ilusión–, cualquier cosa.

–Mide medio metro –contestó el hijo coronando la pendiente que ocultaba el jardín.

Curro sonrió con satisfacción, aunque también con incredulidad, todavía sorprendido porque, al fin, volvieran a bromear. Dirigió la mirada de vuelta hacia la playa y su sonrisa se esfumó al comprobar que, entre los primeros bañistas, no estaba el anciano. El portero consideró con fugacidad que se encontraba en una situación similar: él tampoco sabía cómo encarar el día, el último que pasaría con su hijo.

Nando depositó la correspondencia y los diarios en los buzones de las villas. En la número seis se topó con Chloé Dupont, en pijama y disfrutando de su café con leche.

–*Bonjour*.

–*Bonjour* –le correspondió el joven de buen humor.

–*Oh là là, quelle prononciation*.

El joven le correspondió con una leve reverencia.

–¿Alguna carta?

–No, ninguna, señora Dupont. ¿Están seguros de que sus familiares saben que están aquí? No han recibido ni una desde que han llegado –opinó Nando con osadía.

Ella se rio con educación y él se excusó avergonzado por su atrevimiento y retomó la marcha hacia la biblioteca. Se alejó de la francesa con ligereza, como un asustadizo y cándido colegial que acaba de cometer una trastada.

Dejó los periódicos sobre la consola de la entrada, extrajo una edición de *The New York Times* y atravesó la sala hasta llegar a los sillones más solicitados de El Jardín del

Mar. Se asomó al otro lado del respaldo y comprobó que la doctora Campos no estaba allí. Tal vez había bajado antes, tal y como comentó, pero también podía ser que, derrotada por el diagnóstico de Susi, no hubiera acudido a su encuentro.

Echó mano de *Las decisiones que no tomé* y se dispuso a leer los últimos capítulos. Pero no lo hizo, sino que pensó en el novelista y en su repentina marcha. Trató de recordar y descifrar su críptica despedida. Parecía arrepentirse del final que había ideado y dejó entrever que lo reescribiría porque, o eso interpretó él, su estancia en la urbanización lo había cambiado. Ensimismado, hojeó el libro y dio, por casualidad, con una dedicatoria escrita a mano. «Gracias por la inspiración», leyó. Evaluó la caligrafía, que supuso que era del señor Sanz, y se preguntó a qué se refería y a quién iba dirigida la nota.

El teléfono interrumpió su cavilación.

−¿Papá?

Contestó con un término que no había usado en todo el verano. Dos días antes, con el libro en sus manos y la sala a su entera disposición, habría maldecido, quizá incluso ignorado, una llamada de a quien se habría referido como el portero.

−Voy, sí.

Lo aguardaba el pedido del *influencer.* Dejó el libro en la estantería, obviando la dedicatoria que no había descubierto en tres meses, y salió sin advertir que, segundos más tarde, como si hubiese estado esperando a que se vaciara la sala, otro individuo se adentró en la biblioteca con sigilo.

Con el desayuno del señor Hernán en su haber y a la espera de Nando, que le había contestado al momento, como si aguardara la llamada, deseoso por retomar su reciente conversación, Curro anotó la interacción con el recadero en la ficha de registro. Sin embargo, un ruido cuyo volumen aumentó hasta volverse tormentoso reclamó su atención.

Presintiendo otro contratiempo, lanzó una mirada hacia la finca. No apreció ninguna anomalía, pero a su espalda apareció un coche patrulla de la policía local, que silenció la ensordecedora sirena. El portero salió a su encuentro, diligente.

—¿En qué puedo ayudarlos?

Su urgencia contrastaba con la parsimonia de los agentes, que se explicaron en pocas palabras.

—Hemos recibido un anónimo diciendo que se oyen unos gritos que provienen del chalet número uno.

La residencia de los Martí. Curro temió por la señora Josefina, víctima del primer percance. Resuelto, levantó la valla de la entrada e indicó el camino a los policías, que condujeron hasta el aparcamiento. El conserje los siguió repecho arriba, desatendiendo, por tanto, su puesto de trabajo. A paso trastabillado, valoró la incompleta investigación que había liderado: no habían descubierto nada y, pese a la misteriosa marcha del escritor, habían cerrado el caso. Quizá el asesino seguía entre ellos, acechante.

De vuelta a la garita, Nando buscó la nota que acostumbraba a dejarle el portero cuando se ausentaba por un imprevisto, pero no la halló. «Si ha salido con premura —consideró—, me podría haber llamado, y más ahora que volvemos a hablar». Avistó el pedido del *influencer* y puso rumbo a la villa número cinco, ajeno a lo que acontecía del otro lado del repecho.

Guiados por el conserje, los agentes se personaron ante la villa número uno. Llamaron al timbre en un par de ocasiones, pero no obtuvieron respuesta. Uno de ellos se asomó por la ventana y trató de vislumbrar el interior.

—¿Señora Josefina? —Curro llamaba a la puerta con insistencia.

175

Al cabo de unos minutos, aún en pijama, apareció Chloé Dupont y, en francés, se interesó por la situación. El otro policía, con un mohín imperturbable, se ocupó de ella. El portero, que sabía que el señor Martí había salido a caminar minutos antes, llamó al timbre de nuevo y afinó el oído: no apreció los gritos que se habían denunciado y tampoco había rastro de la señora Josefina. La villa parecía vacía.

—No se ve nada —opinó el agente que escrutaba el interior—. ¿Tiene llaves?

El conserje mostró el manojo de llaves y, tras un gesto alentador por parte de la autoridad, introdujo la llave en la cerradura.

—¿Qué están haciendo ustedes?

La pregunta reclamó la atención de los presentes, incluidos los policías. Tras la confusión inicial, uno de ellos intervino.

—Buenos días, señora, ¿vive usted aquí?

Josefina del Carmen Rodríguez, aferrada a su bolso, recorrió el camino de gravilla hasta la puerta y, por toda respuesta, la abrió.

—Hemos recibido una llamada anónima diciendo que se oían unos gritos que venían de la casa número uno.

—Aquí no hay nadie —replicó ella—. Mi marido ha salido a caminar.

—¿Y usted dónde estaba?

Ella se encogió de hombros, críptica. Los policías intercambiaron una rápida mirada, no podían obligarla a contestar, solo podían interesarse por ella.

—¿Pero está usted bien?

—Sí, agente. Me temo que les han gastado una broma de mal gusto.

Se miraron de nuevo y se disculparon con ella. Chloé Dupont, discreta, desanduvo el camino de vuelta a su villa y el portero también se excusó.

Josefina esperó a perderlos de vista para adentrarse en

su residencia. Cuando lo hizo, cerró la puerta tras ella con recelo.

No acostumbraba a tener tanto tiempo por las mañanas. Su rutina arrancaba sobre las ocho, cuando extraía los periódicos y la correspondencia del buzón y los depositaba, como si fueran revistas en una sala de espera, sobre el escritorio de su marido. Después, diario en mano, desayunaba una tostada con aceite de oliva virgen y un té de jengibre con limón, pues había leído que reducía los niveles de colesterol y que, además, ayudaba a quemar la grasa acumulada. Se duchaba antes de que Pere, jadeante y sudoroso, regresara de su sesión de *running*, término que había incorporado tras conocer a Thierry Dupont. Ella sabía que, pese a la rimbombancia del anglicismo, su marido, con su ropa transpirable y sus relojes inteligentes de última tecnología, no hacía otra cosa que caminar a paso lento. Era sorprendente, se repetía cada mañana, que el francés, fuerte y vigoroso, hubiera propuesto ese hábito de paseos a lo largo del Camino de Ronda.

Poco antes del mediodía se acercaba a la villa contigua para saludar a sus nietos, aunque uno de ellos no quisiera verla, y para charlar con Enric. Solían tener conversaciones que versaban sobre la finca, trataba de espolear a su hijo, máximo responsable del legado de su padre y la familia Martí. Cuando el reloj marcaba las doce, subía a su Fiat Panda de 1998, destartalado y cuyas luces de averías se encendían sin previo aviso, y conducía por debajo de la velocidad indicada hasta llegar a la cafetería del hotel La Paloma. Era un establecimiento que la representaba, tanto en su arquitectura clásica como en el servicio: a diferencia de las cafeterías modernas, que ofrecían cualquier cosa menos café, el hotel preparaba uno de los mejores de la Costa Brava, sin adornos ni nombres impronunciables, acompañado por una galletita Lotus. Volvía a la finca para el almuerzo, dispuesta la comida a las dos de la tarde en el comedor de su residencia, donde coincidía, por primera vez en todo el día, con su marido.

Aquella mañana, sin embargo, no había hecho nada de eso y se sentía extraña, no solo por haberse saltado la rutina que mantenía desde hacía años, sino por lo que ocultaba en su bolso. Se paseó por la villa con inquietud, iba arriba y abajo sin rumbo. Se adentró en la cocina y se preparó un café por inercia. Lo hizo con movimientos torpes, lanzando miradas a su alrededor, como si oyera voces que la reclamaban. Era su propia conciencia la que la atormentaba.

Después de tantos años y sin previo aviso, como las luces de emergencia de su ruinoso coche, las dudas que creía resueltas la habían invadido de nuevo. Un pesar olvidado, tal vez superado, o quizá ignorado, la acosaba una vez más. Una decisión, como había aludido al hablar con la francesa, que volvía con la misma ferocidad que un bumerán, de golpe.

Estaba convencida de lo que años atrás había hecho. Había obrado con prudencia. Había sido la decisión acertada y la prueba de ello era su estilo de vida: era una mujer respetable y poderosa. Se había codeado con potentados catalanes y con numerosas celebridades que se habían hospedado en El Jardín del Mar. Además, había regentado la urbanización durante décadas hasta convertirla, en colaboración con su marido, en ese pequeño paraíso. «Fue una decisión acertada», se repitió, pues le permitió conocer a Pere y cambiar el transcurso de su vida. Pero, aun así, más de medio siglo después, no podía silenciar sus temores.

Echó la vista atrás, al origen de su tormento. Aquella decisión que juzgó como evidente, hoy era, cuando menos, difícil. En su mirada se evidenciaba una sombra de arrepentimiento, como si, de pronto, temiera haberse precipitado. Actuó por instinto, superada por la situación y sin pensar más allá de su tiempo.

Volvió a sentir el susurro proveniente del bolso, que parecía reclamarla. Se abalanzó sobre él y extrajo un libro, *Las decisiones que no tomé*, de Antonio Sanz. Lo miró con detenimiento, como si analizara el título o el diseño de la portada: un rostro de facciones diluidas, vaporoso e irreconocible. Hojeó la novela en busca de la última página, atraída por la reflexión final.

Pereceré sabiendo quién era, e incluso por qué lo hizo, pero nunca llegaré a entenderlo. Siempre será una decisión que no tomé, condicionante y oprimente.

Josefina del Carmen Rodríguez, sentada ante el ventanal de la villa que representaba su cambio de suerte, releyó el pasaje con atención, bombardeada por remordimientos que no pensó que volvería a sentir.

Capítulo 13

Jueves, 31 de agosto de 2017

«Esa será mi última interacción con el vanidoso inquilino», se dijo Nando a las puerta del chalet alquilado por el *influencer*. Mientras llamaba al timbre, se prometió que sería un último intercambio frío e incómodo. Solo tenía que desatender su constante exhibicionismo una vez más. El descamisado que lo recibió, sin embargo, fue Pep Martí Autet, que le mandó callar antes de que pudiera despegar los labios.

–Está grabando –informó en un tono amenazante.

Con el Mediterráneo a su espalda, Jaime Hernán hablaba con dinamismo ante una cámara de vídeo.

–Mira, si no tienes *haters*, deberías preocuparte, porque si no tienes *haters* quiere decir que estás haciendo lo normal y formas parte de la tribu de los normales. Formas parte del noventa y cinco por ciento de la gente, eres invisible y eso es un error porque lo que tenemos que conseguir es destacar, sobresalir, ser los raros, a los que critican, de los que hablan mal a sus espaldas. Queremos ser los más odiados, ese es el punto, y a mí nunca me han molestado los *haters*, jamás. Al contrario, me motivan, me animan a seguir y por eso tengo éxito, por eso me traen el desayuno a casa, porque tengo un perfil tan importante para las empresas, para mis clientes, que no tengo tiempo para cocinar, y eso es lo que puedes y vas a conseguir tú si te apuntas a mi curso de iniciación al *growth partner*. Ese es el primer paso de tu futuro por encima de los *haters*, sin tiempo, reunido con clientes que te pueden llegar a generar hasta diez mil al mes, ocupado con gestiones importantes, no con tostadas y aguacates. Pasarás tu tiempo libre viajando con tus amigas, que el *leisure* también es necesario para crecer como persona y, por tanto, como emprendedor... Pero de eso ya hablaremos, porque ahora toca acumular más *haters*, todos los que podáis, más, más, más...

—¿Quieres pasar o algo? —le preguntó Pep de modo hostil—. ¿Te quieres sentar en primera fila y aprender?

Nando centró de nuevo la atención en el nieto de los Martí, que le arrancó el pedido de las manos.

—Si te interesa lo que dice, síguelo en Insta —concluyó antes de cerrar la puerta con fuerza.

El discurso del *influencer* era arrollador. Nando entendía el interés que podía suscitar entre adolescentes errantes y fáciles de impresionar, aunque él no era uno de ellos. Ni siquiera podía considerarse uno de sus *haters*, tan solo había sido su sirviente durante los últimos tres meses. Pero había entregado el desayuno y era, al fin, libre. Sus responsabilidades en la urbanización desaparecían con el paso de las horas.

En apenas medio día volvería a ser Fernando.

Una vez se marcharon los policías, el portero recuperó el puesto en la garita y añadió el extraño suceso en la ficha de registro, citando incluso el motivo de la visita: «Llamada anónima, gritos casa 1». El interfono, de pronto, reclamó su atención.

—¿Ha llegado ya? —preguntó Enric, nervioso.

El gesto del portero mudó. Era jueves. Se había olvidado de la visita de la aseguradora.

—Dijo que llegaría a media mañana —insistió.

Curro no supo qué decir. Tampoco sabía cómo proceder, si confesar lo ocurrido en la villa de los señores Martí o, por el contrario, fingir normalidad. Se percató de que su amigo no había mencionado las sirenas de policía, quizá no se hubiera enterado.

–Cuando aparezca la señora Capdevila –añadió el director de la urbanización–, mándala hacia aquí, hemos preparado un desayuno.

«No ha pasado nada en la villa número uno –recordó Curro–, no hay rastro de los gritos denunciados y la señora Josefina está en perfecto estado».

–Gracias, Curro –se despidió Enric.

El portero asintió y, sin colgar ni siquiera el auricular, se abalanzó sobre un listín de teléfonos que había confeccionado a lo largo de los años. Pasó las páginas con prisa, pero su búsqueda se vio interrumpida por la llegada de un coche negro que reconoció de un vistazo.

–¿Alguna emergencia por la cual no pueda acceder hoy?

–No, señora Capdevila.

Levantó la valla y, guardándose para sí la inesperada presencia policial, dejó pasar a la representante de la aseguradora. Acto seguido, echó mano del auricular y avisó a su amigo, la llamada apenas duró unos segundos. Curro retomó entonces su búsqueda hasta encontrar el teléfono de contacto de una cerrajería. Marcó el número y reclamó los servicios de un cerrajero, que llegaría en un rato. Cuando concluyó las gestiones, apareció su hijo.

–¿Ha venido la poli? –se interesó Nando cuando el portero, superado el ajetreo momentáneo, le narró lo ocurrido minutos antes.

–Sí, pero no digas nada, creo que solo lo sabe la francesa.

–Como para no saberlo –opinó–, es mejor segurata que el otro que viene por las noches.

Su padre, cómplice, sonrió.

–Los habían alertado de unos gritos en la villa uno. –Curro detalló el pretexto de la visita policial–. Pero he ido con ellos y no se oía nada, ni había nadie.

–¿Dónde estaba la abuela? –curioseó el adolescente.

–No sé, ha aparecido de repente diciendo que estaba bien

y que debía de ser una broma telefónica. Creo que llevaba algo en el bolso –elucubró–, lo agarraba con fuerza.

–¿Y quién ha llamado a la poli?

–Algún vecino, no sé.

Compartieron un silencio reflexivo, ambos cavilando qué inquilino podría estar detrás de dicha llamada.

–¿La madrina? –propuso el hijo, que desconfiaba de ella desde que había atendido a la señora Campos.

–¿Por qué?

Pensó en confesar la desacertada teoría que lo había llevado a colarse en la villa número siete, pero no lo hizo. Era el último día que pasarían juntos, se dijo, y no quería desestabilizar el sosiego que reinaba entre ellos.

–*Bonjour* –saludó con energía Thierry Dupont.

Algo rezagado, el señor Martí, exhausto, ascendió el repecho. Padre e hijo lo vieron pasar.

–¿Deberíamos contárselo?

Curro rememoró la confesión del constructor acerca de su debilitada salud.

–Mejor no molestarle –dijo con aire distraído.

La familia Martí Autet al completo recibió a la representante de la aseguradora en su residencia. La agasajaron con un almuerzo digno de las estrellas que se habían hospedado en la urbanización:, cruasanes, una gran variedad de zumos y frutas, café, té, e incluso le ofrecieron huevos fritos o revueltos. La señora Capdevila, sin embargo, rechazó el ofrecimiento: era una visita profesional.

Mantuvieron la reunión ante la pared desnuda que, durante décadas, había exhibido el cuadro de Antoni Vives Fierro. Por cordialidad, y cumpliendo con meros formalismos, la agente repasó la cronología de la investigación, empezando con la desaparición del lienzo a principios de febrero.

–Durante la primera inspección –comentó la señora Capdevila mientras consultaba las anotaciones acumuladas a lo largo de los meses–, no encontramos nada que pudiera indicar el robo del cuadro. Determinamos, pues, que debía de tratarse de una banda especializada. Las únicas huellas que encontramos –recordó con apatía– eran las suyas. –Apuntó a Enric y Daniel.

La mujer hizo una pausa para coger aire antes de relatar el transcurso de la segunda visita, infructuosa también. Pero una voz se le adelantó.

–Papá cogió el cuadro.

–¿Qué? –preguntó la agente con indiscreción.

La señora Capdevila desatendió a los adultos y, sagaz, se centró en la hija de seis años. Todas las miradas se posaron sobre ella.

–¿Qué has dicho, cariño? –insistió.

Carmen se divirtió al recibir la atención de los mayores, inclinados hacia ella y pendientes de sus palabras. Pero guardó silencio, como si su anterior comentario hubiera sido involuntario.

–Que papá cogió el cuadro –intervino Enric restándole importancia a la imprevista participación de su hija.

–Papá –repitió la niña señalando a su otro padre, Daniel.

Todos, incluido Pep, que se mantenía un paso por detrás, siguieron el dedo de Carmen. Tras una corta vacilación, Daniel, desprevenido, reaccionó.

–Claro que cogí el cuadro, para limpiarlo –se defendió.

–¿Y cuándo lo limpió por última vez?

–Antes de que desapareciera, eso ya lo sabe. Le dije que limpiaba el cuadro, por eso encontraron mis huellas en la pared. Por eso y porque vivo aquí, por supuesto –declaró, ofendido.

La agente miró de nuevo a la niña. Aquella había sido la primera vez que hablaba en su presencia y quizá poseyera más información. Pero el señor Pere Martí, vestido ya con ropa de calle, y su mujer, la señora Josefina, irrumpieron en la sala antes de que pudiera plantearle otra pregunta.

–Nos ha dicho el portero que ya se ha cerrado la dichosa investigación –dijo, animoso–. ¡Por fin!

–Todavía no, señor Martí –le corrigió la señora Capdevila.

–Calma, papá –lo tranquilizó su hijo–, estamos terminando las últimas comprobaciones.

–¿Más? –exclamó el octogenario.

Había perdido los nervios, cansado de tanta burocracia.

–Tienen ustedes en propiedad cuatro de los ocho chalets de la urbanización, ¿correcto?

–Sí –reconoció Enric, orgulloso–, mi padre construyó la finca hace más de cincuenta años y se quedó con las villas uno, dos, seis y ocho.

–¿Podría echarles un vistazo?

–¿Otra vez? –clamó Daniel.

–No –convino Pere Martí –, de ninguna manera. ¡Llevamos meses así!

–No era una pregunta, señores.

La aseguradora extrajo una orden de registro de su cartera, un maletín de cuero elegante y discreto. Recogió sus pertenencias y, pocos segundos después, procedió con la inspección de la villa número dos. Fue breve y superficial, ya la habían examinado en varias ocasiones y no esperaba descubrir nada nuevo. Apenas se adentraba en las habitaciones, las escrutaba de un vistazo, expeditiva. Repitió, con el mismo resultado, el procedimiento en la residencia colindante, la del constructor y su mujer. Pusieron rumbo entonces a la villa número seis, alquilada por los Dupont.

La pintoresca comitiva, liderada por la señora Capdevila, se topó con el portero, que iba acompañado por otro hombre de uniforme que transportaba una caja de herramientas bajo el brazo.

–¡Buenos días! –saludó el conserje–. Les presento a Ramón, viene a arreglar la cerradura.

–¿Qué cerradura? –intervino el administrador, nervioso.

–La de la villa ocho, la vamos a abrir.

–¿Está cerrada? –se extrañó el constructor.

–Yo tampoco lo sabía –se quejó Daniel.

–Un administrador que no sabe lo que ocurre en su finca... –lamentó la señora Josefina, despiadada.

Su yerno le dedicó una mirada furiosa.

–¿Seguimos? –exigió la agente de la aseguradora, harta del melodrama que envolvía a la familia Martí.

Thierry Dupont se sorprendió con la marabunta que se agolpaba ante su villa: entre los Martí y el portero, había un desconocido uniformado que sostenía una caja de herramientas y una mujer que, trajeada y maletín en mano, tomó la palabra.

–Buenos días.

–¿Qué desea? –preguntó, desconfiado.

–Vengo a inspeccionar la villa –declaró la señora Capdevila.

El francés protestó sin disimulo.

–Nadie nos ha notificado nada.

Enric, disgustado, lanzó una mirada reprobatoria al conserje.

–Solo será un momento –añadió la representante de la aseguradora, impaciente.

–Pero nosotros no estamos preparados –se excusó–. Chloé está en la ducha, ¿no pueden venir más tarde?

«La imprevista cita –pensó Thierry– no puede llegar en peor momento». Pero de nada sirvieron sus ruegos. La agente insistió, asegurándole que apenas tardaría unos minutos en realizar el examen. Con resignación, abrió la puerta en su totalidad.

–*Ils viennent inspecter la maison, prépares-toi*[6] –anunció a su mujer.

[6] 'Vienen a inspeccionar la casa, prepárate'.

—¿Para qué se tiene que preparar? —curioseó la señora Capdevila.

—¿Habla usted francés?

—*Un petit peu.*

—Solo quería avisarla de que están aquí, para que no salga de la ducha *complètement nue*[7].

La aseguradora asintió mientras irrumpía en la villa. Thierry Dupont, alerta, escrutó a los visitantes, que seguían los pasos de la mujer trajeada. Al reparar en el señor Martí, que se mostraba rezagado, se acercó a él en busca de información. El constructor solo pudo repetir lo que había dicho la señora Capdevila.

Unos metros por detrás, Enric reclamó la presencia de su amigo. Este, cortés, se disculpó con el cerrajero, al que dejó solo en el porche, y se acercó al director de la urbanización.

—¿No has informado a los Dupont? —le recriminó, molesto.

—Pensaba que usted se encargaba de avisarlos y yo de la cerradura —replicó Curro, volviendo a hablar de usted a su amigo.

Enric hizo memoria al tiempo que recorría el pasillo que iba a parar a un dormitorio situado en el lado norte de la residencia. La cama estaba deshecha y había ropa del francés por el suelo. No se apreciaba, en cambio, ni una prenda de ella.

—Es verdad —recordó—, mierda.

—No se preocupe, señor Enric, tiene usted demasiadas cosas en la cabeza. Si le sirve de consuelo, yo también me había olvidado de llamar a la cerrajería. Pero ya está todo en marcha —concluyó con una sonrisa reconfortante.

Desandaron el camino y pasaron ante otra habitación, un despacho que contaba con un amplio escritorio. Imi-

---

[7] 'Completamente desnuda'.

tando los gestos de la agente, los Martí y el portero se asomaron al interior. Curro vio algo que le llamó la atención
y, aprovechando que iba a la zaga del grupo, se adentró
en la estancia con sigilo. Se acercó a la mesa y vislumbró
los ases de una baraja francesa. Perplejo, contó cinco figuras.

–¿Paco? –Una voz le sorprendió–. ¿Necesita algo?

El portero se giró hacia Chloé Dupont, aún en pijama.

–Pensaba que estaba en la ducha –dijo, irreflexivo.

–*Mais quelle impertinence*[8]*!* –condenó la francesa.

Curro desatendió la repulsa y, con una curiosidad irrefrenable, ladeando la cabeza sobre el escritorio, afinó la
vista y divisó, junto a los ases, algo que le confundió aún
más. Turbado, irguió la espalda con lentitud, como si estuviera procesando el descubrimiento. Se topó con los ojos
de Chloé. Apartó la mirada y, pasando junto a ella, salió
del despacho. La francesa cerró la puerta, compungida.

El portero los había descubierto.

La señora Capdevila agradeció la comprensión de la
pareja francesa, se disculpó por la repentina invasión y,
decidida, encaminó sus pasos hacia la remota villa número ocho, la única que faltaba por revisar antes de cerrar el caso.

Llevaba siete meses lidiando con los Martí, una familia hermética que, en ocasiones, parecía boicotear su investigación: el nieto, un adolescente rebelde, no le había
ofrecido ninguna ayuda durante las numerosas conversaciones que mantuvieron, solo respuestas vagas e inúti-
les; la hermana pequeña, Carmen, no había hablado con
ella por vergüenza; el denunciante, Daniel Autet, como
el robo se había producido mientras dormían, tampoco
le había proporcionado un relato revelador; Enric Martí,

[8] 'Pero ¡menuda impertinencia!'

solícito, había respondido a las preguntas con sinceridad, a diferencia de su madre, la señora Josefina del Carmen Rodríguez, que malgastó su tiempo con críticas contra el yerno, administrador de la finca; y el señor Martí, hombre de pocas palabras y propietario del cuadro, fue perdiendo la paciencia a medida que pasaban las semanas. La representante de la aseguradora estaba agotada, solo quería concluir su trabajo y olvidarse de ellos.

Tras una primera intentona con la llave maestra, el cerrajero procedió con el arreglo de la cerradura.

–¿Está oxidada por la humedad? –preguntó Enric recuperando la teoría de su amigo.

–*Na*, esa llave no abre esta puerta.

Curro observó las reacciones de los Martí con cierto recelo: el director consultó a su marido, quien rehuía al contacto visual, Pep permaneció rezagado y la señora Josefina, que cogía de la mano a su nieta, no salía de su asombro. El portero se centró entonces en el constructor, cuyo rostro adoptó una expresión grave e indescifrable.

Ramón trabajó en la cerradura hasta que, con un hábil movimiento de muñeca, la puerta cedió con suavidad, como si los invitara a pasar.

Los Martí permanecieron inmóviles ante la puerta abierta. La señora Capdevila, en cambio, no dudó en irrumpir en la villa. Lo escrutó todo desde el recibidor, donde yacía una caja de herramientas básica, incomparable con la que portaba el cerrajero.

Al cabo de unos minutos, la familia y el portero siguieron sus pasos e hicieron otro tanto, inspeccionaron el interior como si fuera la primera vez que se adentraban en la vivienda. El pasillo daba a un comedor cuyo principal reclamo, siguiendo con el patrón arquitectónico ideado por el constructor, era la galería con vistas al mar Mediterráneo. Más allá, separada por una barra americana, se encontraba la cocina, equipada con electrodomésticos de última generación. En una esquina de esa misma estancia había una puerta trasera reservada para el servicio. Y, al otro lado, inaccesible a las miradas de los invitados, se escondía la zona de noche: dormitorios, vestidores, lavabos y despachos. Una vez completada la panorámica, la agente de la aseguradora reinició la marcha.

La nieta se deshizo de su abuela, que miraba en todas direcciones, y amagó con pendonear por la villa sin supervisión. Pero el abuelo, atento, se lo impidió.

–Quédate aquí, Carmencita, con la abuela, no te vayas a dar vueltas por ahí sola.

Esta obedeció con resignación y volvió con Josefina, que caminaba a paso lento.

–No sé por qué tiene que volver a mirar en nuestras propiedades –opinó Daniel–, ya han estado aquí.

Era la cuarta vez que repetía el comentario, una por cada villa examinada.

–¿Qué ha querido decir con que la llave no abre? –preguntó la señora Capdevila al cerrajero, haciendo caso omiso del administrador.

–Pues que alguien la ha cambiado –contestó este.

Camuflado entre ellos, Curro observaba a los Martí: la niña, que seguía jugando junto a su abuela, ignoraba las miradas inquietas que compartían los adultos; su hermano mayor no se despegaba de Daniel; Enric escoltaba a la agente de la aseguradora ofreciéndole toda la ayuda que necesitara, y el constructor, que se había quedado descolgado, se repeinaba la grisácea cabellera.

–¿Por qué se ha cambiado la cerradura? ¿Cuándo lo hicieron?

El director de la finca, sin respuesta, buscó a su marido con la mirada.

–Yo no… –se atoró el señor Autet–. No era consciente de que la hubiéramos cambiado.

–Qué gestión –lamentó doña Josefina del Carmen–. De verdad, qué gestión.

Desoyendo la queja de su suegra, Daniel exigió respuestas al portero.

—Hasta hoy —informó Curro, seguro de sí mismo—, no había venido ningún cerrajero. Tengo la ficha de registro de todo el año, se la puedo compartir.

—Esa chapuza no la ha hecho un compañero —soltó Ramón señalando la caja de herramientas que había junto a la puerta.

La señora Capdevila consideró la opinión del profesional. Alguien, con toda probabilidad uno de los allí presentes, había alterado la cerradura. Avanzó a través de la villa hasta llegar a la cocina. Se detuvo junto a la puerta trasera y trató de abrirla en vano, estaba cerrada. El conserje introdujo la llave maestra, que, esta vez sí, funcionó. Curro enarcó las cejas y miró a la aseguradora, que le correspondió con un gesto similar: quien hubiera cambiado la cerradura de la puerta principal había dejado la otra intacta. La representante, que había reducido la velocidad de sus movimientos y, suspicaz, dedicaba más tiempo a la inspección, se adentró en la habitación contigua, un almacén envuelto de armarios. Los Martí la siguieron y el portero, en cambio, desconcertado por las dispares cerraduras, permaneció en la sala. No fue el único que se quedó rezagado.

Curro reparó en que el umbral de la puerta trasera, a diferencia del resto de la cocina, en desuso desde enero, estaba limpio. Se arrodilló. El suelo estaba cubierto de polvo, pero la abertura de la puerta, sin embargo, estaba despejada. La abrió y cerró un par de veces para confirmar su descubrimiento. «Alguien, el señor Martí —supuso por las imágenes de las cámaras de seguridad—, había entrado y salido de la villa durante los últimos meses». Miró alrededor, receloso, y advirtió una caja de cartón que le resultó familiar. Sin moverse, entrecerró los párpados. Confinada en una esquina de la cocina, oculta, había una caja de frutos secos idéntica a la que había avistado en el despacho que compartieron el señor Galgo y el constructor.

Notó entonces una presencia a su espalda. Se volvió con gravedad y alzó la vista: el señor Martí, inexpresivo, lo vigilaba. Su mirada era indescifrable.

—Ya miró ahí —protestó Daniel desde la habitación de al lado.

La queja del administrador captó la atención del portero, que siguió el origen de la voz y alcanzó a los demás en el almacén. Pere Martí, por el contrario, permaneció inmóvil. Sus ojos ensombrecidos divagaban.

Tras un ligero forcejeo, la señora Capdevila abrió un armario. Los Martí se asomaron para ver el interior. El conserje se fijó en Pep, cuya atención alternaba entre el mueble y su padre, que apartó la mirada con aire pesaroso. La representante extrajo con cuidado un objeto rectangular tapado por una sábana blanca. Levantó una esquina de la cubierta y reveló un colorido lienzo que no dejó indiferente a nadie. Algunos soltaron gritos ahogados de asombro; otros, confusos, lanzaron preguntas. Enric se mostró perplejo y guardó silencio. El cerrajero, entretenido por el espectáculo que se desarrollaba ante él, no pudo contener la risa.

—Papá lo cogió —repitió la nieta, ajena a la trascendencia del hallazgo.

La señora Capdevila sostenía en sus manos *Pueblo Blanco*, de Antoni Vives Fierro, el cuadro desaparecido desde febrero.

—Señor Autet…

—¡Ha aparecido! —intervino de repente una voz con renovada energía—. ¿Dónde estaba? —añadió el constructor haciéndose hueco en el pequeño almacén—. ¿Dónde?

—No puedo dárselo, senor Martí.

—¿Cómo que no? Es mío —declaró—, Antoni me lo regaló.

—Lo sé, señor, y lo podrá recuperar después de que reporte el descubrimiento…

–¿Otra investigación? –interrumpió la señora Josefina–. ¿Por qué? Ya está, lo hemos encontrado.

–Señora, esto no funciona así.

–¿Quiere seguir investigando este absurdo malentendido? Mi nieta ya nos ha contado qué pasó: Daniel lo limpió y quizá decidió cambiarlo de villa. ¿Sabe que el cuadro había estado antes en mi residencia? –farfulló Pere Martí, impulsivo–, ¿y que después lo colocamos en la biblioteca y luego en el chalet de mi hijo? Lo hemos ido moviendo.

Los familiares intervinieron con nuevos comentarios.

–Mi yerno, que es el administrador de la finca y se encarga de que los residentes estén como en casa, cómodos, debió de pensar que el próximo inquilino agradecería el cuadro, ¿no es así? –El constructor miró a Daniel, que asentía–. Y lo quiso cambiar y se le debió de olvidar que estaba aquí.

–Sí, sí, sí –dijo el administrador–, aquí se iba a instalar el escritor y pensé que le gustaría ver el cuadro, quizá le inspirara para su próxima novela. Pero en el último momento, y no sé por qué, el escritor me pidió que lo alojara en una villa más próxima a la entrada. Y lo debí de mover de aquí para allá hasta despistarme –conjeturó llevándose una mano a la frente, remarcando así su torpeza.

–Papá lo cogió –reiteró Carmencita con una sonrisa que desentonaba con la tensión del momento.

El portero trató de registrar las reacciones de todos, incluida la representante de la aseguradora, aturdida por la palabrería de los Martí, que parecían tener respuesta a cualquiera de sus preguntas.

–La cuestión –simplificó la mujer– es que declararon la desaparición del cuadro en febrero. Nosotros hemos investigado durante meses y resulta que había sido un descuido. ¿Ustedes de verdad piensan que puedo creerlos? Quizá están intentando timar a la compañía, quizá…

–¿Por qué íbamos a hacer eso? Por dinero le aseguro que no –proclamó el constructor.

En ese instante, Curro recordó la confesión de por la noche: la enfermedad y el costoso tratamiento experimental.

–Ha sido un descuido, nada más. Este cuadro –explicó el señor Martí arrancándoselo de las manos a la señora Capdevila– tiene un enorme valor sentimental para nosotros, en especial para mí. Y, créame, estoy tremendamente agradecido por su labor porque lo hemos recuperado, y ustedes deberían estar igual de felices o incluso más porque no tienen que pagar la indemnización. Medio millón de euros que se ahorran.

–Señor Martí…

–¡Se acabó! –interrumpió este–. Hemos recuperado el cuadro, lo colgaremos en su sitio. Y si quiere reportarlo, hágalo y repetiremos el proceso: nos investigarán otra vez, declararemos lo que le estamos diciendo ahora mismo y todo quedará zanjado en diez meses. Pero pudiendo finiquitar el proceso hoy, ¿por qué alargarlo? ¿No cree?

Desoyendo las quejas de la señora Capdevila, que hacía aspavientos en vano, y los comentarios de su familia, Pere Martí, cargando con el lienzo, abandonó la sala. El resto lo siguió de vuelta a la villa número dos. Acompañado por el cerrajero, que no podía disimular el placer que le producía el escándalo protagonizado por la familia Martí, Curro, atónito también, se sumó a la comitiva. A su paso, además, se encontraron con otros vecinos, incluidos los franceses.

Nadie advirtió que Pep había salido de la procesión liderada por su abuelo y se dirigía sigiloso a la villa número cinco. Llamó al timbre con un marcado y evidente patrón que él mismo había ideado. Jaime Hernán lo recibió al instante.

Histérico, Pep irrumpió en la villa emitiendo indescifrables bramidos. Pese a la inquietud del *influencer*, que se desvivía por descubrir qué había sucedido, el nieto de los Martí no articuló una respuesta inteligible hasta que al fin, sentado en el sofá, se calmó.

—Han encontrado el cuadro —reveló antes de resumir el transcurso de la investigación de la aseguradora.

Su oyente, incrédulo, se limitó a asentir.

—Era la última comprobación, ¡joder! —se lamentó—. Si mi padre no lo hubiera escondido en un puto armario, habríamos cobrado la indemnización. Estábamos tan cerca...

Jaime, que compartía su frustración, lo reconfortó con una caricia que dio paso a un beso suave y reparador.

—Ya encontraremos otra forma de conseguir la pasta, no pasa nada —susurró.

Pep soltó una carcajada que se extinguió en apenas unos segundos. Y una repentina fiereza apareció en su mirada, crispado.

—Podemos apretar a otro —anunció—. No pienso quedarme aquí ni una semana más.

El nieto de los Martí hablaba de su propia familia con una frialdad espeluznante, como si fueran extraños o incluso enemigos.

—Podemos apretar a otro —repitió, esperanzado.

Antes de responder, Jaime consideró la propuesta.

—Tenemos que plantear una amenaza creíble a la víctima, algo que, por mucho que se niegue a aceptar, termine por consumirlo. Con tu padre funcionó lo de los vídeos porque solo le preocupa su estatus y lo que piensen de él, pero no podemos precipitarnos, necesitamos más tiempo —concluyó con sensatez el *influencer*.

Pep le asestó una mirada imperiosa.

—No tengo más tiempo, no quiero aguantar más broncas. Estoy harto de discutir con la vieja, quiero irme de aquí y ser libre, quiero la pasta y desaparecer. Y quiero hacerlo ahora.

El tono del adolescente hastió a Jaime Hernán, que se alejó de él.

—Lo siento, Pep, no puedo arriesgarme sin un plan, necesito...

—No tienes alternativa, Manuel —lo interrumpió el otro.

El *influencer* no podía evitar sorprenderse cuando lo llamaba por su nombre real. Aquella era una puntualización que escondía una amenaza.

—Me ayudarás con esto y nos piraremos juntos —expuso—. Porque, si no lo haces, revelaré la verdad acerca de Jaime Hernán, un personaje ficticio, líder de subnormales que solo quieren dinero fácil.

Manuel Vidal, cuyos veinticinco años quedaban encubiertos por la ropa juvenil que vestía y sus insurrectos modales, se rio entre dientes.

—Tú fuiste uno de esos subnormales —replicó.

—Un farsante —continuó Pep haciendo caso omiso—, un embustero, un ladrón y un vendehúmos. ¿Quieres que haga público el timo detrás de tus cursos *online*? ¿Quieres que te cancele? Ya puedes despedirte de este estilo de vida.

La determinación del nieto de los Martí, ultrajante, enmudeció a Manuel. Siguió una pausa tensa, propia de una partida de póker.

—Pensaba que yo era el límite de tu plan.

—Lo eres —convino Pep—, siempre que estés de mi lado.

Lo atravesó una sonrisa cínica y perentoria.

Manuel observó a su interlocutor, irreconocible. La tenacidad de Pep, que hacía escasos ocho meses no era más que un vecino medroso y hoy, en cambio, era un joven ambicioso y resuelto, podía llegar a ser intimidante. Pensó, por un momento, que ese cambio se debía a él, que animaba a sus fieles a perseguir sueños. A diferencia de otros adolescentes, sin embargo, Pep quería huir de su familia y hacerles daño.

Se conocieron a principios de año, días después de la muerte de Ricardo Galgo. Manuel Vidal, que hizo la reserva como Jaime Hernán, nombre con el que se le conocía en redes sociales, se instaló sin saber que la urbanización estaba de luto. Arrogante, desvergonzado e histriónico, vivía enganchado al teléfono móvil, con el que documentaba todos sus movimientos. Su conducta contrastaba con la aflicción de los vecinos, socios y amigos del difunto. Josefina del Carmen Rodríguez, que vio en el *influencer* a un intruso, lo empezó a conocer como «el payaso del móvil».

–Aunque la mona se vista de seda… –se burlaba con sorna, molesta por su indigna presencia entre ellos.

Las broncas entre la señora Josefina y el recién llegado, en la mayoría de las ocasiones por pequeñeces, se sucedieron. Para Pep, que llevaba años fantaseando con rebatir a su abuela, la intrepidez del nuevo inquilino era encandiladora. Era un joven independiente e indómito que no se dejaba amedrentar por nadie y que, además, podía costearse un año de alquiler en la exclusiva urbanización. Mostró interés por él, convirtiéndose, por iniciativa propia, en su defensor. Asimismo, siguiendo con el ejemplo del *influencer*, reunió el valor suficiente para desafiar a la septuagenaria.

–Es una vieja anticuada –empezó diciéndole a Daniel en la intimidad.

Esas opiniones, hasta entonces inconfesables, se convirtieron en la norma y se expandieron por la finca. No había un vecino que no supiera de la súbita e incontrolable adolescencia del nieto de los Martí, y así lo justificaban los adultos que trataban de minimizar las hostilidades familiares.

El *influencer*, testigo también de los enfrentamientos que su mera existencia desencadenaba, se sorprendió con la actitud del adolescente, que lo defendía con fervor. Manuel Vidal, que fingía ser más joven de lo que era y ocultaba su orientación sexual para atraer a la franja demográfica más lucrativa, vio en Pep Martí Autet una presa fácil. Nadie conocía su auténtica naturaleza, ni su procedimiento: era un estafador cuya principal fuente de ingresos eran adolescentes errantes, como su nuevo defensor, marginados o incomprendidos, que confundían, desesperados, su dolencia y pensaban que el dinero los salvaría. Él se convertía en su referente, la imagen ideal a la que aspiraban, el imán de sus pensamientos.

Pero el elaborado timo que había urdido para ganarse la confianza de su nuevo vecino y, después, aprovecharse de él, fracasó. Nació en su lugar una extraña amistad. Identificaron intereses en común, como las nuevas tecnologías, el lujo al que estaban acostumbrados o el culto al cuerpo. Pep, voluntarioso, se volvió su mano derecha: organizaba el calendario de contenidos del *influencer*, redactaba los guiones utilizando una inteligencia artificial que hacía la mayor parte del trabajo y también editaba los vídeos que publicaban. Ese nuevo vínculo, sin embargo, abrió los ojos al adolescente y descubrió la verdad detrás de Jaime Hernán.

La vida que proyectaba en redes sociales era una farsa. Ganaba ingentes cantidades de dinero por el contenido audiovisual que producía, visto por millones de usuarios: cápsulas de gran difusión que, en veinte o treinta segundos, escondían, o eso es lo que prometía, las claves para una vida lujosa. También cobraba por los infundados cursos *online* que impartía a chavales impresionables; revendía, mediante otro seudónimo, los regalos que recibía de numerosas marcas que pretendían acceder a un público más joven, como el suyo; sorteaba premios gratuitos que, no obstante, incluían costes ocultos que terminaba cobrando él mismo, y empezaba a flirtear con una emergente criptomoneda cuyo éxito se basaba en un esquema piramidal.

Lejos de delatarlo, Pep vio en esa revelación una oportunidad, convirtió a Jaime Hernán en su confidente y, envidioso de la libertad del *influencer*, concibió un plan. Intercambiaron ideas hasta encontrar la que les satisfizo: la inteligencia artificial como arma de intimidación. A través de una página web que ofrecía el servicio que requerían, y utilizando una red privada virtual para ejecutar la trama desde el anonimato tecnológico, obtuvieron los vídeos *deepfake*: tres breves escenas protagonizadas por

Pep y su padre, a cada cual más explícita. La siguiente parte de su maquinación consistía en intimidar a Daniel, la víctima del chantaje.

Con una actuación convincente, pues sentía náuseas cada vez que visionaba los vídeos, Pep se los mostró a su padre. La aversión que le provocaban esas imágenes mutó en satisfacción al comprobar que la acechanza funcionaba. Tras el sobresalto inicial, las lágrimas, el aturdimiento y las preguntas por entender qué tenía ante sus ojos, Daniel cedió a los extorsionistas: si no recibían trescientos mil euros, amenazaban con publicar todo el contenido del que disponían. Exhortado por su hijo, guardó silencio y actuó a espaldas de la familia.

Excepto Pep, y en consecuencia también Manuel, nadie conocía el paradero del cuadro, desaparecido desde febrero. La denuncia se puso poco después y, hasta ese día, todo había funcionado a la perfección. Sin embargo, el lienzo había reaparecido y, para el asombro de todos, Pep incluido, había sido su abuelo el que había cargado con la responsabilidad.

—Esconde algo —aventuró—. Podemos ir a por él.

Pep miró a Manuel, persuasivo. Él también lo era, pues había convencido a todo el mundo de que se llamaba Jaime Hernán y era un emprendedor exitoso de veintiún años, sin ataduras, ni compromisos.

—¿Cómo? ¿Con qué podemos atacarlo?

—Está asustado, cualquier cosa bastará.

Pep se abalanzó sobre una libreta, con una idea en la mente, y escribió una nota en mayúsculas.

Pueblo Blanco volvía a lucir en la pared de la villa número dos. Desoyendo las advertencias de la señora Capdevila, el señor Martí contemplaba el cuadro, complacido.

—Devuélvamelo de inmediato.

Por toda respuesta, y para estupor de sus familiares, el constructor ignoró a la mujer y encaminó sus pasos hacia la villa contigua, su residencia. La representante lo persiguió a través del jardín, al igual que los Martí y el portero.

A la entrada de la villa número uno, sin que nadie reparara en él, Pep volvió a sumarse a la comitiva. Mezclándose entre ellos, adoptó, hábil y rápido, una actitud que demostraba el mismo desconcierto que sentía su familia ante el comportamiento del abuelo. Resopló con incredulidad, como lo hacía su padre.

–Haga lo que quiera con el cuadro –concluyó la mujer, resignada–, pero lo reportaré de todos modos.

El señor Martí se deshizo de ella y se adentró en la villa. Josefina, que aún seguía de la mano de su nieta, Pep y Daniel siguieron al constructor. Enric, en cambio, se quedó en el porche con Curro, el cerrajero, todavía sonriente, y la señora Capdevila.

–Lo siento.

–Esto es una locura –replicó ella–. Lo voy a reportar.

El director de la finca, sin palabras que justificasen lo ocurrido, se encogió de hombros y, en nombre de su padre, se disculpó una vez más antes de juntarse con su familia. El servicial conserje, se interesó por la representante, que, irascible, rechazó su atención y, sin despedirse ni siquiera, se dirigió hacia el aparcamiento.

–Menudo espectáculo –dijo Ramón–. Siempre que necesites un cerrajero, me llamas.

Acto seguido, le indicó el monto de la factura por sus servicios y se alejó de Curro, que se quedó solo ante la residencia de los Martí. Estaba perplejo y lleno de preguntas que parecían haberlo inmovilizado.

Advirtió algo en el camino de gravilla, junto al buzón que correspondía a la villa que se erguía ante él. Era un sobre remitido a Pere Martí, cuyo nombre estaba escrito a mano y en mayúsculas. Supuso que se le debía de haber caído a Nando al repartir la correspondencia. Lo sostuvo en sus manos y, tras una corta vacilación, llamó al timbre. Oyó las protestas del constructor, que abrió la puerta con ímpetu.

—¡¿Qué?!

Su ademán iracundo se disipó al ver al portero y no a la señora Capdevila y recuperó un gesto adusto. Curro, amedrentado por la vehemencia del constructor, permaneció en silencio.

El mutismo del conserje lo alarmó. Sabía que su interlocutor sospechaba de él, conocía su enfermedad y, más importante aún, era el único que parecía percatarse de detalles incriminatorios.

—¿Qué? —repitió en voz baja, pero conminatoria.

Pensando que debería haber dejado la carta en el buzón, y no entregársela tras la tensa interacción con la representante, Curro alargó el brazo en silencio, respetuoso. Todavía callado y con una mirada desafiante, le ofreció el sobre. Pere Martí lo estudió con discreción, sin ni siquiera amagar con cogerlo.

—¿Qué es esto?

—Es para usted —dijo el portero con gravedad.

—¿Qué es? —insistió el señor Martí.

Curro se encogió de hombros.

El constructor, curioso, o tal vez temeroso, aceptó el sobre. Al tacto, comprobó que no era como los otros que había recibido a lo largo del verano. Se percató, además, de que estaba dirigido a él, no a nombre de A. P. Sin embargo, no había remitente.

—¿De parte de quién?

Al no tener una respuesta satisfactoria, Curro prefirió guardar silencio.

Pere Martí le aguantó la mirada. El portero esbozó una leve sonrisa, una mueca incisiva con la que, quizá, se burlaba de él, y se alejó, dejándolo con la carta en la mano.

—¿Qué es? —preguntó su nieto, que parecía estar esperándolo en el recibidor de la villa.

El abuelo, ensimismado, negó con la cabeza y se encaminó hacia su despacho. Pep lo siguió con la mirada.

Su nuevo plan estaba en marcha.

Capítulo 14

Jueves, 31 de agosto de 2017

Curro no alcanzaba a comprender lo acontecido esa tarde en la urbanización. Ni los sobres a nombre de A. P. que había encontrado en la villa de los franceses, ni las dispares cerraduras, ni las cajas de frutos secos, ni la aparición del cuadro, ni la actitud del constructor, ni tan siquiera el sobre que le acababa de entregar.

La confidencia del señor Martí le reconcomía, en parte porque había expuesto el ritual matutino que llevaba a cabo para desahogarse, pero también porque solo él sabía de su enfermedad. Confuso, se esmeró por establecer una conexión entre la revelación de la noche anterior y la beligerancia con la que se había deshecho de la aseguradora. El constructor, implacable, era a veces impulsivo. Sin ir más lejos, le había recriminado a su amiga recién enviudada, la doctora Campos, que retomara las negociaciones del señor Galgo con los saudíes. Al rememorar el único interrogatorio que había llevado a cabo durante la investigación, Curro se acordó de que, durante la noche de juego organizada por los galos, el constructor había discutido con la señora Josefina porque quería acostarse temprano. «Era un argumento débil», receló el portero, pues sabía, tras la confesión, que su jefe padecía insomnio. Estando enfermo, dormir carecía de importancia y podía jugar al póker sin reparo.

Se arrepintió en el acto de sus elucubraciones. Él no podía entender el sufrimiento del señor Martí, que ni siquiera había advertido a sus familiares de su precaria salud y dudaba de qué hacer. Si no se sometía al tratamiento, por experimental que fuera, aceptaría su destino y resistiría en silencio. Tal vez la hostilidad con la que había resuelto la investigación de la aseguradora era una forma de liberar a sus descendientes de futuras ramificaciones: él se hacía responsable de la desaparición del lienzo, su familia quedaba exenta de culpa. Pero también era posible que el señor Martí hubiera decidido enfrentarse a la enfermedad y, en tal caso, necesitaría una gran cantidad de dinero.

Reparó de pronto en una curiosidad que había obviado: el importe del tratamiento coincidía con la indemnización por el cuadro de Vives Fierro. Medio millón de euros. Incrédulo, trató de desoír la teoría que se fraguaba en su mente y se aferró a la estima que sentía por el constructor y su familia. «Si hubiera decidido combatir la dolencia –se repitió persuasivo–, podría haberse aliado con la señora Campos, que disponía de la codiciable oferta: si vendía su parte de la urbanización, podría someterse a la terapia». Pero esa idea se desvaneció al instante porque el constructor, que había discutido con el señor Galgo por siquiera escuchar a los saudíes, no quería vender. El Jardín del Mar, como repetía con asiduidad, debía permanecer en la familia. Valoró también la presión a la que estaba sometido su amigo Enric, cuyo exigente padre le imponía proteger su legado, la urbanización que había construido hacía más de cincuenta años. Vender, por mucho que estuviera enfermo y precisara atención médica, no era una opción.

Cedió entonces a la teoría que había desatendido, una coherente y que, a sus ojos, dotaba de sentido al frenético y abominable año de la finca. La oculta enfermedad, las cámaras defectuosas, el horario clandestino que regía la vida del señor Martí, las inoperantes cerraduras del chalet deshabitado y el desvanecido cuadro. Todo, al fin, tenía sentido.

Necesitaba añadir su descubrimiento a los apuntes que había tomado al inicio de las pesquisas. Necesitaba compartir sus conclusiones con Enric, quizá también con Nando. Debía informarlos. Había resuelto el caso.

Una vez solo, oculto tras la puerta cerrada del despacho, el señor Martí abrió con premura el sobre sin remitente que le había entregado el conserje. Extrajo una nota escrita a mano y en mayúsculas. La leyó en apenas un vistazo y se dejó caer en la butaca de cuero.

No tenía remitente, pero no hacía falta. Solo había un hombre en la finca que se hubiera percatado de las cajas de frutos secos: el portero, Paco.

Volvió a leer la nota.

Sé la verdad.

Era una amenaza.

—¿Qué ha pasado? Se ha ido la aseguradora sin decir nada, llevaba una cara… —chismorreó Nando.

Su padre narró lo ocurrido con sencillez, como si refiriéndolo fuera a descubrir detalles esclarecedores que pudieran confirmar o desmentir su teoría.

—¿Quién denunciaría el robo del cuadro cuando en realidad estaba aquí?

Curro asintió con ademán grave, esa era la pregunta que desencadenaba su hipótesis.

—O lo que es lo mismo —dijo—, ¿quién denunciaría la desaparición si sabe dónde está?

El hijo se interesó por lo que ocurriría a continuación y el portero reprodujo las palabras de la señora Capdevila: los Martí podían haber intentado estafar a la compañía de seguros, ella debía reportarlo y, con toda seguridad, la investigación se reabriría hasta resolver el caso.

Nando, esbozando una incontrolable sonrisa, se desentendió del misterio. Hacía dos días, se percató, el silencio en el que se veían inmersos en ese momento habría sido insufrible y ambos, uno mediante insustanciales preguntas y el otro huyendo, habrían tratado de erradicarlo.

—Papá… —empezó a decir Nando, pero no siguió adelante, conmovido.

El portero, con mohín distraído, no reaccionó.

—Si no te importa —retomó la palabra—, el año que viene querría volver aquí, contigo.

La declaración logró finalmente la atención del padre, que, con renovada ilusión, buscó la mirada de su hijo.

—Yo… —se atrancó este, nervioso.

Recordó una frase que no había entendido hasta ese preciso instante, una cita que desentrañaba lo que no sabía expresar.

—«Los hijos ignoramos todo sobre los padres, o tardamos en interesarnos».

Curro, desprevenido, enarcó las cejas como si pidiera explicaciones. Tras una profunda respiración, su hijo se confesó.

—Te comparaba con la imagen que tenía de ti cuando era niño: eras el dueño de la urbanización, tenías las llaves de todas partes, todo el mundo te saludaba, te regalaban colonias. Y aún es así, eso no ha cambiado. Pero yo sí —susurró, sincero—. He crecido lejos de aquí y he viajado y me he alojado en sitios como este, he sido uno de los inquilinos —añadió señalando la finca—. Por eso mi visión de ti cambió. Volver aquí y formar parte del servicio me molestaba. Me avergonzaba, era humillante. Sentía resentimiento porque, de ser el dueño, pasaste a ser el sirviente. Y no hacías nada para cambiarlo, no entendía tu falta de ambición, ni por qué me arrastrabas contigo. Pensaba que eras un fracaso por andar haciendo reverencias a todas horas. Te sacrificabas por los vecinos, vivías al servicio de los demás —apuntó con una triste sonrisa en el rostro con la que pretendía reconocer que se incluía entre estos y que no había sabi-

do valorar su entrega–. No apreciaba el alcance de tu sa-
crificio. Ignoraba por qué lo hacías, no me interesé. Y lo
siento, papá, lo siento mucho.

El portero tardó unos segundos en contestar, y tuvo que
hacerlo disimulando la emoción que lo entumecía.

–¿Desde cuándo eres tan sabio? ¿De dónde te has sacado esa frase?

–Es del escritor –dijo Nando, sonriente.

Y compartieron otro silencio, que rompió el padre.

–Yo no quiero que vuelvas el año que viene por obligación
–se interrumpió, desacostumbrado a hablar con franqueza
a su hijo–. Entiendo que quieras viajar con amigos, o con
Anna –bromeó, pícaro, sonsacándole una tímida sonrisa
a su interlocutor–. No quiero que me visites en contra de
tu voluntad.

–Siempre que estés aquí, vendré.

–¿Si me cambio de trabajo dejarás de visitarme?

–Depende de las vistas de tu nuevo trabajo. Estas son
difíciles de igualar.

Ese intercambio sumió a Curro en sus pensamientos, recordó los numerosos contratiempos de los que se sentía
responsable y la sonrisa se esfumó de su rostro. Nando
se percató del repentino pesar que apresaba a su padre.
Sabía en qué estaba pensando.

–Nada de lo que ha pasado aquí este año ha sido tu culpa, papá –le reconfortó–. Ni el trapo junto al fuego, ni el
cuadro desaparecido que resulta que estaba escondido en
la urbanización, ni las discusiones del *influencer* con los
vecinos, ni la enfermedad de Susi, ni los sobres en blanco,
nada. Nada de lo que ha pasado es tu culpa –repitió.

Curro, enmudecido, mantuvo la misma expresión grave.

–Has cumplido con tus responsabilidades y lo has hecho bien, como siempre –añadió–. Es más, incluso has
ejercido de detective.

El conserje soltó una carcajada.

–Sí, y además de no resolver el caso y provocar la marcha de un inquilino, casi me cargo nuestra relación. Todo un logro.

—El escritor se marchó porque quiso.

Nando parecía tener respuestas para todos los miedos de su padre.

—Y casi nos cargamos la relación entre los dos porque somos igual de cabezotas y reservados.

A Nando lo atormentó de repente el secreto que se había guardado desde hacía dos días: la misteriosa grabación que mencionaba al portero. Pero no era el momento de desvelar su existencia porque su padre le sonreía de nuevo.

—Así que, por favor, respóndeme —enderezó la conversación—. ¿Puedo volver el año que viene? Aunque quizá solo venga dos meses, en agosto quiero ir con Anna a Asturias.

Curro exhaló un suspiro.

—¿Es asturiana?

—Y mide medio metro, sí.

El portero, alborozado, dio un paso hacia su hijo y, con torpeza, extendió los brazos. Nando interpretó lo que su padre no se atrevía a pedir. Dio un paso hacia él y, como dos piezas de un puzle, encajaron un largo abrazo que se debían desde hacía tiempo, años tal vez.

—Voy a... —carraspeó—. Voy a preparar la maleta.

Curro asintió mientras su hijo encaminaba el paseo de vuelta al apartamento. Él, por fin, liberó las lágrimas que lo habían estado ahogando.

La experiencia acumulada con su madre y su padrastro, que acostumbraban a cambiar de hoteles durante sus viajes para explorar en profundidad el país visitado, le facilitó la tarea y, en apenas unos minutos, empaquetó la poca ropa que había traído consigo para pasar el verano en la urbanización. Esperaba impaciente al portero, que tardaría en volver al apartamento, pues la profesionalidad que lo caracterizaba le impedía ausentarse de su puesto de trabajo antes del cambio de turno. Con tiempo de sobra, se adentró en el dormitorio de su padre.

Al encender la luz, descubrió una humilde estancia, limpia y ordenada. La cama estaba hecha con mimo, con el pijama doblado sobre la almohada, como si de un hotel se tratase. En una esquina, junto a una esterilla deportiva, había una mesa de planchar y un galán de noche. Le llamó la atención un pupitre que cojeaba de una pata. Abrió el primer cajón: junto con un diccionario de inglés y castellano, encontró una pila de ediciones pasadas de *The New York Times*. Estaban subrayadas y llenas de apuntes y traducciones escritas a mano. Fisgoneó entonces el segundo cajón.

En unas fundas protectoras halló unos coloridos dibujos que no reconoció en el acto. Los sostuvo con respeto, como si fueran piezas de un museo, e identificó una firma: no los recordaba, pero eran suyos. La fugaz imagen que había evocado al hablar por teléfono con su madre volvió con pujanza a la mente. Tirados en el suelo del apartamento, padre e hijo coloreando. Sonriente, conmocionado incluso porque Curro hubiera guardado las pinturas después de tantos años, las devolvió a su lugar con sumo cuidado. Curioseó, por último, el tercer cajón.

Extrajo unos cuantos libros de bolsillo protagonizados por Hércules Poirot, de Agatha Christie. Al verlos, supuso que el portero los habría analizado en busca de trucos para ejercer como detective. Abrió la primera página de *El misterio de la guía de ferrocarriles* y un folio repleto de anotaciones cayó al suelo. Camuflada entre los demás ejemplares, también descubrió una libreta Moleskine dominada por la ilegible caligrafía de su padre.

Se esmeró en descifrar la página suelta que yacía a sus pies: un listado de los vecinos. El portero había añadido detalles sobre su identidad, el posible móvil con respecto al aparente intento de asesinato de la señora Josefina, la coartada de cada uno de ellos y, asimismo, las pruebas o circunstancias sospechosas que los rodeaban. Nando, asombrado, la leyó.

PERE MARTÍ FLORES

Móvil: ninguno.

Coartada: Kartategi la sabe, pero no la comparte porque le dio su palabra (eso dice).

Pruebas en su contra: ninguna.

Circunstancias sospechosas: su ausencia durante el acontecimiento, discusiones con vecinos y familia, la noche de póker, «mi marido nunca pierde».

P. D. La señora Fina estaba ordenando papeles antes del acontecimiento.

Nando pensó que los apuntes de su padre no estaban actualizados, pues no había mención a la visita de los servicios de emergencia, ni a la aparición del cuadro, ni a la volátil conducta con la que el constructor se había deshecho de la agente de la aseguradora. Tampoco entendió la cita que había añadido, ni la importancia que pudieran tener las tareas de la víctima antes del incidente.

ENRIC MARTÍ RODRÍGUEZ

Móvil: ninguno.

Coartada: estaba ante la puerta de la villa uno durante el acontecimiento (Nando estaba con él).

Pruebas en su contra: ninguna.

Circunstancias sospechosas: misma estatura que el hombre que vestía de negro, no encuentra su llave de la villa ocho.

Consideró el perfil: Enric había sido el artífice de la segunda investigación, cuyo objetivo, tal y como había declarado, era tranquilizar a su madre.

Pasó al siguiente vecino sin nada que objetar.

DANIEL AUTET

Móvil: ninguno.

Coartada: estaba en la villa dos durante el acontecimiento (con su hija, Carmencita).

Pruebas en su contra: ninguna.

Circunstancias sospechosas: gestión de la finca, cambio de villa del escritor, la ocho deshabitada, las cámaras de seguridad sin arreglar, mala relación con la víctima.

Al leer la descripción de Daniel, reparó en que faltaba un apunte acerca de las dispares cerraduras de la villa ocho, del que el administrador era también responsable.

PEP MARTÍ AUTET

Móvil: ninguno.

Coartada: antes del acontecimiento fue a ver a la víctima. ¿Dónde estaba durante el acontecimiento?

Pruebas en su contra: ninguna.

Circunstancias sospechosas: ausencia durante el acontecimiento, múltiples discusiones con la víctima, ¿amistad con Hernán?

Rememoró la mañana en cuestión: Pep, descamisado, lo recibió en la villa número cinco. Esa era su coartada. La amistad con el *influencer*, sin embargo, le pareció irrelevante.

CARMEN «CARMENCITA» MARTÍ AUTET

Móvil: ninguno.

Coartada: estaba con su padre (Daniel) en la villa dos.

Pruebas en su contra: ninguna.

Circunstancias sospechosas: ninguna.

Nando pasó al siguiente perfil.

THIERRY DUPONT y CHLOÉ DUPONT

Móvil: ninguno.

Coartada: estaban ante la puerta de la villa uno durante el acontecimiento (Nando estaba allí).

Pruebas en su contra: ninguna.

Circunstancias sospechosas: amistad con los Martí, discusión puntual con el señor Martí durante la noche del póker, ¿rutina Chloé Dupont?, ¿por qué no usa la terraza con vistas al mar?, ¿cartas?

La descripción de los recién casados le confundió. No entendía por qué su padre había incluido la noche de póker en ese listado. Tampoco comprendía qué relevancia tenía la rutina de la francesa.

ANA MARÍA CAMPOS

Móvil: ninguno.

Coartada: estaba en su villa durante el acontecimiento (reunión con los saudíes, eso dice).

Pruebas en su contra: ninguna.

Circunstancias sospechosas: discusiones entre Galgo y Martí, mismas discusiones y fin de amistad entre Ana María y los Martí.

La relación entre Ana María Campos y su difunto marido con los Martí se había deteriorado a partir de la oferta de los saudíes. Fue el señor Galgo quien consideró primero la venta, según recordaba Nando de los cotilleos con los que lo había recibido su padre a principios del verano. Pero más allá de las discusiones, la doctora no le resultó sospechosa por el supuesto ataque contra la señora Josefina. No pudo ignorar, en cambio, la extraña teoría que le había presentado la señora Campos y que implicaba a la siguiente vecina.

DOLORES DÍAZ DE LEÓN

Móvil: ninguno.
Coartada: estaba en su villa durante el acontecimiento (con Susana).
Pruebas en su contra: ninguna.
Circunstancias sospechosas: discusiones.

Nando resopló ante la escueta descripción. Él poseía más información. Recordó la despensa y la nevera, tan precarias, los perfumes y las cremas, el vestidor, los bolsos y los preservativos. Pensó de nuevo en la teoría de la doctora. La señora Dolores era, sin duda, un perfil sospechoso, pero no podía establecer una conexión directa entre ella y el acontecimiento, ni había encontrado el veneno que buscaba la viuda.

SUSANA «SUSI» DÍAZ DE LEÓN

Móvil: ninguno.
Coartada: estaba en su villa durante el acontecimiento, enferma (con la señora Dolores).
Pruebas en su contra: ninguna.
Circunstancias sospechosas: ninguna.

Rememoró la charla que mantuvo con ella, apenas lúcida, pero, aun así, alegre; el zumo que detestaba, el colacao que adoraba y la foto de la niña morena y bajita que llevaba en el bolsillo. Compungido, pasó al siguiente nombre.

JAIME HERNÁN

Móvil: ninguno.
Coartada: estaba en su villa durante el acontecimiento.
Pruebas en su contra: ninguna.
Circunstancias sospechosas: mala relación con los vecinos, incluida la víctima, amistad con Pep, no ha recibido visitas, no cocina.

Ese último apunte hizo reír a Nando. La animosidad entre el *influencer* y los otros inquilinos era evidente: un joven polémico que no se dejaba amedrentar y discutía sin reparo. Pero él conocía su coartada: estaba en la villa número cinco grabando un vídeo, custodiado por Pep.

ANTONIO SANZ

Móvil: ninguno.
Coartada: estaba en su villa durante el acontecimiento (eso dice).
Pruebas en su contra: ninguna.
Circunstancias sospechosas: quería presentar su próximo libro en la finca y la víctima se negó.

La evaluación del escritor no mencionaba su repentina marcha. El señor Sanz, además, aún no había empezado a escribir su próximo libro, por eso había comprado un nuevo escritorio. No tenían sentido, pues, las circunstancias sospechosas que había apuntado su padre.

SIMÓN MASSANA

Móvil: ninguno.
Coartada: estaba ante la villa número uno durante el acontecimiento (Nando estaba allí).
Pruebas en su contra: ninguna.
Circunstancias sospechosas: ninguna.

La mención al chef lo descolocó: la víctima era su mejor clienta. Después de la cena, desapareció y solo volvería a la finca el verano siguiente para el tradicional banquete.

Releyó la ficha varias veces, abrumado por la cantidad de detalles que había incluido su padre, pero consideró que había sido un trabajo en vano. La policía había calificado lo ocurrido de accidente doméstico. Es más, aun valorando el recelo que generaba la marcha del escritor, el archivo de voz que había descubierto o la inesperada aparición del cuadro, el resultado era invariable: la investigación liderada por su padre había sido del todo innecesaria porque no había sucedido nada. Nunca hubo nada que investigar en El Jardín del Mar.

Dobló el folio, lo colocó en su lugar y dejó la libreta y las novelas de Hércules Poirot en el cajón. Abandonó el dormitorio, cerró la puerta tras él y se asomó por un ventanuco desde el que podía ver la garita. El portero, estoico, aguardaba el cambio de turno. Nando maldijo al vigilante nocturno, que siempre se retrasaba, incluso la última noche que iba a pasar con su padre.

Capítulo 15

Jueves, 31 de agosto de 2017

Las farolas, dispersas a lo largo de la urbanización, marcaban el camino sin desvelar la totalidad de la finca, manteniendo en la penumbra ciertas áreas, como si fueran espacios reservados para las historias de amor o las confabulaciones. Sumido en la oscuridad de la noche, El Jardín del Mar cobraba un cariz misterioso, peligroso incluso, en el que dos sombras podían llegar a tropezarse por casualidad.

Excepto el escritor, ausente desde hacía dos días, los demás vecinos estaban al corriente del hallazgo del cuadro y, sin embargo, nadie, ni siquiera los franceses, cuya villa había sido registrada sin previo aviso, había reaccionado. Se respiraba una extraña calma en la urbanización.

El *influencer*, sentado en la silla que ocupaba cuando grababa, con el mar a su espalda, estaba solo en la villa número cinco. Tenía la vista clavada en un ordenador portátil, absorto en la vivacidad del protagonista de sus vídeos, que predicaba una entrega sin reservas a la consecución de un sueño. No se reconocía a sí mismo. Él, que había sido uno de esos adolescentes errantes que solo anhelaba enriquecerse, vivía ahora en la abundancia, libre y exento de responsabilidades indeseadas. Pero, aun así, observaba con ojos golosos sus vídeos. Los reproducía en bucle como si quisiera reunir el valor para recuperar el control de su vida, en manos de su pareja y secuestrador, el nieto de los Martí, el único que lo conocía como

Manuel Vidal. Por más que lo pensara, solo había una salida. Una que lo cambiaría para siempre, convirtiéndolo en una persona que no creía ser.

Chloé Dupont aprovechaba la última luz del día desde el canapé del porche de la villa número seis. En el despacho, con la cabeza entre los brazos, Thierry miraba con inquietud los sobres en blanco que había descubierto el portero. «Es cuestión de tiempo que ate cabos y nos descubra», pensó. Solo tenían una opción si querían desembarazarse de ese problema.

El timbre de la villa número siete sonó en medio de la noche.

Dolores Díaz de León se sorprendió al abrir la puerta. La viuda había desatendido sus amenazas y, con mohín desvelado, se interesaba por su sobrina. La señora Díaz, intransigente, le negó la entrada y la responsabilizó por el súbito deterioro de la adolescente. Su amistad, según ella, había excitado en exceso a la enferma hasta debilitarlo todavía más. Acto seguido, la madrina cerró la puerta con violencia y recorrió el pasillo hasta llegar al dormitorio de Susi, que estaba postrada en la silla de ruedas. Le dedicó una mirada impasible y se enfrentó a una conclusión: se había excedido con su sobrina y la doctora sospechaba. Debía tomar una decisión.

Al otro lado de la puerta principal, la señora Campos, impotente, se rindió. Su teoría, aceptó, no era más que un barrunto con el que había pretendido remediar su soledad y, al mismo tiempo, rescatar a Susi de un futuro probablemente muy triste.

No había veneno, no podía hacer nada por la niña.

Enric, encerrado en el despacho de la villa número dos, estaba desasosegado. Se había pasado la tarde al teléfono con los abogados de la familia, quería averiguar qué le podía suceder a su padre tras la irresponsable conducta con la señora Capdevila. Por lo que había entendido, el constructor, que sin duda sería denunciado por la compañía de seguros, podía enfrentarse a una condena de hasta tres años. El cálculo le atormentaba: su padre, en el peor de los casos, saldría de prisión a los ochenta y tres años. Carmencita, para entonces, tendría nueve; Pep, ya en la etapa universitaria, habría cumplidos los diecinueve, y su madre, tan debilitada por el paso del tiempo que sufría caídas y descuidos, setenta y dos.

Carmen jugueteaba con unos muñecos ante el cuadro de Vives Fierro, expuesto con mimo en el centro de la estancia, acaparando las miradas. Su padre y su hermano se escondían tras la puerta del dormitorio de Pep. Al borde de un ataque de nervios, Daniel daba vueltas por la habitación: al día siguiente se cumpliría el plazo para pagar los trescientos mil euros del chantaje por los videos sexuales. Buscando el apoyo de su hijo, propuso alternativas para contentar a los extorsionadores. Pep, apático, se encogió de hombros; tan solo podía pensar en el nuevo montaje que había urdido contra su abuelo. En cuestión de horas, días quizá, podría desaparecer, alejarse de su familia y gozar de la ansiada libertad.

El señor Martí, mientras tanto, calculaba sus próximos pasos en busca de una escapatoria. Su errático comportamiento con la aseguradora acarrearía consecuencias impredecibles, pero eso no le inquietaba. En sus manos sostenía la amenaza del portero: «Sé la verdad». Solo tenía una posibilidad si quería mantener ocultos todos sus secretos.

A escasos metros, ante el ventanal del comedor de la villa número uno, Josefina del Carmen Rodríguez miraba al ennegrecido horizonte. Con aire distraído, acariciaba el lomo de la novela del escritor. La última frase la mantenía en vilo: «Siempre será una decisión que no tomé, condicionante y oprimente».

Al leerla por primera vez, lo hizo con frialdad, como si no le incumbiera. Pero habiéndola repetido hasta memorizarla, se había convertido en una losa angustiante. Era un epitafio para todo el que, en algún momento de su vida, hubiera tomado una decisión tan importante sin convencimiento. El pasado siempre volvía. Se había deshecho de «la cosa», pero, aun así, no se había librado de ella.

A la entrada de la urbanización, Curro aguardaba a su relevo, que, como de costumbre, se retrasaba. Se entretuvo recogiendo sus pertenencias, incluida la edición del día de *The New York Times.* Con la mirada al frente y la urbanización escondida tras el repecho, repasó la disparatada teoría que aún no había compartido. No sabía cómo proceder, si debía informar a las autoridades o hablar primero con su amigo Enric. De repente, oyó un ruido a su espalda y se volvió hacia la finca.

Entre los laureles y la lavanda, a los pies de los pinos y los alcornoques, acechante, una silueta permaneció inmóvil hasta que el portero volvió la vista al frente. Entonces retomó la marcha en dirección a la garita, aunque se detuvo en seco al oír un chasquido cerca. Miró a su alrededor hasta vislumbrar, sumida en la negrura, otra sombra que también se dirigía hacia la entrada.

Mientras, Curro consideró otra vez su razonamiento. Debía hablar con Enric, pues era justo exponerle su descubrimiento, pero ya lo haría mañana. Ansiaba volver con Nando y cenar con él una última vez hasta el verano siguiente. Hoy tocaba despedirse de su hijo.

De nuevo, oyó un ruido a su espalda y, despreocupado, se giró.

CUARTA PARTE
LA RESOLUCIÓN

Capítulo 16

Viernes, 1 de septiembre de 2017

Antonio Sanz cruzó el umbral de la finca con la mirada fija en su destino, indiferente a los coches patrulla que tintaban de azul el jardín con sus balizas policiales. No entendía qué había pasado, ni cómo había podido acabar todo tan mal.

Irrumpió en la biblioteca en busca de respuestas y se encontró con miradas desdeñosas que lo escrutaban con recelo: el *mosso* Kartategi, de pie junto al *influencer*, lo observó de arriba abajo; la doctora, que estaba sentada en una butaca, apenas mudó el gesto; los franceses, con semblante nervioso, apartaron la vista; los nietos de la familia Martí tampoco le prestaron especial atención; su padre, Daniel, frunció el ceño; Enric, ensimismado, se balanceaba sobre sí mismo; el señor Martí hacía gala de su rostro inexpresivo, tan lucrativo durante las partidas de póker, y Nando estaba tan abstraído en unos folios que sostenía en sus manos que ni siquiera lo vio entrar. La panorámica terminó cuando Antonio Sanz posó los ojos sobre la señora Josefina del Carmen Rodríguez, que le correspondió con un gesto confuso. Él, sorprendido también, enarcó las cejas al advertir su presencia entre los demás residentes.

El escritor, sin embargo, no fue el último en llegar: a su espalda, enjoyada y aferrada a su bolso de cuero, apareció Dolores Díaz de León, que se repantingó sin dirigirse a sus vecinos. Ana María Campos mantuvo la vista en la puerta, expectante, pero la niña no apareció.

—¿Dónde está? –clamó–. ¿Y Susi?

La madrina ignoró a la doctora mientras comprobaba su manicura. Una figura entró en la biblioteca, centrando el interés de los presentes.

—¿Qué hace aquí? –profirió Daniel Autet–. ¿Por qué ha vuelto?

El señor Martí, en cambio, mantuvo un mohín indescifrable ante la repentina comparecencia de la agente de la compañía aseguradora. La señora Capdevila se acercó discretamente a Nando, que se puso en pie para recibirla.

—Disculpa el retraso –dijo, dándole la mano.

—Gracias por venir. ¿Cuánto ha tardado? –se interesó el joven.

—Una hora y media desde el despacho, la carretera estaba llena de camioneros –suspiró–. He venido tan pronto he recibido tu mensaje.

El administrador protestó sin éxito y la mujer, impertérrita, se colocó junto al *influencer*, custodiado por el policía, que estudiaba con ojo crítico a los residentes de El Jardín del Mar. Uno de ellos, por lo que le había asegurado el joven, que hojeaba con desasosiego unos folios y pasaba las páginas de una libreta llena de anotaciones y garabatos, era el asesino del cadáver que había aparecido en la playa.

—¿Qué quieres? –preguntó la madrina con voz chillona al agente Kartategi.

Este, por toda respuesta, buscó la complicidad de Nando y, con un gesto afirmativo, lo animó a ocupar el centro de la biblioteca. Los vecinos intercambiaron murmullos. Y el hijo del portero, como si fuera una rueda de reconocimiento, los miró con detenimiento, de uno en uno, hasta centrarse en uno de ellos.

—Gracias por venir y disculpe la encerrona, señor Sanz.

El escritor, aturdido, miró de soslayo a Josefina del Carmen Rodríguez, que rehuía al contacto visual. El resto aguardó en silencio.

–El señor Sanz ha vuelto a la urbanización por un falso motivo: le dije que quien había muerto era la señora Rodríguez. Supuse, y he acertado, que vendría inmediatamente. Ha llegado antes que la señora Capdevila, que también venía de Barcelona, e incluso antes que la señora Díaz de León, residente en la finca. ¿Habría venido tan rápido si hubiera sabido que la víctima era mi padre?

Al anunciarlo, Nando enmudeció.

Hacía una semana, puede que menos, la súbita muerte de su padre le habría sorprendido por inesperada, pero quizá, temió, no le habría entristecido. Un posible suicidio, la primera teoría que barajó la policía al advertir la cuerda atada al cadáver, tal vez le hubiese resultado comprensible por lo poco que sabía de él, un subordinado que anteponía la felicidad ajena, un hombre solitario. Pero después de reencontrarse con su padre esa opción quedaba descartada: este no tenía motivos por los que quitarse la vida, y menos ahora que habían vuelto a hablar y a acercarse el uno al otro.

–Mi padre era un buen hombre y ha sido asesinado –proclamó el chico tratando de contener su impotencia–. Alguien le golpeó en la cabeza, lo ató a una roca y lo tiró al mar. Pero el nudo se ha deshecho y su cuerpo ha salido a la superficie.

Algunos vecinos negaron, otros se santiguaron y Enric suspiró apesadumbrado por la muerte de su amigo. Nando siguió hablando.

–Ha vuelto, señor Sanz, creyendo que la señora Rodríguez había fallecido. ¿Por qué? ¿Por qué volvería tan rápido por la muerte de quien provocó una segunda investigación pensada única y exclusivamente para inculparlo a usted de un supuesto intento de asesinato? Una investigación que dirigió mi padre, tal y como le mandaron, y que dieron por concluida cuando usted se marchó. ¿Por qué decidió marcharse, señor Sanz? ¿Tenía algo que esconder? ¿Era usted el hombre de negro, le había hecho algo a la señora Rodríguez? No, tenía coartada, Kartategi nunca sospechó de usted, no tenía nada que ocultar, ni motivo alguno por el que preocuparse. Y, sin embargo, hizo sus maletas y desapareció sin oponer resistencia. Acto seguido, y para sorpresa de todos, la señora Josefina dio por concluida la investigación.

Nando consultó los folios que sostenía en la mano, los esclarecedores apuntes del portero.

—Mi padre obedecía todas sus órdenes, por absurdas que fueran. Y lo hacía orgulloso, incluso cuando tenía que jugar a los detectives para que ustedes, que se reían de él llamándolo Sherlock, se quedaran tranquilos. Se leyó las novelas de Agatha Christie, por cierto, en un intento por aprender a ser un buen detective —dijo esbozando una triste sonrisa que algunos vecinos compartieron—. Y supongo que llegaría a la conclusión de que debía estar muy atento, pues cualquier detalle, por insignificante que resultara, podía ser revelador. Quizá por eso tomó estas notas.

»Según sus observaciones, usted, señora Rodríguez, consideraba que el escritor era uno de los principales sospechosos de su intento de asesinato porque se negó a que presentara aquí, en la urbanización, su próxima novela. No sé si eso le desconcierta, señor Sanz, pero a mí sí. Yo creía, y me lo dijo usted mismo, que no había empezado su próximo libro y que por eso quería un nuevo escritorio, porque comenzaría a escribir en breve.

El novelista convino con la mirada.

—Que estuviera escribiendo o no, a la señora Josefina le daba igual. Que la policía la tomara en serio o no, que siguiera la pista del misterioso hombre que vestía de negro o no, le daba igual. No le importaba que el agente Kartategi rechazara el intento de asesinato y concluyera que todo había sido un accidente doméstico. Todo le daba igual. Usted, señora Rodríguez, solo quería enviar un mensaje. —Hizo una pausa y miró a ambos—. «Márchate».

Se oyó un rumor en la sala, pero Nando no perdió la concentración.

–El problema fue que su teatro, el pequeño incendio y la confusión que sentía, fue tan convincente que el receptor no entendió el mensaje. Por eso tuvo que insistir y, exagerando el miedo que sentía, organizó una segunda investigación con el apoyo de su hijo –Nando señaló las anotaciones que sostenía–, al que define como leal y dispuesto a todo por el bienestar de sus padres. Y nombraron al portero como detective, reiterando por activa y por pasiva la presencia de un hombre de negro en la villa.

»Y esta vez sí, usted, señor Sanz, captó el mensaje. Es más, creo recordar cuándo lo comprendió: ese circo de interrogatorios y falsos detectives continuaría hasta que ella quedara satisfecha. En ese momento, decidió abandonar la urbanización. Ella, efectivamente, se acontentó y, antes incluso de que usted saliera de aquí, la investigación ya había concluido.

Los vecinos alternaban la atención entre el escritor y la señora Josefina.

–Fin de la investigación, sí, pero no del misterio –declaró Nando–. ¿Por qué quería usted que se marchara el escritor? ¿Qué le había hecho? Por lo que me dijo mi padre, ustedes parecían llevarse bien, se les veía pasar tiempo juntos y a solas. ¿Qué pasó? ¿Acaso el escritor le regaló su libro y a usted, señora, no le gustó?

La ocurrencia provocó una carcajada general, pero ni Josefina ni Antonio Sanz rieron. Nando, cuyos ojos furiosos no soltaban a los acusados, tampoco.

–Quizá algunos no lo sepan –moderó el tono–, pero yo he pasado aquí todos mis veranos. Y mi opinión de la urbanización, y lo que ella significaba, ha ido cambiando: de pequeño me encantaba venir y ayudar a mi padre; pero en los últimos años le guardaba resentimiento. La única estancia en la que me sentía cómodo era esta –reconoció contemplando la estantería que los envolvía y la galería con vistas al mar–. Hasta el verano pasado, entre una tarea y otra, me sentaba en ese sillón y perdía el tiempo con el móvil. Este año, en cambio, dejé el móvil por la lectura. Y no leí un libro cualquiera, sino el suyo –señaló al señor Sanz, que irguió la espalda por acto reflejo–. Me avergonzaba de ello, no sé por qué, y leía en secreto, como si estuviera prohibido o alguien pudiera juzgarme.

Recorrió la biblioteca bajo la atenta mirada de los presentes y extrajo *Las decisiones que no tomé* del estante más próximo al ventanal. Lo hojeó mientras recuperaba el centro de la sala con una imperceptible sonrisa en el rostro. Su teoría, comprobó al pasar las hojas, parecía acertada.

–Apenas marcaba la página para que nadie sospechara de mí. Hay días que me cuesta encontrar la página. Llegué a pensar que alguien, para molestarme tal vez, se deshacía de mi marcapáginas –reveló estudiando el libro con detenimiento–. Señor Autet –dijo de pronto–, ¿cuántos ejemplares de la novela compró?

–Uno, el que me pidió Fina.

Nando asintió en silencio.

–Su escritura, señor Sanz, es densa y complicada, confusa incluso. Y, aun así, no podía parar de leer. ¿Por qué? –Se encogió de hombros, negando–. Ni idea, pero he leído como nunca durante los últimos tres meses. Y hasta hace dos días –abrió el libro por las primeras páginas–, no descubrí una nota escrita a mano, una dedicatoria. «Gracias por la inspiración».

Mostró entonces la hoja a los presentes, que le devolvieron miradas perplejas.

–Ahí… –informó Ana María con delicadeza–. Ahí no pone nada, Fernando.

El joven registró el libro con afectada preocupación, histriónico. Su confusión, sin embargo, apenas duró unos segundos y, seguro de sí mismo, retomó la palabra con seriedad.

–A diferencia de ustedes –apuntó a la señora Josefina y

al escritor–, que pasaron de tener una buena relación a enfrentarse, mi padre y yo estábamos enfadados, no nos entendíamos. O, mejor dicho, yo no le entendía o no me interesaba por él. Discutimos e incluso amenacé con no volver aquí, con él –se calló de golpe y memorizó–. «Los hijos ignoramos todo sobre los padres, o tardamos en interesarnos».

Al oír la cita, el novelista ablandó el semblante y buscó la mirada de la señora Josefina, aún distante.

–Eso es lo que le dije a mi padre cuando, hace dos días, hicimos las paces; algo a lo que usted, señor Sanz, me animó. Me pidió que disfrutara del tiempo que me quedara con mi padre. –Un temblor involuntario se apoderó de Nando–. Era un consejo sincero, deseaba que un padre y su hijo se llevaran bien.

El adolescente apartó la mirada, conmocionado.

–No entendí –articuló tras recobrar el control sobre sus emociones– por qué me ofrecía ese consejo hasta que, por fin, descubrí por qué me impactaba tanto su libro. Fue la señora Campos la que me lo explicó, ahí sentados. –Señaló los sillones orejeros donde habían compartido confidencias–. Los hijos no llegamos a entender por qué nuestros padres tomaron ciertas decisiones. Yo no entendía a mi padre, un hombre sin ambición que no peleó por la mujer de su vida y aceptaba ser el criado de la urbanización. Por eso no podía parar de leer, porque yo, señor Sanz, era el protagonista de su novela: el joven que no entendía a su padre –anunció con solemnidad–. O, en el caso del libro, el joven que no entendía por qué su madre lo dio en adopción.

Capítulo 17

Verano de 1963
Lloret de Mar

Era difícil adivinar la edad que tenía aquella joven. Su mirada, vivaz y expresiva, era propia de una chiquilla curiosa; su rostro, moreno, terso y libre de imperfecciones, parecía el de una adolescente, y su discurso, osado, era digno de una veinteañera que no se dejaba impresionar con facilidad. Tenía una sonrisa brillante y arrebatadora; la gente enmudecía cuando reía, como si cayera un hechizo sobre ellos. Era desvergonzada y locuaz, podía superar cualquier barrera lingüística sin apenas esfuerzo y se comunicaba con soltura con los turistas que se instalaban en el pueblo.

En la década de los sesenta, Lloret de Mar daba la bienvenida a los primeros bikinis y a los complejos hoteleros construidos en la costa. Los visitantes, la mayoría provenientes de países asolados por la Guerra Fría, se apoderaban de las calles y de las playas y disfrutaban del envidiable clima mediterráneo y de su gastronomía. Muchos se alojaban en el hotel El Faro, una de las numerosas construcciones que aparecían de un día para otro.

La chica consiguió trabajo como recepcionista. Sonriente y solícita, su presencia tras el mostrador dotaba al establecimiento de un aire joven y acogedor. A lo largo de aquel verano, aprendió algo de inglés, sobre todo palabras malsonantes que repetía sin motivo ni ocasión, por pura diversión, y quedó prendada de un universitario sueco de pelo rubio y lacio, hospedado en el hotel. Fueron unas semanas de fiesta y placer que terminaron con un prolongado malestar, a la espera de una menstruación que no llegaba. Al concluir sus vacaciones, el nórdico desapareció sin saber que aquella chica estaba embarazada. Un año después se permitiría la comercialización de la píldora anticonceptiva, pero para ella, igual que para muchas otras mujeres, ya era tarde.

Josefina del Carmen Rodríguez no quería dar a luz. No podía permitir que su vida quedara marcada por una imprudencia, por un amor de verano. Se refería al nonato como «eso» o «la cosa».

Detrás del resplandeciente escaparate que cautivaba la atención extranjera, se ocultaba una mentalidad intransigente que todavía subyugaba a gran parte del país. El aborto, por entonces ilegalizado, era una práctica más común de lo que parecía. Corrían rumores por el barrio, incluso ella conocía a una vecina que, utilizando una aguja de hacer punto, abortó en el baño de su propia casa. El miedo a las complicaciones le hizo recapacitar: aquella vecina, a la que oyeron gritar de dolor desde las calles, estuvo cerca de morir. Su mejor opción, la más segura, era encontrar un médico clandestino o una de esas mujeres aborteras.

Consiguió una exploración médica que resultó infructuosa y contraproducente. El doctor, paralizado ante la impúdica adolescente que, angustiada, se abría de piernas ante él, le prescribió ampollas de calcio e inyecciones de estradiol; una receta, descubrió ella tras dos días de tratamiento, cuyo objetivo era evitar abortos naturales.

Pasó las siguientes semanas en busca de otro facultativo. La mayoría de ellos rechazaban siquiera examinarla; si lo hacían, su licencia peligraba y podían acabar en prisión. La joven trató de ocultar su estado a sus padres, pero la inquietud fue consumiéndola. Su madre, una señora recta e intolerante que incluso revisaba su ropa interior, no tardó en descubrir su secreto. Fue la única que lo supo.

–No le diremos nada a tu padre –impuso–, o se morirá de vergüenza.

No eran pocas las historias de mujeres que, solteras y encintas, terminaban repudiadas por la sociedad. Josefina había perdido el sueño y la vivacidad que la caracterizaba, apenas sonreía. Con cada día que pasaba, se reducían las posibilidades de abortar.

Josefina tenía diecisiete años. No quería ser madre. Tenía toda su vida por delante y el país, o eso se respiraba en el ambiente, abrazaba la modernidad occidental: las mujeres accedían a las aulas universitarias e incluso se decía que pronto se les permitiría votar. Ella, menor de edad, sin pretendiente ni pareja, sin recursos ni dinero, no podía ser madre y desbaratar así el brillante futuro que vaticinaba. Decidió que lo daría en adopción.

–Es la decisión más acertada –le decía su madre en un tono que parecía más bien una advertencia que una muestra de apoyo o comprensión.

De su mano, Josefina fue trasladada a una casa de maternidad del Patronato de Protección de la Mujer, donde pasó los últimos meses de su embarazo.

–Es lo mejor para el bebé –repetían las monjas que la atendían.

Era la decisión más difícil e importante de su corta vida, pero ella asentía con convicción. La adopción, intentaba convencerse, los salvaría a ambos: a ella porque viviría libre y a «la cosa» porque, en el seno de una familia estable, crecería en un ambiente seguro en el que gozaría de mayores oportunidades.

En mayo de 1964, habiendo cumplido los dieciocho años sin que su padre llegara a saber de su embarazo, Josefina dio a luz. Lo hizo sin anestesia, tal y como ordenó su madre.

—Así te acordarás de este dolor y no volverás a ser una pelandusca.

Josefina despertó del parto en una habitación decorada con figuras y estampas religiosas. No había rastro de «la cosa». No llegó a tenerlo en sus brazos.

Cuando se recuperó, volvió a lo que antes habría considerado la normalidad, pero su vida ya no podía definirse como tal. Su madre, fría y distante, se negaba a hablar del tema.

—La única forma de reintegrarse es callando —le recriminaba.

Eso hizo la joven y el secreto, poco a poco, la fue aislando.

Meses más tarde recuperó su empleo como recepcionista. Seguía siendo la misma chica de tez limpia y morena que amenizaba la llegada de los viajeros, ajenos al oscurantismo que marcaba la vida de tantos lugareños.

En el verano de 1964, un veinteañero que vestía trajes a medida se convirtió en asiduo visitante del hotel. Según habían dicho sus compañeros de trabajo, se trataba de Pere Martí Flores, un constructor que andaba enfrascado en un proyecto que estaba provocando un notable revuelo. El joven se reunía allí con su mentor, el dueño y constructor del hotel El Faro, al que acudía en busca de consejo. La intención del señor Martí era inaugurar una urbanización al verano siguiente, pero la obra se alargó y la ceremonia se retrasó un año, hasta septiembre de 1966.

Aquella velada, amenizada por una banda de *jazz* y un bufet servido en bandejas de plata por los empleados de El Faro, fue todo un éxito para el joven constructor: acudieron numerosas celebridades, potentados y altos dignatarios de la sociedad catalana y muchos periodistas. Lo que le alborozó, sin embargo, fue la joven que, esbozando una fulgurante sonrisa y sin interrumpir la conversación que mantenía con el alcalde de S'Agaró, le ofreció una copa de cava. Mientras los asistentes contemplaban la urbanización, Pere Martí, que nunca había apartado la vista de los negocios y solía regocijarse con sus éxitos, quedó embelesado por ella. La chica rechazó con educación sus ofrecimientos, pero él, terco, no desfalleció y, tras múltiples invitaciones a tomar un café, consiguió que cambiara de opinión. Lo que el constructor nunca sabría era quién aceptó su última petición: la madre de la joven.

—Ese hombre te conviene —le aconsejó esta a Josefina—, a su lado volverías a ser una mujer respetable.

Una tarde de mediados de noviembre de 1966, con el único objetivo de acallar a su madre, Josefina se adentró en la urbanización. Era su segunda visita, pero la primera a la luz del día. Construida sobre una loma peñascosa y escarpada, oculta por el follaje de los imponentes árboles y ornamentada por buganvillas trepadoras que salpicaban de violeta las paredes blancas de las villas, El Jardín del Mar ejerció el mismo efecto que ella causaba en la gente: la enmudeció.

La cita tuvo lugar en la villa número uno, la residencia del señor Martí. La joven desconfiaba de su anfitrión, un hombre acostumbrado a imponer su voluntad. Pero al asomarse al balcón que pendía sobre el Mediterráneo, donde los aguardaba un juego de café de porcelana de Flora Danica, la joven bajó la guardia. El constructor, caballeroso y atento, se interesó por ella, le preguntó por sus aspiraciones e incluso la entretuvo con un truco de magia que dio paso a una improvisada partida de cartas. Enlazaron los juegos y, para desesperación de la joven, él ganó todas las manos.

—Yo nunca pierdo —declaró con una sonrisa ufana.

Con la vista sobre la bahía de Sant Pol, por donde se ponía el sol pintando el cielo de vivaces colores, Josefina se entregó a una tarde memorable. La primera de muchas.

Habiendo olvidado su secreto, quizá ignorándolo, o aturdida por la vida honorable que le exigía su madre, Josefina del Carmen Rodríguez, una joven de veinte años originaria de Lloret de Mar, hija de una sirviente y de un pescador, y Pere Martí Flores, diez años mayor que ella e hijo de un acaudalado matrimonio de la industria textil, se casaron en la propia finca. Con el nacimiento de su primer y único hijo, Enric Martí Rodríguez, el *hereu*, se instauró un estado de prosperidad que parecía inquebrantable.

Luciendo su embriagadora sonrisa y poniendo en práctica el inglés aprendido como recepcionista en El Faro, Josefina se convirtió en la administradora de la urbanización y partícipe de su éxito. Las villas pasaron a ser el refugio de estrellas de talla mundial, como Ava Gardner, Orson Welles o Elizabeth Taylor. El Jardín del Mar era un paraíso en la tierra, igual que su vida, fácil y despreocupada.

Así fue hasta que, en marzo de 2017, uno de esos famosos se instaló en la villa número cuatro. Un escritor que causaba sensación y que había vendido cientos de miles de ejemplares de su último libro. Antonio Sanz, un hombre alto y de pelo rubio, educado y discreto, la saludó con sencillez. A ella, empequeñecida por el paso del tiempo y rodeada por su familia, le causó buena impresión y entablaron amistad.

Semanas después, el autor le ofreció un ejemplar dedicado de su novela.

—¿Gracias por la inspiración? —preguntó Josefina al descubrir la anotación.

Por toda respuesta, él confesó su identidad. Había conseguido un certificado de natalidad en el que figuraba un nombre que, pese a sus esfuerzos detectivescos, parecía no ser de nadie. Aceptada su orfandad, derrotista, se topó, por fortuna, con los reportajes del quincuagésimo aniversario de la finca y, entre las alabanzas al constructor, al que los periodistas tildaban de visionario, reconoció el nombre que llevaba buscando toda su vida. Con la intención de conocerla y, al fin, reunirse con ella, Antonio Sanz alquiló una villa durante nueve meses, pues no sabía cuánto tiempo necesitaría para desvelar su parentesco.

La revelación noqueó a Josefina, abrumada por una amalgama de emociones. Su mundo de ensueño se resquebrajó con ferocidad. La decisión más difícil que había tomado, eclipsada por su radiante presente, volvía para atormentarla. Su desconcierto, no obstante, mutó en consuelo y lloró al descubrir su existencia y confirmar que había sido la decisión acertada para él. También lloró porque, junto a él, se sentía menos sola. «La cosa» había reaparecido más de medio siglo después y le brindaba una sonrisa gentil. Su secreto, oprimente y condicionante, ya no era solo suyo y podía compartirlo con él, un hijo perteneciente a un pasado doloroso que creía olvidado.

Josefina del Carmen Rodríguez había vivido dos vidas y, de pronto, se vio atrapada entre ambas.

Capítulo 18

Viernes, 1 de septiembre de 2017
El Jardín del Mar

Se hizo un silencio absoluto. Los vecinos miraban a la señora Josefina y al escritor en busca de un gesto que confirmara o desmintiera la lógica de Nando. La mujer, a su vez, levantó la vista en dirección al hombre de pelo rubio de cincuenta y tres años al que nunca había echado de menos y que aún le ofrecía la misma sonrisa esperanzada.

–¿Le regaló usted un libro? –preguntó Nando.

El escritor concedió con un leve gesto de cabeza.

–Vino a conocerla y mantuvieron buena relación hasta que, de repente, ella quiso echarlo de la finca y de su vida. Y usted, señor Sanz, obedeció porque se lo pidió su madre.

Antonio Sanz asintió con gravedad, aliviado por liberarse del secreto, pero, al mismo tiempo, temeroso por las consecuencias que comportaba.

–Y con su marcha, como todos sabemos, usted se quedó tranquila –dijo Nando mirando a la anciana– y Enric, tan leal como siempre, obedeciendo también a su madre, dio por concluida la investigación.

Los presentes intercambiaron miradas y murmullos.

–Pero había alguien en la urbanización interesado en que eso no fuera así, en que la investigación continuara. Todavía había misterios por aclarar –anunció Nando mirando a los ojos de los residentes–. Había alguien, dos personas en concreto, que tampoco eran quienes decían ser.

Los vecinos se observaban entre sí como si pretendiesen desenmascararse los unos a los otros.

—¿Qué dices, tío? ¿Te crees que lo sabes todo de nosotros? ¿Te crees que nos puedes reunir aquí y contarnos tu vida?

Nando desoyó las protestas de Pep, harto de tanta palabrería.

—La señora Josefina dijo de ustedes —consultó los apuntes de su padre—: «un muchacho muy astuto que tiene ganas de aprender y triunfar en la vida» y «una delicia, monísima, tiene un acento encantador» —levantó la vista un instante para observar la reacción de los Dupont, sentados el uno junto al otro—. También dijo que «son muy correctos, atentos y franceses». «Muy guapos, tienen unas naricillas preciosas» —continúo Nando—, «son buena gente: cuando ese policía sinvergüenza abandonó el caso, nos apoyaron».

El joven se disculpó con el *mosso* mediante una sonrisa. Kartategi, en cambio, acostumbrado a peores calificativos, le restó importancia y, con gesto alentador, asintió como si lo animara a seguir dilucidando.

—Ustedes nunca pasaron desapercibidos —declaró Nando—. Desde su llegada se hicieron notar: uno convirtiéndose en la sombra del señor Martí y la otra siempre pendiente de la señora Josefina. Usted, Chloé, estaba tan atenta que parecía una espía. Mi padre fue el primero en mencionarlo, no entendía por qué no ocupaba la otra terraza de su villa, la que tiene vistas al mar.

La francesa se secó las palmas de las manos en el pantalón.

—También me dijo que usted, señor Dupont, había confundido la nacionalidad de Hércules Poirot. La gente suele confundirse, la verdad, pero un escritor no.

Nando, retador, miró al señor Sanz.

—Es belga —reconoció.

–*C'était une erreur*[9]! –se defendió Thierry provocándole una risa silenciosa al joven.

–Sí, un *erreur* –aceptó él–. Pero tampoco le di más vueltas porque los franceses, y discúlpeme por el estereotipo, son muy orgullosos. Se creen que todo lo bueno es suyo. Por ejemplo, durante la tradicional cena de verano, la señora Josefina, que decía estar asustada porque había un hombre vestido de negro que quería matarla –teatralizó Nando–, no probó la comida, y usted–señaló a Thierry Dupont, que le sostuvo la mirada– bromeó con que debía de ser el cava lo que le había sentado mal porque no era champán.

Los asistentes al banquete asintieron al recordar la interacción.

–Piensen en la película *Casablanca*, ¿se acuerdan de la escena en la que cantan *La Marsellesa*? Ni siquiera tenemos por qué remontarnos a una película en blanco y negro –añadió Nando, enfervorizado por un nuevo argumento–, ¿recuerdan los atentados del Bataclan? ¿Recuerdan las imágenes del metro, la gente cantando el himno a pleno pulmón?

A Nando le vino a la memoria la anécdota que le explicó su padre.

–Los franceses son orgullosos incluso en lo que se refiere a tonterías. Son los primeros en decirle a todo el mundo que un pantalón tejano, un *denim*, como se les conoce, no es norteamericano, sino que viene de la ciudad de Nimes. Y por eso se les llama así, por su origen: de Nimes, *denim*. Quizá lo he pronunciado mal –dijo, provocador–. ¿Podría decirlo usted?

Chloé Dupont, a regañadientes, lo hizo.

–Mucho mejor que yo, sí –convino Nando volviéndose hacia la representante de la aseguradora–. ¿Mejor que la

9 'Fue un error'.

señora Capdevila, que también habla francés? ¿Cómo lo pronunciaría usted?

La mujer, encogiéndose de hombros, obedeció.

–Habla usted muy bien, tiene un acento similar al de los franceses –valoró Nando ladeando la cabeza.

Los vecinos intercambiaron miradas confusas.

–Y mi padre no fue el único en advertir cosas extrañas. Susi también me dijo algo curioso.

Dolores Díaz de León centró la atención en el joven, que la miraba con circunspección.

–¿Dónde estudia la niña?

–En… –se atoró la madrina, sorprendida por la inesperada pregunta–. En un colegio francés.

Nando miró de soslayo a Ana María Campos.

–Estudia en un colegio internacional –corrigió la doctora–, el francés es su asignatura favorita.

La señora Díaz, aferrada a su bolso negro, ofreció una excusa insostenible que el hijo del portero desatendió.

–Susi me dijo que su acento, señores Dupont, le resultaba divertido. A mí también, por cierto: es un acento tan evidente, tan marcado –enfatizó Nando– que resulta paródico, parece una burla, forzado incluso. –Hizo una pausa dramática–. ¡Y es que lo es! Susi se refería a su acento francés al hablar en francés. Por eso exageran su acento al hablar en castellano, para camuflar su auténtica nacionalidad.

Thierry y Chloé Dupont se miraron en silencio, acorralados.

–*Parese ser que no son ustedes franseses* –los imitó Nando, taxativo–. Yo también sé hablar como el inspector Clouseau.

Algunos vecinos, entretenidos, se rieron. Los recién casados, en cambio, no.

–Somos de Girona –descubrió ella, sin acento.

–¿Y dónde aprendieron el idioma? –curioseó.

–Nos enseñó nuestra abuela.

Ese fugaz intercambio provocó una reacción en el rostro del señor Martí, una grieta en su impertérrita fachada que nadie advirtió. El joven reemprendió su discurso, centrándose esta vez en Dolores Díaz de León.

—A Susi también le gusta esta sala —anunció contemplando el espacio—. El día del acontecimiento, estando yo ahí sentado, dispuesto a leer, oí unas voces. Dos personas discutían, una de ellas amenazaba a la otra. No le di más importancia porque el contratiempo de la villa número uno, el terrible incendio, el asesino vestido de negro —repitió, burlón—, reclamó toda nuestra atención y me olvidé. Pero días más tarde, de vuelta en aquel sillón, me encontré con una de las dos personas a las que oí discutir. Era usted, señora Campos.

Las cabezas, de nuevo, se giraron. La doctora, indiferente a los escrupulosos juicios de sus vecinos, acechaba a Dolores Díaz de León.

—¡Lleva todo el verano detrás de mi sobrina! —exclamó esta.

Los residentes, entonces, se volvieron hacia el otro extremo de la sala.

—¿Qué esperan de mí si una desconocida persigue a mi sobrina? Mi pobre Susi.

—Por su reacción —infirió Nando—, entiendo que usted era la otra voz, la amenazante.

La madrina enmudeció.

—El día del acontecimiento, cuando fui testigo de su disputa, era muy temprano. No sabía que madrugara tanto, señora Díaz. ¿Podría explicarme en qué consiste su rutina, por favor?

Acusando las miradas de los allí presentes, incluida la del *mosso* y la del señor Martí, que había recuperado una expresión indescifrable, la señora Díaz de León se negó.

—Está bien —se conformó el joven, que dio un paso hacia ella—. Entonces dígame por qué discutía con la doctora.

—Ha molestado a Susi desde que llegamos y me la encontré desmayada por su culpa y…

—¿Dónde? —interrumpió Nando.

—Delante de la puerta de mi villa.

—¿A qué hora?

—Pronto, sobre las siete —contestó, irreflexiva.

—¿De dónde venía usted? ¿O salía de su residencia? ¿Qué hacía a las siete de la mañana?

La madrina se percató de la trampa tendida por el joven.

—Me gusta salir a pasear temprano —convino.

—¿A qué hora?

—Temprano.

—¿Entre las cinco y las seis?

—Puede.

—¿Por qué a esa hora?

—Porque es el único momento del día que tengo libre antes de que la niña despierte. Al volver a la villa me ducho y le preparo el desayuno.

—¿Qué toma?

—¿Ella?

—Sí.

Las intervenciones se acortaron, se interrumpían el uno al otro.

—Exprimo un zumo y…

—¿Un zumo de qué?

—De melocotón.

—¿Y qué más?

—Le preparo una tostada.

—¿Algo más?

—Un colacao.

—¿Y se toma todo eso? —aparentó sorprenderse Nando.

—No. El zumo es un requisito del médico, es obligatorio, y si se lo termina, puede beberse el colacao.

Nando, satisfecho, asintió en silencio.

—¿Le importa que le haga unas preguntas?

–¿Más? –respondió sardónica la señora Díaz de León, que jugueteaba con su collar de perlas.

–Sí, solo quiero entender por qué nos miente.

La mujer no desvió los ojos, sino que replicó con una mirada firme como la del joven, desafiante.

–La primera de sus tres mentiras tiene que ver con su horario. Usted no sale a pasear, y menos a esas horas. Siempre que la he visto –opinó estudiándola de arriba abajo– va maquillada, enjoyada y con tacones. ¿A qué hora tendría que despertarse para salir a pasear en esas condiciones? Pero, aun así, dice que lo hace y que, además, lo hace por Susi, porque más tarde ella despierta y no puede dejarla desatendida. –Hizo una pausa que remarcaba la incoherencia de la madrina.

La viuda rompió el silencio impulsivamente:

–¿Dónde está la niña ahora?

–Si realmente no puede estar sola, ¿por qué no ha venido con ella? –intervino Nando.

–¿Qué le ha hecho? –insistió Ana María.

Dolores Díaz de León se mantuvo inexpresiva, ni siquiera amagó con responder.

–La segunda mentira tiene que ver con su sobrina, que quizá no madrugue tanto como usted –añadió Nando con socarronería–, pero sí que se despierta temprano, como la doctora. Y a ambas, como a mí, les gusta esta sala. Aquí se encontraron y aquí, entre libros, a solas, forjaron una curiosa amistad. La señora Campos leía cuentos para ella, historias de aventuras. Y compartieron ese hábito desde que llegaron, a principios de junio. Poco a poco, la salud de Susi fue empeorando y la doctora se preocupó. Todos sabemos que padece anorexia nerviosa, nos lo dejó usted claro desde el primer día. Pero la señora Campos, angustiada por el bajón de la niña, investigó. Y mientras ella atendía a la paciente y le preguntaba por sus síntomas y por el tratamiento que estaba llevando a cabo para luchar contra su trastorno alimentario, Susi también la interrogaba a ella. –Nando se dirigió a la viuda–. ¿Qué chocante pregunta le hizo?

–Quería saber cómo funcionan las herencias.

La respuesta de Ana María desató una sospecha que se expandió por la biblioteca.

–Yo me enteré hace poco de que los padres de Susi, fallecidos en un accidente de avión, eran millonarios. Le dejaron todo el dinero a su hija, que no lo heredaría hasta cumplir los dieciocho años –dijo el joven.

Al decir la edad en voz alta, Nando recordó la discusión con su padre y se percató en ese instante de que se cumpliría su amenaza y no volvería a verlo.

–Hasta que sea mayor de edad –perseveró luchando contra las lágrimas–, Dolores Díaz de León es la responsable del dinero.

–¡Claro que lo soy! –prorrumpió esta–. ¡Soy la hermana de su padre y su única familia!

Los residentes la miraron con desdén e intercambiaron murmullos acusadores.

–La doctora pensó lo mismo que ustedes. ¿Por qué una chica de catorce años le daba vueltas a una muerte prematura? ¿Por qué, teniendo tanto dinero y siendo tan joven, querría venir aquí a descansar en lugar de luchar contra su enfermedad, por ejemplo, en un centro especializado?

–¡La pobre está mala y pensáis que yo soy la responsable! Todo esto no son más que patrañas sin fundamento, ¡bobadas! ¡Mentiras!

–Podría ser una coincidencia, tiene razón, pero había que salir de dudas. –Nando se encogió de hombros–. Por eso, haciendo caso a la doctora, y utilizando la llave maestra de la que no me separo desde su altercado –apuntó a la señora Josefina–, me colé en la villa número siete.

Dolores Díaz de León protestó de nuevo.

–Y rebusqué por todas partes. Encontré zapatos, perfumes y decenas de bolsos de marcas de lujo. Perdone la intromisión, pero también descubrí unos preservativos que no sé si habrá utilizado. Abrí los armarios, los cajones, la despensa y la nevera. Todo estaba vacío. Y cuando estaba punto de marcharme me topé con Susi. Su estado físico me impactó. Parecía medio inconsciente, su piel era pálida y tenía los dientes amarillos. Pero al hablar con ella me sorprendí porque no solo era encantadora, sino también alegre. Hablaba con dificultad, sí, pero con pasión, sobre todo de su colacao. –Nando esbozó una dulce sonrisa–. Le pregunté por los vecinos. Ella me habló del zumo de melocotón, me dijo que no le gustaba, que estaba malo, pero que debía bebérselo si quería su colacao. Cuando iba a salir de la villa, usted, señora Díaz, entró hecha una furia. Tuve que esconderme detrás de un mueble para que no me pillara. Y vi cómo llena de rabia se deshacía de su bolso negro, ese del que no se separa.

La madrina se aferró a él con más fuerza.

–En cuanto pude, me escapé. Eso sí, no encontré rastro del veneno del que sospechaba la doctora.

–¿Veneno? –exclamó un vecino, escandalizado.

Dolores Díaz de León no cambió el gesto, no mostró alivio por aquellas palabras que parecían eximirla. Era una tregua pasajera.

–¿Ha dicho que exprimía usted el zumo, verdad? –indagó Nando, que aún no había concluido el interrogatorio.

La acusada le devolvió una mirada combativa, como si hubiera estado esperando la pregunta. Ana María Campos alternaba la atención entre ambos, pues estaba intrigada por lo que diría a continuación. La noche anterior aceptó que había malinterpretado los síntomas de Susi, que ella seguiría sola y la niña, por desgracia, podría acabar perdiendo la vida. Pero el empeño de su cómplice, en pie en el centro de la estancia, era de nuevo esperanzador.

–Esa es la tercera mentira: la nevera estaba repleta de zumos ya embotellados.

–¿Qué más da? –replicó la tía de Susi, feroz.

–¿Por qué diría que lo exprime si no lo hace? También

me tiene que explicar, por cierto, cómo se exprime un melocotón.

–Licuar, me he confundido.

Las contradicciones apresaban a la señora Díaz de León.

–¿Quiere que pensemos que es usted una santa, que no solo la cuida, sino que la mima? ¿O lo hace por la niña? Si lo hace por ella, sepa que le da igual si exprime el zumo, lo licúa o lo compra: ella solo quiere su colacao, detesta ese zumo. Y no la culpo por ello, está muy malo.

Dolores Díaz de León se puso a la defensiva, entre el recelo y el pavor.

–Queriendo animarla, le propuse un trato: yo me bebía el zumo y ella disfrutaba de su colacao. Y doy fe, es terrible –repitió Nando–, tanto que enfermé. No aguantaba despierto y me desmayé. Sufrí un golpe de calor... Eso dijo mi padre.

Nando, de nuevo, sintió unas ganas incontenibles por llorar la muerte del portero. Aquella noche, estando él indispuesto, padre e hijo compartieron por fin su tradicional plato de espaguetis a la boloñesa y, así, restablecieron vínculos.

–Tenía los mismos síntomas que Susi... Yo, que no padezco anorexia nerviosa –expuso–. Imagínense cuánto le afectaría a una chica de catorce años un zumo de esos al día.

La reflexión, aplastante, condujo las miradas despectivas de los presentes hacia la madrina. Aguardaron en silencio una excusa, tal vez una justificación, pero no la obtuvieron. Dolores Díaz de León se puso en pie.

–No tengo por qué aguantar estas mentiras.

Recorrió la biblioteca inmune a las protestas de la doctora. El agente Kartategi, sin embargo, persuadido por la lógica del joven, se interpuso en su camino y le requisó el bolso negro de cuero que lucía sus iniciales bordadas en oro. Los vecinos, atentos, se inclinaron hacia adelante. Ana María contuvo la respiración mientras el *mosso* inspeccionaba el interior. Extrajo los objetos más grandes: unas gafas de sol, un abanico, una polvera y, por último, un frasco de cristal que contenía un líquido transparente.

–¿Qué es? –preguntó el policía.

La señora Díaz de León, por toda respuesta, cogió el bote con un movimiento lánguido que distaba de la tensión que se percibía en la sala y se lo aplicó en el escote. Después, para desconcierto de los demás, vertió unas gotas en su muñeca e inhaló el aroma.

–Eros, de Versace –dijo con una sonrisa en el rostro, como si disfrutara de la atención recibida.

–¿No hay nada más? –insistió la doctora, suspicaz.

Nando compartía la misma incredulidad: el malestar que había sentido dos días antes, el mareo constante y los desmayos no podían ser síntomas de un mero golpe de calor. Coincidían con los de Susi, estaba convencido de su razonamiento. Kartategi, minucioso, extrajo todo lo que encontró: un juego de llaves, un bolígrafo, un pintalabios y unos preservativos.

–No puede ser –murmuró la viuda, derrotada.

Como si de un registro oficial se tratase, desoyendo las quejas de la mujer, el *mosso* vertió el contenido del bolso sobre la mesa de mármol de la entrada. Los objetos se fueron amontonando los unos sobre los otros hasta que, de pronto, un segundo juego de llaves coronó el montículo de pertenencias. El manojo cayó a los pies de Enric, que lo recogió en el acto.

–Pero... –balbuceó al observarlo de cerca–. Estas son mis llaves, las que no encontraba –anunció, turbado–, las de la villa número ocho.

Daniel le arrancó el llavero de las manos y lo reconoció de un vistazo.

–¿De dónde las has sacado?

–¿Me puedo marchar entonces?

La voz chillona de Dolores Díaz de León se impuso sobre el resto.

–¿A dónde? –quiso saber Ana María, en pie y exasperada–. ¿Qué vas a hacer con la niña? ¿Dónde está?

–Le prepararé otro zumo –contestó con una sonrisa virulenta.

–Eres una irresponsable, no puedes hacerte cargo de ella –le espetó la viuda.

–Quédatela tú –propuso con desapego la madrina.

Estalló un griterío ensordecedor, los vecinos se interrumpían los unos a los otros y cruzaban acusaciones e insultos. Solo cuatro de ellos permanecieron en silencio, discretos. Nadie reparó en ellos, ni siquiera el agente Kartategi, que mantenía la vista sobre Nando.

Horas antes, cuando le notificó la identidad del cadáver que había salido a flote en la bahía de Sant Pol, el joven le había asegurado que podía esclarecer qué había ocurrido. Estaba convencido de que su padre había resuelto los misterios que habían asolado El Jardín del Mar. Si reunía a los residentes en la biblioteca, él podría encontrar al asesino. «Por ahora –consideró el *mosso*– ha desenredado dos intrigas, pero acaba de cometer un error».

Nando pasaba las páginas de la Moleskine con frenesí, desesperado por dar con una pista que hubiera pasado por alto. Podía ser que Susi estuviera enferma e incluso que él hubiese padecido una insolación, pero eso no explicaba por qué la madrina tenía en su haber dos juegos de llaves.

–¿Qué haces con las llaves de nuestra villa? –intervino Daniel.

–¿De dónde las has sacado?

–¡Responde! –ordenó el administrador, impaciente–. ¿De dónde las has sacado?

–Yo lo sé –dijo uno de los cuatro vecinos que había guardado silencio tras el descubrimiento.

Los vecinos se volvieron hacia él. Nando, lívido, también. Había mantenido la tranquilidad porque, como estudiante bien preparado, conocía las preguntas. Pero había errado en su razonamiento y se encontraba a las puertas de un misterio que ni siquiera su padre había entrevisto. No habría encontrado el veneno, pero sí las llaves de la villa número ocho, la misma en la que había reaparecido el cuadro de Vives Fierro, la misma cuya cerradura había sido cambiada.

—Aún queda algo por resolver —anunció—. Todo cuanto ha ocurrido desde un principio pasa por la villa ocho.

Como un depredador escudriñó y analizó los rostros de los residentes en busca de gestos inculpatorios, alguno que parpadeara en exceso o esbozara una mueca de culpabilidad. Estos, sin embargo, le devolvieron miradas expectantes, como un público que aguarda el truco final de un mago. Nando sentía una creciente e irrefrenable rabia contra los vecinos de El Jardín del Mar.

Uno de ellos, y no sabía cuál, había asesinado a su padre.

Centro de todas las miradas, consultó las anotaciones del portero y, de un vistazo, detectó a los residentes que de una forma u otra estaban relacionados con la controvertida villa número ocho. Uno de ellos era el administrador, cuya incompetencia, o tal vez malicia, había facilitado la ocultación del lienzo en la propia finca. Otro era Enric Martí, que no encontraba su juego de llaves, ahora en posesión de la señora Díaz de León, sospechosa también. El constructor cerraba la lista, pues había reivindicado, para asombro de todos, la autoría de la desaparición del cuadro. Estos, lejos de amedrentarse por el silencio del joven, exhibieron gestos firmes, desafiantes incluso.

—Señor Sanz —dijo Nando—. ¿En qué villa iba a instalarse usted al principio? En la número ocho, ¿verdad?

El escritor asintió.

—Pero poco antes de mi llegada —añadió—, el señor Autet me comunicó que me cambiaban a la casa número cuatro.

—Eso no es lo que dijo usted ayer, señor Autet —intervino

la señora Capdevila, enérgica–. ¡Dijo que fue el escritor quien pidió el traslado!

Daniel Autet retorcía las manos, nervioso.

–Quizá por eso estaba tan pendiente del escritor –aventuró Nando levantando la vista de las notas de su padre–. Por eso me pidió que lo ayudara con un escritorio que aún no había llegado –adivinó–, porque quería asegurarse de que el señor Sanz no tuviera motivos para quejarse de su estancia y reclamara un cambio de villa. Algo escondía.

Dio un paso hacia el administrador.

–Las defectuosas cámaras de seguridad, las cerraduras que no encajaban y el vacío de la villa ocho, la misma en la que ayer reapareció el cuadro de Vives Fierro. Todo apunta a usted, señor Autet.

Este sentía las miradas de sus vecinos y familiares. Buscó el apoyo de su hijo, pero Pep rehuía al contacto visual.

–Todo apunta a usted –repitió Nando–, y, sin embargo, el que reclamó el cuadro fue el señor Martí –anunció volviéndose hacia él–. ¿Por qué?

El constructor, imperturbable, no contestó.

–Lo desconozco –reconoció–. Pero creo que esa es la razón por la que mi padre está muerto; él debió de averiguar la relación entre el cuadro y usted.

La acusación dirigió la atención hacia Pere Martí, cuya aparente indiferencia resultaba inquietante. Pero Nando no se dejó intimidar y le lanzó una mirada torva. De haber podido, le habría extraído una confesión por la fuerza. Una voz atorada rompió entonces el silencio.

–Yo… Yo sé qué pasó.

Todos, Nando incluido, se volvieron hacia la persona que había hablado.

–La desaparición del cuadro es cosa suya –declaró el *influencer*.

Su dedo señaló en dirección a los Martí, aunque era imposible saber a cuál de ellos apuntaba.

–¡Cállate!

Pero uno se dio por aludido: el nieto.

—Pep puso en marcha un plan para robar a su familia y huir —denunció.

Daniel, patidifuso, enarcó las cejas. La señora Josefina irguió la espalda con ímpetu, sorprendida también. Entre el coro de protestas que se adueñó de la biblioteca, el constructor y su hijo fueron los únicos que permanecieron en silencio.

—¿Tú? —preguntó Daniel.

—¡Cállate! —Cegado por la traición de su pareja, Pep desoyó a su padre y descargó su ira sobre el *influencer*—. ¿Quieres que le cuente a todo el mundo lo que haces? ¿Quieres que descubra que te llamas Manuel Vidal y que eres un timador, que te ganas la vida a costa de tus putos seguidores? ¿Quieres que diga que mi plan está inspirado en tus estafas? Te voy a arruinar la vida, Manuel, les voy a decir a todos que eres un mentiroso, te voy a cancelar, ¡te voy a matar!

—El señor Vidal ya ha confesado —medió Kartategi, sereno—. Al salir de aquí acudirá a comisaría a declarar.

La noche anterior, envalentonado por los cientos de vídeos que había confeccionado para sus fieles y con los que pretendía animarlos a tomar riesgos, Jaime Hernán se había entregado a la policía. Sus engaños, que le habían costeado una vida plácida y despreocupada, habían tenido como objetivo perfiles en una red social, ataques fríos a desconocidos. Esta vez, sin embargo, había participado en un chantaje íntimo en el que el extorsionista asaltaba a su propia familia con vileza. No había distancia con las víctimas, había sobrepasado sus propios límites.

—Voy a devolver el dinero —añadió el *influencer*, reconvertido en Manuel Vidal.

El nieto de los Martí estalló en una estrepitosa e impertinente carcajada que Daniel, con los ojos vidriosos, extinguió de un bofetón. Enric contuvo a su marido antes de que lo golpeara de nuevo. Padre e hijo se miraron en silencio, uno dolido y el otro, con la mejilla enrojecida, desafiante.

—Yo robé el cuadro —confesó Daniel.

—Papá lo cogió —contribuyó Carmencita, distraída—, papá lo cogió.

—Yo llamé a la empresa de seguridad y cambié el sistema de vigilancia: de cinco a seis de la madrugada suben las imágenes grabadas a un almacenamiento online, y para ello se desconectan las cámaras durante esa franja. Yo escogí ese horario porque pensaba que nadie se despertaba tan temprano, el segurata de noche se pasa el rato durmiendo y el otro no empezaba a trabajar hasta las seis.

Nando inspiró hondo, pendiente de cada palabra, aguardando una confesión.

—Yo transporté el cuadro de una villa a la otra con intención de estafar al seguro, sí —reconoció el señor Autet dirigiéndose a la aseguradora—. Era la única forma de conseguir el dinero suficiente para pagar el chantaje.

—¿Qué chantaje? ¿De qué hablas? ¿Por qué no dijiste nada? —se interesó Enric.

—Nos amenazaron y…

Se interrumpió al reconocer algo que habría preferido negar.

—Me amenazó —corrigió señalando a su hijo, que esbozaba una retorcida sonrisa—. Si hablaba con la policía, si intentaba localizar a los chantajistas, si hacía cualquier cosa, filtrarían los vídeos. La única manera de silenciarlos era pagando trescientos mil euros.

—¿Cuánto? —exclamó un vecino.

—¿Qué vídeos? —preguntó Josefina, desconcertada.

Por toda respuesta, como si quisiera eliminar de su mente aquellas aberrantes imágenes en las que aparecía contorsionándose sobre el cuerpo de su hijo, Daniel cerró los ojos.

—¿Dónde están? —dijo asqueado—. ¿Cuántos hay? ¡Dónde están! ¡¿Dónde!?

–Tres –admitió Manuel–, y los tengo yo. Los borraré, lo juro.

–Bórralos ahora –exigió Daniel–. ¡Ahora!

–No puede, señor Autet –intervino de nuevo el agente Kartategi–, son pruebas. Pero le aseguro que no saldrán a la luz, nadie sabrá de su existencia.

La firmeza del policía aplacó al administrador, que recuperó el control sobre su respiración. Disgustado, volvió la atención hacia Pep, cuya mejilla se hinchaba por segundos.

–Un día más y te sales con la tuya –lamentó.

–¿Por qué lo has hecho? –le preguntó Enric.

–Porque sí, quería alejarme de vosotros y ser libre –dijo el adolescente con impertinencia.

–Te va a encantar la cárcel entonces –soltó Daniel.

La sonrisa de su hijo se desvaneció. Fue la señora Capdevila la que esta vez rompió el silencio y recondujo la conversación: había acertado con su teoría, los Martí habían tratado de estafar a la aseguradora, aunque esa revelación la había confundido todavía más.

–¿Y por qué se hace usted responsable, señor Martí?

El constructor apartó la mirada. El resto, inclinados hacia adelante, esperaban una explicación, el desenlace de un enredo en el que los protagonistas se sucedían. Nando, en cambio, se ensimismó en las notas de su padre, pasaba las páginas con premura, las había leído tantas veces que sabía dónde dirigir la mirada para confirmar sus sospechas. Leyó en diagonal hasta dar con un dato revelador.

–¿Por qué quiso que el escritor se marchara, señora Josefina? ¿Qué hizo? –preguntó sin obtener respuesta–. ¿Y en qué momento recuperó su libro, el firmado?

Los vecinos se orientaron hacia ella, curiosos. Con los pies colgando de la silla, encorvada, la atención parecía empequeñecerla.

–Usted debió de cambiar su ejemplar por el de la biblioteca, el que compró Daniel y que era de uso público, el que estuve leyendo yo. Supongo que le molestaba tener la versión dedicada, y más sabiendo a qué se refería esa nota, «Gracias por la inspiración». Unas palabras que le recordaban al desconocido que acababa de reaparecer en su vida y al que quería echar de ella.

Josefina guardó silencio. Nando, resignado, se centró en el escritor, que se había ocultado en una esquina.

—Le voy a hacer dos preguntas más, señor Sanz, contésteme cuando quiera. La primera es: ¿dónde estaba la mañana del acontecimiento? Cuando fui a ayudarlo con el nuevo escritorio, usted no estaba en la villa. Y, segunda, ¿dónde está usted alojado ahora mismo? ¿Ha llegado desde Barcelona en treinta minutos?

La señora Capdevila negó con la cabeza, como si refutara esa posibilidad: ella había conducido por encima del límite de velocidad permitido, había esquivado camioneros y, aun así, había tardado una hora y media.

—La señora Josefina debió de pedirle que se marchara en numerosas ocasiones, dudo que su primer instinto fuera fingir un intento de asesinato para alejarlo. Pero usted, señor, no hizo caso y permaneció a su lado. Ella, de pronto, se debió de sentir acorralada entre el pasado, su hijo secreto, y el presente. Por eso puso en marcha un plan, porque estaba desesperada. Estaba dispuesta a jugarse la vida solo para que usted, señor Sanz, se marchara. Es una decisión dramática, sí, pero tengo que decir que la teatralidad es mutua, será cosa de familia —bromeó Nando—. Porque usted, ayer mismo, se comportó de manera similar.

El novelista lanzó una mirada fugaz hacia Josefina.

—Quizá algunos no lo sepan, por suerte la señora Dupont siempre está atenta y fue testigo de ello, pero ayer la policía nos visitó de nuevo. Por cierto —se dirigió a la francesa—, ese apellido ya no le queda bien.

»Los agentes nos dijeron que habían recibido una llamada anónima advirtiéndoles de unos gritos provenientes, y cito, «de la casa número uno». —Mostró la ficha de registro del día anterior, el jueves—. El único que se refiere a las villas o chalets como casas es usted, señor Sanz. Y eso me hizo pensar en por qué el escritor, expulsado de la urbanización por su propia madre, haría semejante llamada.

»Cuando llegó la policía, se encontraron con el chalet vacío. Usted, señora, había salido antes de lo que acostumbraba. Sospecho que, echando de menos al desconocido que acababa de reaparecer en su vida y al que había expulsado, quiso recuperar su ejemplar dedicado y lo cambió de nuevo por el que yo había estado leyendo.

Josefina permaneció en silencio, pero asintió con retraimiento, como si no estuviera segura de qué camino tomar, si guardar silencio y refugiarse en su esplendoroso presente, o hablar y reconocer su doloroso pasado.

—Sin embargo, que no estuviera en la casa —enfatizó Nando con malicia— no importaba, la conclusión policial tampoco: ahora era el señor Sanz el que le enviaba un mensaje a usted, era una forma de decirle que, incluso desde la distancia, la protegería. Pero ¿de quién debía protegerla? ¿Y por qué protegería a la señora que lo había expulsado? Hoy que conocemos cuál es su vínculo, podemos asumir que lo hizo porque es su madre. Pero eso no quita que su madre lo echara.

»Su relación, al menos durante los primeros meses, fue buena. Es más, debió de confesarle su verdadera identidad y ella lo aceptó: era su hijo. Le dedicó un ejemplar de su libro, se lo regaló, pasaron tiempo a solas, se conocieron un poco más, quizá compartieron secretos, no lo sé. Imagino, eso sí, que usted debía de estar satisfecho con la situación, pues había encontrado a su madre y estaba recuperando los años perdidos.

Nando sentía que se le acababa el tiempo, temía que el *mosso*, por ahora paciente y comprensivo, interviniese antes de que él pudiera hacer justicia.

—¿Quiere responderme ya a alguna de las preguntas? Está en un hotel de la zona, ¿verdad?

El escritor asintió con reserva y los vecinos, cual espectadores de una obra de teatro, intercambiaron miradas y gestos de estupor.

—La noche de póker, organizada por los franceses, fue un desastre. El constructor se peleó con todos, incluida su mujer —detalló Nando—. Y usted, señora Josefina, buscó consuelo en su hijo, pero en el que nadie conocía, no en el que siempre se pone del lado de su padre.

Enric, desconcertado, apenas podía procesar la información. Acababa de descubrir que su marido había robado el cuadro de Vives Fierro para hacer frente a un chantaje, que su hijo era uno de los extorsionadores que había atacado a la familia y que su madre, de pronto una extraña con un pasado desconocido, había tenido un hijo en secreto.

—La señora Josefina se desahogó, quizá le dijo que no era feliz, que llevaba muchos años con el constructor, que la relación se había agotado... Usted, señor Sanz, debió de sentir una mezcla entre felicidad por vivir una interacción con la que había soñado durante años, pero también angustia al ver que su madre sufría, maltratada por el señor Martí.

—Nunca le he puesto una mano encima —intervino por primera vez el constructor, conminatorio.

—Preocupado —Nando omitió el comentario—, usted le propuso a su madre un plan: que se divorciara. Y en ese momento la relación que había recuperado se resintió. Eran madre e hijo, sí, pero no la conocía, no se imaginaba lo tradicional y conservadora que era. Piénsenlo —argumentó de forma persuasiva como un abogado ante un tribunal—, lleva encargándole la comida al mismo restaurante desde hace casi cincuenta años. Usted, señor Sanz, se equivocó en sus cálculos, pensó que ella agradecería el gesto y seguiría su consejo, pero ocurrió justo lo contrario. La señora Josefina lleva medio siglo junto a su esposo, con quien ha tenido una familia y con quien ha gozado de estabilidad y respetabilidad. Su vida, de una forma u otra, depende de su marido.

Esa declaración, no por desacertada, molestó a Josefina, que agachó la cabeza entristecida. Su segunda vida comenzó poco después de dar a luz, cuando, asediada por la frialdad de su madre, calló. Fue el encuentro con el constructor lo que restableció su honor. Tuvo una nueva existencia a su alcance y, cegada por el porvenir, abandonó sus aspiraciones académicas y se convirtió en la mujer de Pere Martí. Más allá del título que ostentó y las contribuciones a la urbanización, siempre fue la mujer del constructor, la madre del *hereu*. Aquella decisión, que seguía considerando acertada, la condicionó y oprimió, la privó de su intimidad y de su pasado.

—Ella decidió aferrarse a su presente —continuó Nando—, rechazó el divorcio y le pidió, con o sin convencimiento, arrepentida o no, que se marchara. Pero usted no se iba a rendir, y menos ahora que había encontrado a su madre biológica. En lugar de obedecer, se atrevió a espiar a los Martí en busca de gestos que justificasen un divorcio. Tal vez el constructor hablaba mal a su madre o le levantaba la mano.

—Eso es mentira —reiteró el señor Martí.

—Y, en efecto, descubrió algo —anunció Nando—. Algo que me dejó entrever cuando le informé de que se estaba llevando a cabo una segunda investigación. ¿Se acuerda de qué me dijo?

El escritor asintió con gravedad.

—Que el único que no estaba localizable durante lo sucedido a la señora Josefina era su marido —aportó Antonio Sanz—. Y también te pregunté si, por casualidad, faltaba alguien más en la finca en el momento del incidente.

El señor Martí cruzó los brazos, atento.

—¿Dónde estaba el lunes por la mañana? ¿Quiere responderme ahora, señor Sanz?

Este levantó la mirada hacia su madre, que le correspondió con un movimiento afirmativo de cabeza.

—Con ella. —Señaló a Josefina—. Le entregué un borrador de los papeles del divorcio y le rogué que dejara a su marido.

–¿Eran esos los papeles que le mencionó a la policía? ¿Los que estaba ordenando cuando se produjo el incendio?

La señora Josefina asintió, al igual que Kartategi, complacido por la respuesta e impresionado por las capacidades deductivas del adolescente.

–¿Y por qué le rogó que se divorciara? ¿Qué descubrió? ¿Por qué dice saber cómo han acabado las llaves de Enric en el bolso de la señora Díaz de León?

El escritor miró de nuevo a su madre, que también había guardado silencio. Josefina del Carmen Rodríguez aceptó de pronto lo que había negado hasta entonces: una decisión acertada también podía tener consecuencias adversas. Su hijo había crecido en un entorno estable, arropado y cuidado, había estudiado y viajado, y, a todas luces, disfrutaba de su profesión, que le reportaba, además, grandes éxitos. Ella, sin embargo, pese a la plenitud que le ofrecía su familia y a las personalidades con las que se había codeado, pese al lujo, los viajes y los banquetes, había sacrificado su pasado y no por ello había sido feliz.

–¿Qué descubrió? –insistió Nando.

Josefina buscó los ojos del escritor y esbozó un gesto alentador.

–Cuando me pidió que me marchara, empecé a padecer insomnio. Me dijo que retomar la relación había sido un error. –Antonio Sanz, compungido, carraspeó–. Pero yo no me podía ir, no ahora que por fin la había encontrado.

La madre, emocionada, sonrió como no lo había hecho desde que era joven, acallando a los que estaban a su alrededor. Su hijo, con los ojos vidriosos, hizo otro tanto, aliviado.

–Hará una semana, más o menos, estaba en el porche de

mi casa –narró el escritor– cuando vi al señor Martí salir de la suya. Debían de ser la cinco de la madrugada.

–Justo cuando salta la conexión de las cámaras –apuntó Nando, presto.

–Y lo seguí hasta la puerta trasera de la casa número ocho.

–Precisamente –intervino el chico de nuevo–, la cámara de seguridad que comprobó hace unos días. Me hizo rebobinar en busca del responsable de los sobres en blanco... Ahora hablaremos de ello, por cierto.

El constructor, serio y receloso, entornó los párpados.

–Siga –animó Nando al señor Sanz.

–Él permaneció allí unos minutos, en la penumbra –continuó el escritor, que ya había recobrado el control sobre sus emociones–. Hasta que, alrededor de las cinco y diez, apareció…

Antonio Sanz calló e intercambió otro vistazo con su madre. Ella, de nuevo, asintió. Había tomado una decisión. «Confesar, no más secretos ni mentiras». El escritor desvió entonces la mirada hacia una señora que, dominada por una mueca hosca, permanecía en pie junto a la puerta.

–Apareció ella, la señora Díaz de León. Se besaron y abrió la puerta con esa llave. –El novelista señaló el manojo de llaves que aún sostenía Daniel Autet–. Entraron en la casa y, al cabo de una hora, salieron y cada uno se fue por su lado.

–O sea que sí que utilizó los preservativos después de todo –soltó el joven, sátiro.

Josefina, que conocía de la infidelidad de su marido, no reaccionó. Antonio Sanz, afligido por el desorden que había supuesto su reaparición en la vida de su madre, dibujó una sonrisa con la que quiso disculparse.

–¿La dejabas sola para juntarte con él? –exclamó la doctora, indignada, dirigiéndose a la señora Díaz de León.

La madrina desató su lengua venenosa. Ni siquiera trató de justificarse, no se excusó, ni declaró un amor verdadero por el constructor. Lo único que Dolores Díaz de León anhelaba era abundancia material, por mucho que eso implicara un adulterio o, incluso, aprovecharse de una adolescente huérfana y enferma que aún no podía gestionar su fortuna. Cautivó al señor Martí con sus elaborados vestuarios, perfumada y engalanada incluso para pasear por los jardines. Él, embelesado por los esfuerzos de la mujer por mostrarse a la altura de su urbanización, cayó a los pies de Dolores Díaz de León, quince años más joven.

—¡Qué poca vergüenza! —exclamó la señora Campos.

Se cruzaron insultos y gritos hasta culminar en un alboroto que ni siquiera el *mosso* pudo mitigar. Nando, juicioso, había descubierto más enredos de los que sospechaba, pero seguía sin saber quién había asesinado a su padre. Ajeno al tumulto, observaba a los vecinos. Entre el griterío, dos de ellos se miraron.

—¿No estás enfermo? —preguntó Enric Martí con un hilo de voz apenas perceptible, descompuesto, dirigiéndose a su padre.

El constructor no reaccionó. La intervención silenció a los vecinos, que dirigieron la atención hacia Enric.

—¿Qué has dicho? —se interesó la señora Josefina.

El desconcierto del director de la urbanización se convirtió en recelo. Examinó todo cuanto creía saber, todo lo que le había confesado su padre la noche anterior, y enjuició de nuevo la errática conducta con la que se había deshecho de la aseguradora.

—Nos sacaste de la villa número ocho para que no viéramos tu picadero —barruntó con la mirada ensombrecida—. No dejaste que Carmen fuera por libre en la villa —recordó—, ibas rezagado, observándonos, controlándonos. No robaste el cuadro —concluyó.

Pere Martí cuadró los hombros, hermético.

—¿Y qué tiene que ver Curro con esto? ¿Qué sabía? —continuó Enric, angustiado—. ¿Qué hizo? ¿Te escribió la nota o también la falsificaste?

Nando, expectante, temeroso incluso, se inclinó hacia el señor Martí, cuyo rostro era una máscara inmóvil.

—¿Qué nota? —intervino Manuel.

—¡Una amenaza! —farfulló Enric, recapitulando con exactitud el relato del constructor—. Curro había descubierto que mi padre estaba enfermo, que el tratamiento era carísimo y que por eso había robado el cuadro, para cobrar la indemnización y pagar la terapia. Me dijo —añadió mirándolo a los ojos— que había puesto en riesgo su vida por la nuestra, por la familia.

—¿Qué nota? —repitió el *influencer* con apremio.

—«Sé la verdad» —desveló con voz temblorosa—, ponía «Sé la verdad».

Manuel Vidal dirigió una mirada hacia el nieto de los Martí.

—Pep escribió esa nota —destapó—. Sabíamos que el cuadro lo había cogido Daniel, no el señor Martí. Él asumió que su abuelo escondía algo y por eso fue a por él, era su último intento para conseguir el dinero y largarse.

Los vecinos prorrumpieron en cuchicheos. Nando, en cambio, no participó en el rumor que lo envolvía. Mantuvo la vista en el amigo de su padre, que intervino de nuevo.

—¿Por qué me mentiste? —musitó Enric, atribulado.

El señor Martí, inmutable, no despegó los labios.

—¿Por qué? —imploró su hijo de nuevo.

Un murmullo se expandió por la biblioteca.

—¿Por qué me has hecho hacerlo? —La voz se le quebró en un sollozo—. ¡¿Por qué?!

Nando, lúcido, atinó con las palabras que inculpaban a Enric, unas que él mismo le había dedicado:

—Uno haría cualquier cosa por sus padres —susurró el hijo del portero.

El director de la urbanización, acongojado y deshecho en llanto, confesó el crimen.

Capítulo 19

Jueves, 31 de agosto de 2017
La noche anterior

La primera de las dos siluetas emergió de la oscuridad a escasos metros de la garita. A su espalda sostenía un pedrusco grueso y picudo. Se aproximó al conserje con sigilo. «Un golpe bastaría para matarlo», valoró, y debía hacerlo a traición, sin que lo viera venir. Pero el portero percibió su presencia y se volvió con aire despreocupado.

–Buenas noches, señor Enric.

Este, desarmado por la sonrisa de Curro, incapaz siquiera de corresponder a su saludo, se bloqueó.

–Señor…

El empleado dio un paso hacia él, siempre predispuesto.

El canto de los grillos y el rumor del oleaje parecieron suavizarse, amortiguados por el palpitar desbocado de Enric Martí. Este solo podía pensar en las acusaciones de su padre: detrás de la apariencia afable y servicial del portero, se escondía un hombre retorcido y calculador que amenazaba a la familia.

–No pensaba decirle nada hasta mañana porque no quería molestar. Y porque me espera Nando en el apartamento, es nuestra última cena –dijo Curro–. Pero viendo que mi sustituto se retrasa –se encogió de hombros con resignación–, quería explicarle una…

El conserje enmudeció un instante, como si dudase de lo que quería decir.

—Creo que debería saber una cosa —corrigió, circunspecto—. Y tiene que ver con su padre y el cuadro, señor.

Lo dijo con sobriedad, sin rodeos: había descubierto a su padre. El portero lo sabía todo. Asió con fuerza la piedra.

—¡Hazlo! —gritó de repente otra silueta desde la oscuridad de la entrada—. ¡Hazlo!

Enric, titubeante, rememoró la conmovedora revelación de su padre, al que nunca había visto llorar hasta esa noche. «Estoy enfermo y voy a morir», le había anunciado en la intimidad de su despacho, pero no podía rendirse mientras le quedasen fuerzas. Existía un tratamiento experimental carísimo que menguaría los recursos económicos familiares. No podía permitir que su debilitada salud destruyera la familia; que su mujer, solitaria y envejecida, se quedara sin medios para seguir con su vida una vez él ya no estuviera; no podía permitir que su hijo, encargado de revigorizar la urbanización, tuviera que afrontar las elevadas facturas de su decrépito padre; no podía permitir que sus nietos, jóvenes e infinitos, renunciasen a sus estudios y oportunidades por él.

—¡Hazlo! —insistió la voz, imperiosa.

Por eso había robado el cuadro, para cobrar la indemnización y pagar el tratamiento sin sacrificar el porvenir de sus descendientes. Pero el portero, expuso su padre con lágrimas en los ojos, lo había descubierto, sabía que estaba enfermo y era cuestión de tiempo que entendiera qué papel jugaba la pintura de Vives Fierro. «Revelará la artimaña y yo acabaré en la cárcel simplemente por querer vivir», repitió con urgencia.

—¡Ahora!

El portero destruiría a la familia. Su padre ingresaría en prisión por estafar a la aseguradora y, si sobrevivía a la enfermedad, saldría varios años más tarde. Sus hijos crecerían sin abuelo, su madre envejecería sola y la finca, temió, reaparecería en las noticias por el escándalo. Terminarían malvendiendo para hacer frente a la situación, el honor de su padre quedaría mancillado y destrozaría su legado.

–¡Hazlo, Enric! –ordenó.

El conserje volvió la mirada al frente y clavó los ojos en él. Enric, despiadado, le estampó la roca en el cráneo. Curro cayó al suelo junto al que había sido su puesto de trabajo durante las últimas dos décadas, más de la mitad de su vida al servicio de la familia que lo acababa de matar.

–Llévatelo, rápido. Yo borro las imágenes, ¡corre!

Padre e hijo lo tenían todo planeado. El director de la urbanización, obediente, cargó con la extinta amenaza y se perdió entre las sombras y la maleza. Solo oía su propia respiración entrecortada y sus pisadas tambaleantes y violentas que hacían crujir las ramas que se encontraba en su camino rumbo a la villa número ocho.

Con forzada indolencia, ató un extremo de una cuerda al cadáver y el otro a un bloque de piedra grande y pesado. Las lágrimas se agolpaban en sus ojos, pero no se derramaban. Aupó a su amigo sobre la barandilla del mirador en el que, días atrás, habían intercambiado confidencias y se habían hecho reír el uno al otro, y, como si deshaciéndose del cuerpo también se fuera a librar de la culpa que lo asfixiaba, lo arrojó precipicio abajo.

La vida del portero se apagó.

Enric se inclinó sobre la baranda y oteó el mar, tan inhóspito a aquellas horas. No vislumbró el cadáver, pero sí advirtió sus manos manchadas de sangre. Volvió a sentir el canto de los grillos y el suave oleaje que se llevaba consigo, sin ceremoniosidad alguna, el cuerpo de su amigo.

Las lágrimas, entonces, brotaron sin consuelo.

Capítulo 20

Viernes, 1 de septiembre de 2017

El primer sol de septiembre salía del otro lado del mar Mediterráneo. Su resplandor incidía en la biblioteca, deslumbrando a los vecinos que miraban hacia el ventanal, donde la figura estoica del constructor se recortaba a contraluz. Nando había desenmascarado al asesino, pero aún sentía la imperiosa y urgente necesidad de obtener respuestas.

–¿Qué has hecho? –preguntó la señora Josefina, sentada junto a su marido.

El señor Martí, que escondía más secretos que un triste adulterio, no contestó, desafiante. El silencio era oprimente, roto tan solo por el desconsuelo de Enric. El resto, atónitos y descorazonados, aguardaba una justificación.

–¿Pere? –insistió la mujer, despavorida.

Los sollozos constantes y desesperados de su hijo doblegaron al constructor, que acusaba el escrutinio general.

–El portero lo sabía todo –soltó, lacónico.

Inmune al fulgor que inundaba la estancia, Nando dio un paso hacia él.

–Mi padre no sabía nada –replicó.

La firme declaración resquebrajó en el acto el convencimiento con el que el señor Martí había actuado hasta el momento.

–Pero vio las cajas de frutos secos –dijo con sencillez, como si se tratara de una obviedad palmaria que pudiera exculparlo.

–¿Qué tiene que ver una caja de frutos secos con el portero? –interpeló su mujer.

–Ricardo padecía una alergia asmática a los frutos secos –recordó Ana María Campos.

La silueta del señor Martí se revolvió en la butaca, un movimiento apenas perceptible.

–¿Por qué lo dices? –intervino Josefina, inquieta–. ¿Qué importancia tiene la alergia de Ricardo?

–Su marido descubrió el único secreto que el señor Martí quería proteger –anunció Nando–. Y al poco de hacerlo, la relación entre ellos se debilitó.

–¿Qué secreto? –preguntó Enric entre lamentos.

Por toda respuesta, el adolescente extrajo su teléfono móvil. De pronto todo había cobrado sentido.

–Cuando concluyeron la segunda investigación, todos parecían estar de acuerdo. Al fin y al cabo, la razón por la que se había aprobado esa farsa ya se había satisfecho: la señora Josefina había recuperado la tranquilidad. Pero, como he dicho antes, había alguien en la finca interesado en continuar con la investigación. Y por eso dejó una pista en la garita. Esa persona, o personas, tuvieron la mala suerte de que fui yo quien encontró el USB y no mi padre. Él, sin duda, habría retomado las pesquisas. Yo, en cambio, quería disfrutar de mis últimos días aquí, sin detectives ni preocupaciones.

Nando emitió una risa queda, compungido porque, al contrario del apacible final de verano que habría deseado, se había visto envuelto en una investigación desgarradora.

–Escuché el mensaje, no entendí nada y decidí borrarlo. Por suerte, no vacié la papelera del ordenador y pude recuperarlo, aunque estoy seguro de que existe una copia, ¿verdad?

Lo dijo mirando a los «franceses», que le correspondieron con una mueca indescifrable, entre el temor y la esperanza por lo que pudiera seguir a continuación.

–Lo que escucharán es una grabación de mala calidad

–avisó Nando mostrando el móvil–. Hay música de fondo, unos gritos y una conversación entre dos voces, la de una mujer que casi no se oye ni se entiende y la de un hombre que dice poca cosa. Iré traduciendo sobre la marcha.

Reprodujo entonces la grabación y los presentes se inclinaron con curiosidad hacia él. Lo primero que oyeron fue la música, ensordecedora.

–Y de pronto…

Un griterío sonó a través de los altavoces del dispositivo, sorprendiendo a los residentes. Era un ruido enmarañado en el que destacaba una voz:

–Dilo, confiesa, reconócelo –Nando, flemático, repitió las palabras que salían de su móvil.

Lo hizo sin apartar la vista de sus espectadores, estudió su reacción. Algunos cerraron los ojos para centrar toda la atención en la grabación; la señora Josefina, avispada, reconoció el altercado y buscó a su esposo, que le correspondió con una mirada imperturbable.

–¿Le importa que fume? –dijo el adolescente, que pausó la reproducción en el acto y se dirigió a la viuda–. Su marido fumaba, ¿verdad?

Ana María Campos, desconcertada, asintió.

–Asumiremos, pues, que la voz que acabamos de oír es de Ricardo Galgo, fallecido a principios de año. Es decir, esta grabación tiene al menos ocho meses de antigüedad, puede que más.

–El septiembre pasado se celebró el aniversario de la finca –participó Josefina, resolutiva ante la pasividad del hombre con el que había compartido más de medio siglo–. Eso explicaría la música y los gritos de esa señora.

–Esa es mi teoría, sí. Aquella noche, por lo que me contó mi padre, vinieron famosos, periodistas y antiguos residentes. También me dijo que se coló una intrusa que generó un pequeño altercado, solucionado por el señor Galgo.

Nando reinició la grabación. La intensidad y el volumen de la música decrecían.

—Todo esto es de mis nietos —reprodujo las palabras de la intrusa—. Todo lo que sabes de él es una invención.

Detuvo la grabación. Las miradas se posaron de nuevo sobre el constructor.

—¿Qué has hecho?

—¿Qué esconde?

—Después de esa conversación, a mediados de septiembre del año pasado, su relación empeoró con rapidez y, tres meses más tarde, con la oferta saudí sobre la mesa, Ricardo Galgo falleció.

—Pero murió de un infarto —concretó la viuda, escéptica, resistiéndose a las cábalas del chico.

—Supongo que el señor Martí tuvo suerte. Como dijo su mujer, él nunca pierde —insinuó Nando—. No tuvo que mancharse las manos, pero estaba dispuesto a hacerlo.

Kartategi, única autoridad policial en la sala, entornó los ojos. El hijo del portero, ofuscado por una injusticia capaz de destruir su vida, apretaba los puños con fuerza. Su discurso, hasta ahora moderado y respetuoso, se volvió cáustico. Podía extralimitarse en cualquier momento, no sería la primera vez que alguien perdía el control por una confesión.

—¿Ibas a matar a Ricardo? —preguntó Ana María con incredulidad.

—¿Qué le dijo el señor Galgo para que se pelearan? ¿Por qué pensaba matar a su socio, a su amigo? ¿Qué le dijo para que, de repente, comprara tantas bolsas de frutos secos con los que pensaba asesinarlo?

Las sospechas se convirtieron en acusaciones.

—¿Era por la estúpida oferta? —quiso saber la doctora—. Esa dichosa negociación.

—¿Su marido no le dijo lo que había ocurrido aquella noche? —la interrogó Nando.

—Me dijo que se encargó de una señora un poco alterada, nada más.

—¿Nunca le explicó lo que descubrió?

–No, Fernando, ¡no! –contestó exasperada–. Solo me dijo que trató con una francesa que había bebido más de la cuenta y buscaba brega.

El adolescente esbozó una cínica sonrisa.

–Por eso me costó tanto descifrarla, por su acento francés. –Se giró hacia los Dupont–. Suerte que están ustedes aquí y podrán aclararnos las dudas –añadió con mordacidad.

Los recién casados mantuvieron la misma expresión hermética.

–Ustedes conectaron con los Martí nada más instalarse en la finca. Han estado siempre pendientes de ellos, organizaron cenas e incluso partidas de póker. No les han quitado la vista de encima desde mayo. Mi padre, como he dicho antes, se preguntaba por qué ocupaba usted, Chloé, la terraza del jardín y no la que daba al mar. Y yo, la verdad, no entendía su rutina: se instalaba en el porche con un café, en pijama, sin libro, ni móvil, tan solo mantenía la vista al frente. Y es que desde el porche de su villa disponía de una perspectiva despejada de la villa de los Martí, me di cuenta al descubrir un mapa que dibujó mi padre.

»Tenía una vista privilegiada y por eso siempre aparecía en el momento oportuno: fue de las primeras en llegar a la villa número uno el día del incendio, también llegó justo a tiempo para la expulsión del escritor, e incluso estaba presente durante la visita policial de ayer. Y usted, Thierry, también los observaba con atención, tanta que se convirtió en el compañero de *running* del señor Martí. Debía de aburrirse mucho andando al lado de un octogenario –opinó Nando–. En cambio, según la señora Josefina –consultó las anotaciones y citó–: «a mi marido le gusta su compañía, dice que es un muchacho muy astuto que le pregunta por sus inicios».

Dejó que esas palabras hicieran efecto en sus oyentes, confusos e intrigados a partes iguales.

—¿Por qué discutieron la noche de la partida de póker? ¿Reveló usted quién era?

Thierry Dupont, con la mirada fija en el señor Martí, negó con la cabeza.

—Cuando mi padre entrevistó a la señora Josefina, le preguntó por todos nosotros y ella, uno a uno, nos juzgó —dijo Nando.

El joven reparó en cómo lo había descrito a él: «cambiado». Lo invadió una tristeza pasajera, pues Josefina había acertado. Se arrepentía de la actitud que le había llevado a malgastar tiempo con su padre. Pero ya era tarde...

Centró de nuevo la atención en los franceses.

—A ustedes los definió como... —comprobó la nota de un vistazo— «familia».

Thierry Dupont salió de su ensimismamiento y, suspicaz, miró a Chloé.

—El matrimonio francés que ni son franceses —anunció Nando con afectación— ni están casados.

La afirmación cogió a los vecinos desprevenidos.

—¿Por qué iban a madrugar tanto estando de luna de miel? O peor aún, ¿por qué madrugar si, después, pasaban el día por separado? ¿Acaso unos recién casados podrían aguantarse las ganas de lanzarse a los brazos del otro? —Pensó de forma fugaz en la chica de ojos azules, no veía el momento de abrazarla—. ¿Alguna vez los han visto mostrar su afecto?

No hubo respuesta.

—Ni son franceses —siguió Nando— ni están casados. Pero sí, la señora Josefina estaba en lo cierto al definirlos como familia. —Hizo una pausa, a modo de preludio para lo que iba a decir a continuación—. ¿Alguna vez se han fijado en su asombroso parecido? Misma nariz, rasgos similares, edades parejas... ¡Son hermanos!

El revuelo se expandió por la sala, alguien dejó escapar un grito ahogado y otros, afinando la vista, examinaron sus rostros en busca de similitudes.

–¿Cómo se llaman en realidad? –quiso saber Nando.

–Pol y Júlia –dijo ella.

–¿Y por qué se hacían pasar por franceses? ¿Por qué decían estar casados? Porque tenían una misión por cumplir y nadie podía descubrirlos, estaban de incógnito. A juzgar por las caras, nadie sospechó de ustedes. Ni siquiera el señor Martí –sentenció el chico.

El sol se elevaba por encima del constructor, atenuando el contraluz y revelando su rostro angustiado.

–Son gente rara, siempre preguntando por unas cartas que nunca llegan –comentó Nando–. Pero no porque estuvieran esperándolas, sino porque estaban enviándolas, como el sobre que dejaron en la garita con la memoria USB dentro. O como los que recibía el señor Martí en blanco... ¿O acaso no estaban en blanco?

–No –reconoció Pol.

–¿Qué quieren decir las siglas, A. P.? ¿A pagar? –aventuró el hijo del portero.

Los hermanos esbozaron una sonrisa cómplice.

–Son las iniciales de nuestro abuelo: Albert Pons.

El señor Martí, visible por fin para todos los vecinos, no podía maquillar su tribulación.

–¿Quién es la señora del audio? –preguntó Nando.

–Nuestra abuela –dijo Júlia–, Lucienne Pons.

–¿Qué había en los sobres que el señor Martí vaciaba antes de lanzárnoslos a la cara?

–Ases de barajas francesas –desveló el hermano mayor–. Cinco ases por baraja: trucada, como la que utilizó la noche que le robó la finca a nuestro abuelo. ¡Con un as bajo la manga!

La exclamación sobresaltó al constructor, aferrado al reposabrazos de la butaca. Los vecinos estallaron en gritos y preguntas. El agente Kartategi, alerta, pidió orden y, haciendo uso de su *walkie-talkie*, reclamó apoyo policial.

–La noche de la partida de póker –continuó Pol–, reté

al señor Martí con la misma apuesta que él le propuso a nuestro abuelo, un ludópata con mala fortuna.

—¿Cuál era la apuesta?

—La finca entera a una mano —declaró.

Nando persistió.

—Ricardo Galgo descubrió el verdadero origen de la finca por la señora Pons, ¿verdad?

—Sí —asintió su nieto—. Ella le explicó que la famosa y divertida anécdota que contaba el señor Martí acerca del nacimiento de la finca era una mentira, una invención —recogió las palabras de su abuela—. Le dijo que nadie sabía la verdad ni se había preguntado qué le pasó al legítimo dueño de esta tierra.

—¿Qué le ocurrió?

Tras una corta vacilación, y sin desviar sus ojos del origen de todos sus males, reveló el destino de Albert Pons.

—Tenía más deudas de las que podía pagar, perdió a sus amigos y su credibilidad. Se metió una pistola en la boca y se suicidó sin pensar en su mujer ni en su hijo, nuestro padre.

—Nuestra abuela Lucienne era una luchadora y quería justicia —completó Júlia—. Por eso se coló en la finca y grabó esa conversación, buscaba la confesión del señor Martí, quería que reconociera lo que hizo: que le robó a nuestro abuelo, le arruinó la vida y, por su culpa, este se suicidó dejando atrás una familia rota y endeudada. Nuestra abuela solo quería hacer justicia —repitió, conmocionada— y murió hace unos meses sin conseguirlo. Y por eso estamos aquí, fingiendo ser franceses y estar casados. Hemos venido a terminar lo que ella empezó: queremos justicia y que este señor —señaló al constructor—, un psicópata, pague por lo que hizo.

—Y todo esto, señor Martí —Nando se giró hacia él—, le habría dado igual de no ser porque Ricardo Galgo se enteró de todo. Y le entró miedo, pensó que su socio le denunciaría, quizá le amenazó con ello y…

–Lo hizo –escupió Pere Martí–, ¡me amenazó! ¡A mí! Quería compensar a los Pons por su pérdida, quería cederles la finca y borrar mi existencia. Albert Pons era un borracho, un ludópata que nunca habría sido capaz de crear esta urbanización, esta tierra seguiría siendo un páramo desértico. Si no hubiese sido por mí, aquí no habría nada, ¡nada! ¡Yo construí El Jardín del Mar! ¡Yo, yo, yo! Y el portero, un metomentodo que no ha hecho más que pedir y pedir desde que llegó, vio los frutos secos en mi despacho y luego descubrió que yo iba a la villa ocho y también vio allí la caja de frutos secos, y sabía que Ricardo era alérgico, lo sabía, tenían buena relación, hablaban a diario, hablaron de la noche del cincuenta aniversario de la finca, ¡mi finca! Ricardo le contó lo de la vieja, ¡seguro! ¡Ricardo lo sabía todo y Paco también! ¡Querían arruinarme la vida! ¡Querían destrozar mi legado! No iba permitírselo, ¡no! ¡Esta urbanización es mi vida!

Se impuso un silencio absoluto. La luz del sol, que caía en vertical a través de la galería, deformaba el rostro del constructor, ensombreciéndoselo y delatando su perversa naturaleza. Los vecinos lo enjuiciaban sin reparo, sobrecogidos.

Los miró de uno en uno, buscando un gesto empático que no encontró: Josefina, víctima de sus traiciones, negó tras la confesión del tramposo que nunca perdía, pero que, de pronto, en una sola mano, lo dilapidó todo; la amante, capaz incluso de beneficiarse de una adolescente enferma o de romper un matrimonio a cambio de dinero y prosperidad, sintió rechazo por su maldad; la doctora, una viuda solitaria que había sufrido su crueldad al pedirle consejo empresarial, permaneció inmóvil, espantada al descubrir lo que había ideado contra su difunto esposo. El señor Martí, entonces, posó los ojos sobre su vecino y compañero de trabajo, el director de la urbanización, su hijo, al que había manipulado a su favor, encargado de rematar sus maquinaciones. Su sicario. Este, su acérrimo defensor hasta el momento, le correspondió con una rotunda mirada de aversión. Pere Martí, repudiado, bajó la vista.

—No sé si mi padre sabía nada de eso —intervino Nando con un tono mesurado, pacífico—, pero sé que no pensaba mal de ustedes. Solo quería servirlos y complacerlos como muestra de agradecimiento por lo que hicieron por él y por mi madre. Ejerció de detective porque se lo pidió su amigo, porque quería reconfortar a la familia que le cambió la vida; una que él valoraba tanto y ustedes tan poco. Y nunca en veinte años a su servicio pensó que pudiera haber un asesino entre ustedes, les tenía demasiada estima. Ustedes, en cambio, ni siquiera le llamaban Curro.

Una conclusión escueta, lapidaria y elegante que reflejaba la entrega de su padre por la familia Martí.

Los refuerzos policiales aparecieron en ese instante y, acatando órdenes, gestionaron la situación: un agente le indicó el camino a Manuel Vidal, que dedicó un último vistazo a su pareja, esposado también y escoltado a un coche patrulla; otro, flanqueado por la señora Capdevila, se llevó a Daniel Autet, sabedor de que debía declarar por el falso robo del cuadro de Vives Fierro; un tercer agente redujo a la señora Dolores Díaz de León, que imprecó contra todos, detenida por tratar de hacerse con la herencia de Susi mediante malas artes contra su sobrina; arrestaron, asimismo, al constructor, que no opuso resistencia, y, por último, Kartategi se encargó de Enric Martí, al que acompañó hacia la salida.

—Lo siento, lo siento, Fernando —farfulló el director de la urbanización, turbado—. Lo siento, lo siento, de verdad, lo siento mucho, lo siento.

Nando le dedicó una mirada compasiva y esbozó una triste sonrisa.

—Uno haría cualquier cosa por sus padres, incluso pagar por sus pecados —dijo con sobriedad y entereza, absolviéndolo.

El *mosso*, que felicitó al joven con un imperceptible movimiento de cabeza que también pretendía hacerle llegar sus condolencias y le infundía fuerza para afrontar el infortunio, reanudó la marcha tirando de Enric, que, deshecho en llanto, disculpándose con voz quebrada una y otra vez, desapareció de la biblioteca.

Pol y Júlia exhalaron un suspiro de alivio y satisfacción por haber cumplido, cincuenta años después, la misión de su abuela. Josefina del Carmen Rodríguez, libre por fin de su secreto, cogió a Carmencita de la mano y, resuelta, cruzó la sala hacia su hijo Antonio, con quien se fundió en un abrazo reparador. Ana María Campos se abalanzó sobre la llave maestra, corrió hasta la villa número siete, donde aguardaba la niña, exánime, y la abrazó con ternura, sabiendo que a partir de ahora cuidarían la una de la otra.

Y Nando, solo y pesaroso, paseó la vista por la biblioteca una última vez. Se desentendió de la novela que, pese a seguir a medias, ya no necesitaba porque, aunque hubiera sido sólo por unas horas, se había interesado por su padre y se había reconciliado con él. Con discreción, recorrió el camino de vuelta al apartamento.

Abrió la puerta con respeto y se adentró en el diminuto espacio como si fuera sacrosanto. Atravesó el comedor que durante numerosos veranos también había sido su habitación y se metió en el dormitorio de su padre, limpio y ordenado, donde el pijama, doblado con mimo, yacía sobre la cama, que seguía intacta. Nando avanzó con caminar lento y apesadumbrado hasta derrumbarse sobre el lecho. Trastornado por un suceso que aún no terminaba de encajar, rompió a llorar, lamentando una pérdida que nunca antes había temido.

Epílogo

Domingo, 22 de julio de 2018
Cumpleaños de Curro

–Es por ahí, a la izquierda –indicó Nando, que ocupaba el asiento del copiloto.

Con la ventanilla bajada, desenfadado, se regodeaba en la holganza del verano y disfrutaba de la compañía. Conducía una chica de metro y medio pegada al volante. Su melena ondeaba al viento y su piel, dorada por el sol del Mediterráneo, realzaba sus ojos azules.

Recorrieron con lentitud el último tramo de costa que desembocaba ante una garita acristalada, erguida a los pies de una loma peñascosa poblada de frondosos e imponentes árboles. Una mujer, que vestía un uniforme claro de manga corta, salió a su encuentro. Nando reparó en el aire acondicionado que atemperaba la garita. Se fijó, asimismo, en la silla ergonómica que sustituía a la de plástico que él había sufrido durante años. El viejo ordenador también había sido reemplazado por uno nuevo, grande y de pantalla plana. Sorprendido por los cambios, no reaccionó a las preguntas iniciales de la portera. Fue su acompañante la que contestó.

–Nos espera la señora Campos --dijo, sonriente.

La conserje, diligente, levantó la barrera y, tras un par de desaciertos con el embrague, Anna engranó la primera y remontó el repecho que mantenía oculta la urbanización. Aparcaron junto a un ruinoso Fiat Panda de 1998 y un Alfa Romeo GTV 6 de color verde botella.

El apartamento seguía ahí, intacto. Todo parecía idéntico. La lavanda y el romero todavía marcaban el paso a través del jardín. Las buganvillas aún salpicaban de color el *Pueblo Blanco* de Vives Fierro que, sin embargo, un año más tarde, acogía a nuevos inquilinos. La sonrisa de Nando se había transformado en un gesto circunspecto.

Deambularon con parsimonia, resguardados del calor bajo las sombras de los alcornoques. Anna se deleitaba con los innumerables detalles que embellecían la finca, como los azulejos que numeraban cada villa. Él, en cambio, miraba en derredor con detenimiento, comprobando incluso el modelo de las cámaras de seguridad. Al pasar junto a la piscina se percató de una adolescente morena y de unos quince años que se zambullía en el agua.

Terminaron la ruta en la corona de la finca: el mirador. Cautivados por el magnífico panorama, permanecieron en silencio. Una vela blanca surcaba el mar.

–Sí que es bonita la vista –reconoció ella.

–¿Te refieres a mí o al paisaje? –bromeó Nando sonsacándole una sonrisa.

La panorámica sumió al joven en sus pensamientos. Había vuelto a El Jardín del Mar, pero era incapaz de alegrarse por ello, pues ya no tenía con quien compartir los espaguetis a la boloñesa que marcaba la tradición. Una lágrima recorrió su mejilla. Anna lo advirtió y le cogió de la mano con afecto. Al notar su tacto, Nando salió de su ensimismamiento.

–Le habría encantado conocerte –suspiró.

Ella, emocionada, se giró hacia El Jardín del Mar.

–Preséntamelo –propuso con espontaneidad.

Nando contempló la espléndida urbanización, hogar de ilustres personajes, desde Ava Gardner y Lady Gaga, hasta el portero, Curro. Su padre.

Agradecimientos

«Con cada nueva novela aumenta el número de personas a las que debo dar las gracias por su ayuda», escribe Santiago Díaz en *Indira*. Espero que se equivoque porque yo, que publico por primera vez, ya tengo que dar las gracias a más personas de las que pueda recordar; desde mi profesor de Lengua Castellana y Filosofía, nuestro simpático señor Campos, hasta mis compañeros de tenis; desde los amigos del colegio y los de la universidad, hasta Naiara, Aleix y mi abuela Lola; desde Marina Sánchez, que apostó por un desconocido, hasta Justyna Rzewuska, que creyó en mí incluso cuando no tenía motivos; desde Los de Siempre y los faranduleros de Madrid, hasta Ana y sus colacaos, fuente inagotable de inspiración; incluso debo mostrar mi gratitud y reconocimiento a personas que no conocí, pero que, sin embargo, han sido esenciales para mí. *El caso de la desaparición en el Jardín del Mar* sería inconcebible sin la obra de Agatha Christie, cuya maestría deja en evidencia a cualquiera que ose juguetear con su género, y tampoco se entendería sin Javier Marías, capaz de sintetizar mi novela en una simple frase.

Los padres, al menos cuando se es un niño, son un ente que se escapa de tu comprensión e incluso de tus pensamientos o preocupaciones; si tienes una suerte similar a la mía, los aceptas sin preguntarte quiénes son más allá de tus progenitores. Y cuando creces y la vida adulta te atrapa y te engulle, ya no tienes tiempo de pensar en ellos. Yo, por suerte o por desgracia, al margen de la vorágine profesional que nos aprisiona, he podido reflexionar sobre mis padres; aunque haya sido rondando la treintena, quizás algo tarde como escribía el señor Marías. Y puedo concluir, sin duda, que toda mi suerte nace de ellos: de mi padre, un narrador nato, imaginativo y creativo, siempre predispuesto a jugar y que me transmitió su amor por el cine y las historias, y de mi madre, mi primera lectora, que no me tolera ni una falta de ortografía, que me inculcó los valores que dictan mi vida y me infundió la confianza necesaria para perseguir este sueño. Hacen un buen equipo, mi padre te inspira y mi madre, tenaz e incansable, te alienta hasta que pones el punto final. Todo se lo debo a ellos. Este libro, sin ir más lejos, también es suyo. Gracias, Ama y Aita, por vuestra paciencia y generosidad. Nunca tuvisteis que hacer tanto por mí.

Índice